웃는 경관

DEN SKRATTANDE POLISEN
by Maj Sjöwall and Per Wahlöö

Copyright © 1968 by Maj Sjöwall and Per Wahlöö
Korean Translation copyright © 2017 by ELIXIR, an imprint of Munhakdongne
Publishing Corp.
All rights reserved.
The Korean language edition is published by arrangement with
Maj Sjöwall and the Estate of Per Wahlöö c/o Salomonsson Agency through MOMO
Agency, Seoul.

이 책의 한국어판 저작권은 모모 에이전시를 통해
Maj Sjöwall and the Estate of Per Wahlöö c/o Salomonsson Agency사와의
독점 계약으로 '엘릭시르, (주)문학동네'에 있습니다.
저작권법에 의해 한국 내에서 보호를 받는 저작물이므로
무단 전재와 무단 복제를 금합니다.

이 도서의 국립중앙도서관 출판예정도서목록(CIP)은
서지정보유통지원시스템 홈페이지(http://seoji.nl.go.kr)와
국가자료공동목록시스템(http://www.nl.go.kr/kolisnet)에서 이용하실 수 있습니다.
(CIP제어번호: CIP2017023065)

웃는 경관

마이 셰발, 페르 발뢰 지음 | 김명남 옮김

Martin Beck

엘릭시르

차례

버스 도면(사건 현장)

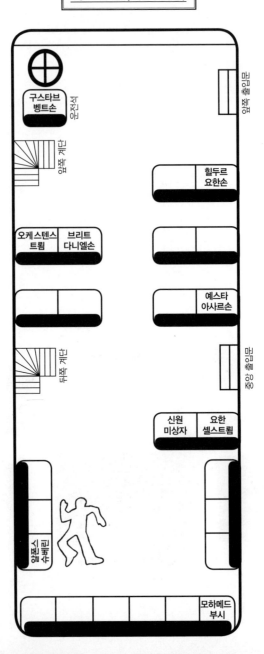

구스타브
벤트손

운전석

왼쪽 계단

뒤쪽 계단

오케스텐스
트룀

브리트
다니엘손

알폰스
슈베린

힐두르
요한손

예스타
아사르손

신원
미상자

요한
셀스트룀

모하메드
부시

북쪽 출입문

중앙 출입문

1.

11월 13일 밤, 스톡홀름에는 비가 억수같이 내렸다. 마르틴 베크와 콜베리는 스톡홀름 남부 교외의 셰르마르브링크 지하철역에서 멀지 않은 콜베리의 집에서 체스를 두고 있었다. 요 며칠 동안 별다른 사건이 없어서 둘 다 한가했다.

마르틴 베크는 체스에 서툴렀지만 어쨌든 뒀다. 콜베리는 두 달이 갓 지난 딸이 있었는데 이날 저녁에는 사정상 그가 돌봐야 했다. 마르틴 베크는 어지간해서는 일찍 집에 돌아가고 싶지 않았다. 날씨는 끔찍했다. 빗줄기가 장막처럼 나부끼며 지붕을 훑었고, 후둑후둑 유리창을 두드렸다. 거리는 한산했다. 간간이 오가는 몇 안 되는 사람들은 그런 밤중에 나서야 할 만큼 부득이한 이유가 있을 것이다.

그 무렵, 스트란드베겐 거리의 미국 대사관 앞과 그곳으로 이어지는 거리들에는 경찰 412명이 족히 두 배는 됨 직한 시위 군중과 승강이중이었다. 경찰은 최루탄, 권총, 채찍, 경찰봉, 자동차, 오토바이, 라디오, 확성기, 시위 진압용 경찰견, 신경질적인 말 등으로 무장했다. 시위대는 편지 한 통과 마분지에 쓴 구호들로 무장했다. 퍼붓는 빗줄기에 종이들은 점차 축축하게 젖어갔다. 시위대는 하나의 동질적인 단체로 보기 어려웠다. 청바지에 더플코트 차림의 열세 살짜리 학생들부터 죽도록 진지한 얼굴의 정치학 전공 대학생, 선동가, 직업적 말썽쟁이까지, 상상할 수 있는 온갖 종류의 사람들이 모였다. 심지어 베레모에 푸른색 실크 우산을 받쳐든 여든다섯 살의 여성 예술가도 한 명 있었다. 그들은 강한 공통의 동기에 이끌려 이 자리에 나왔기에, 비는 물론이고 앞으로 벌어질 일에도 의연히 견딜 준비가 되어 있었다. 반면에 경찰은 엘리트 인력이라고는 할 수 없었다. 시내의 모든 관할에서 차출할 수 있는 사람은 죄다 불러모았는데, 잘 아는 의사가 있거나 발뺌에 능한 사람들은 이 불쾌한 임무에서 몸을 피한 터였다. 임무의 내용을 잘 알면서도 도리어 즐기는 사람들, 혹은 평소에 잘난 척을 많이 해댔거나 연배가 낮은 신출내기라 도저히 발을 뺄 수 없는 사람들만 남았다. 이런 사람들은 자신이 어떤 일을 하게 될지, 왜 해야 하는

지 전혀 몰랐다. 말들은 재갈을 와그작 씹으며 앞발을 치켜들었고, 경찰들은 권총집에 한 손을 댄 채 경찰봉을 휘두르면서 한 발 한 발 전진했다. 한 소녀가 들고 있는 마분지에 인상적인 문구가 적혀 있었다. "경찰은 너희 일이나 해라! 씹을 해서 경찰이나 더 만들어라!" 팔십오 킬로그램이 넘어 보이는 경찰관 세 명이 소녀에게 달려들어 구호를 갈가리 찢었다. 그들은 아이를 순찰차로 끌고 간 뒤 팔을 비틀면서 가슴에 손을 댔다. 아이는 오늘이 꼭 열세 살이 되는 생일이었다. 가슴도 전혀 성숙하지 않았다.

체포된 사람은 쉰 명이 넘었다. 피를 흘리는 사람도 많았다. 개중에는 신문에 기고하거나 라디오나 텔레비전에서 불만을 토로하는 일을 부끄럽게 여기지 않는 유명 인사도 몇 있었다. 그들을 알아본 지역 경찰서의 당직 경관은 화를 삭이려는 듯 몸을 부르르 떨고는 이내 겸연쩍은 미소와 뻣뻣한 경례를 하며 나가는 문을 열어주었다. 반면에 남은 사람들은 이후의 신문에서 그다지 친절한 대접을 받지 못했다. 기마 경관 한 명이 날아온 빈 병에 머리를 맞았다. 병을 던진 사람을 꼭 색출하겠다는 분위기가 팽배했다.

작전을 지휘한 사람은 사관학교에서 훈련받은 간부급 경관이었다. 질서 유지의 전문가로 정평이 난 그는 자신이 일궈낸 완벽한 혼돈을 만족스레 바라보았다.

셰르마르브링크의 아파트에서, 콜베리는 체스 말들을 거둬 나무상자에 넣고 찰칵 뚜껑을 닫았다. 그의 아내는 저녁 강좌를 듣고 돌아와서 바로 잠자리에 들었다.

"자네는 평생 체스를 제대로 못 둘 거야." 콜베리가 구슬프 게 말했다.

"특별한 재능이 있어야 한다잖아. 체스 감각이라고 하던가." 마르틴 베크도 우울하게 대답했다.

콜베리가 주제를 바꿨다.

"오늘밤에 스트란드베겐 거리는 보나마나 난리통이겠지."

"그럴 테지. 그런데 대체 뭣 때문이래?"

"시위대가 대사에게 편지를 건네려고 한다는군. 편지 한 통. 우편으로 보내면 되지 않나?"

"그러면 난리법석을 일으킬 수 없을 테니까."

"하긴 그래. 그렇더라도 영 답답하잖아."

"맞아." 마르틴 베크는 동의했다.

그가 집을 나서려고 모자를 쓰고 코트를 입자 콜베리가 얼른 따라 일어났다.

"함께 가지."

"왜?"

"산책 좀 하려고."

"이 날씨에?"

"나는 비가 좋아." 콜베리는 반물빛 포플린 코트를 팔에 꿰었다.

"감기 걸린 사람은 나 하나로 족하지 않아?" 마르틴 베크가 말했다.

마르틴 베크와 콜베리는 경찰이었다. 둘 다 살인수사과 소속 수사관이다. 현재는 특별한 사건이 없었기 때문에 그들은 비교적 떳떳하게 놀아도 된다고 생각하고 있었다.

거리에는 경찰이 한 명도 보이지 않았다. 중앙역 앞의 한 할머니는 어디선가 순경이 다가와서 미소 띤 얼굴로 경례를 붙이고 길을 건너는 것을 도와주기를 기다리고 있었지만 헛일이었다. 방금 벽돌로 상점의 진열장 유리를 깨부순 남자는 어디선가 갑자기 순찰차 사이렌이 울리고 덜미를 잡힐 걱정은 전혀 할 필요가 없었다.

경찰은 바빴다.

일주일 전, 경찰청장은 공식 담화를 발표하여 당분간 정규 업무의 상당 부분을 소홀히 할 수밖에 없을 것이라고 말했다. 린든 존슨 대통령과 베트남전쟁을 싫어하는 시민들이 미국 대사에게 던져대는 편지들과 그 밖의 물건들로부터 대사를 보호하는 일이 우선이라고 했다.

렌나르트 콜베리 경위도 린든 존슨을 좋아하지 않았고 베트남전쟁도 좋아하지 않았지만, 비가 내리는 가운데 한적한 도심을 산책하는 것은 좋아했다.

밤 11시에도 비는 계속 내렸다. 시위대는 사실상 해산했다.

바로 그 시각, 여덟 건의 살인과 한 건의 살인미수가 스톡홀름 시내에서 벌어졌다.

2.

또 비야. 그는 창밖을 바라보며 맥없이 생각했다. 십일월의
어둠과 차갑게 퍼붓는 비. 다가오는 겨울을 알리는 전조였다.
이러다가 곧 눈이 올 것이다.

이런 시기에 도시에는 볼만한 경치라고는 없었다. 헐벗은 나
무들과 크고 꾀죄죄한 주택들이 늘어선 이 거리는 더욱 그랬
다. 거리는 엉뚱한 방향으로 나 있었다. 애당초 설계가 잘못된
황량한 산책로였다. 딱히 어디로도 이어지지 않았다. 예전부터
그저 거기에 있을 뿐이었다. 그것은 오래전에 시작되었으나 영
원히 끝맺지 못한 거창한 도시계획의 잔재였다. 휘황하게 불을
밝힌 상점도, 인도를 오가는 행인도 없었다. 잎을 다 떨군 아름
드리나무들과 물웅덩이와 물에 젖은 자동차 지붕에 싸늘한 빛

을 던지는 가로등뿐이었다.

그는 빗속에서 하도 오래 걸어 다녀서 머리카락과 바짓자락이 흠뻑 젖었다. 두 정강이가 축축하고 서늘했다. 목에서 어깨뼈까지 내려가는 목덜미도 그랬다. 똑똑 물방울이 떨어지고 있었다.

그는 레인코트의 맨 위 단추를 두 개 끄르고, 오른손을 재킷 속에 집어넣어 권총의 손잡이를 만지작거렸다. 그것도 차갑고 축축하게 느껴졌다.

반물색 포플린 레인코트를 입은 남자는 그 감촉에 저도 모르게 온몸이 바르르 떨렸다. 그는 뭔가 다른 생각을 하기로 했다. 가령 다섯 달 전에 휴가를 보냈던 안드라이트스의 호텔 발코니는 어떨까. 묵직하고 답답하게 내리 덮치던 열기. 부두와 낚싯배들 위로 쏟아지던 환한 햇살. 만 건너편 산맥 위로 끝없이 펼쳐져 있던 새파란 하늘.

그러나 지금쯤은 거기에도 비가 내릴 거라는 생각이 들었다. 그곳 건물에는 난로가 있을 뿐 중앙난방 시설은 없을 것이다.

그는 또 버스가 벌써 다른 거리에 접어들었으니 별수없이 곧 다시 빗속으로 나가야 하겠구나 하고 생각했다.

그때 뒤쪽 계단에서 인기척이 들렸다. 클라라베리스가탄 거리의 올렌스 백화점 앞에서, 그러니까 지금으로부터 열두 정류장 전에 버스에 탔던 사람이었다.

비는 싫단 말이야. 그는 속으로 계속 생각했다. 아니, 싫은 걸 넘어서 끔찍해. 나는 언제나 승진이 될까. 나는 대체 여기서 뭘 하는 거지? 집에서 그녀와 함께 침대에나 뒹굴걸……

그것이 그가 마지막으로 한 생각이었다.

버스는 윗부분은 크림색이고 지붕은 회색인 붉은색 이층 버스였다. 영국에서 제조된 릴런드애틀랜티언 모델로, 두 달 전에 우측통행으로 바뀐 스웨덴의 도로 사정에 맞춰 개조된 것이었다. 이날 밤, 버스는 유르고르덴의 벨만스로와 칼베리를 오가는 스톡홀름 47번 노선을 부지런히 달렸다. 지금은 종점인 노라스 타숀스가탄 거리를 향해 북서쪽으로 달리는 중이었다. 종점은 스톡홀름과 솔나를 가르는 시 경계선에서 불과 몇 미터 떨어진 곳에 있었다.

스톡홀름과 솔나의 경계는 지도상의 점선으로만 존재했으나 솔나는 엄연히 독립적인 행정구역이었다.

붉은 이층 버스는 큼직했다. 길이는 11미터가 넘었고, 높이는 4.5미터 가까이 되었다. 무게는 15톤이 넘었다. 전조등을 켠 채 적막한 칼베리스베겐 거리의 헐벗은 가로수 사이를 내려가는 버스는 희부연 창 때문인지 내부가 따스하고 아늑해 보였다. 버스는 오른쪽으로 꺾어 노르바카가탄 거리로 들어섰다. 버스가 긴 경사로를 내려가기 시작하자 엔진 소리가 잦아들었다. 지붕과 창에 빗발이 거세게 부딪쳤다. 바퀴는 묵직하고 차분하게 내리막을 미끄러져 내려가면서 푸드덕푸드덕 물을 튀겼다.

언덕이 끝나는 곳에서 거리도 끝났다. 버스는 삼십 도쯤 꺾어 노라스타숀스가탄 거리로 접어들었다. 여기에서 삼백 미터만 더 가면 종점이었다.

이때 버스를 목격한 사람은 노르바카가탄 거리 위쪽으로 150미터 떨어진 지점에서 어느 집 벽에 바짝 붙어 서 있던 웬 남자뿐이었다. 그는 도둑이었고 곧 유리창을 깨부술 계획이었다. 버스가 사라진 뒤에 행동에 나서고 싶었기 때문에 얼른 지나가라고 생각하며 버스를 주시했다.

남자는 버스가 모퉁이에서 속도를 늦추면서 왼쪽으로 트는 것을 지켜보았다. 차폭등이 반짝거렸다. 그러고는 버스가 시야에서 사라졌다. 비는 아까보다 더 세게 퍼부었다. 남자는 손을 들어 유리창을 힘껏 쳤다.

만일 남자가 끝까지 주시했다면, 모퉁이를 완전히 돌지 못하는 버스를 보았을 것이다.

붉은 이층 버스는 모퉁이를 돌다 말고 일순 멈추는 듯하더니, 인도 방향으로 미끄러져 내려갔다. 버스는 인도로 올라선

웃는 경관

다음 노라스타숀스가탄 거리와 건너편의 버려진 화물역을 가르는 철조망에 가서 푹 처박혔다.

그리고 멈춰 섰다.

엔진은 꺼졌다. 하지만 전조등은 계속 켜져 있었고, 차량 내부의 등도 켜져 있었다.

춥고 어두운 거리에서 버스의 부연 차창은 계속 아늑해 보이는 빛을 발했다.

비가 버스의 금속 지붕을 시끄럽게 두드려댔다.

1967년 11월 13일 저녁 11시 3분이었다.

그곳은 스톡홀름이었다.

3.

크리스티안손과 크반트는 솔나의 순찰 경관들이었다.

그다지 특기할 것 없는 경력 동안, 두 사람은 주정뱅이 수천 명과 도둑 수십 명을 잡아들였다. 단 한 번, 극악한 성범죄자가 여섯 살짜리 여자아이를 습격하여 죽이려는 찰나에 그들이 아이를 구해냈다고 말해도 될 만한 상황이 있기는 했다. 불과 다섯 달도 안 됐다. 사실은 요행에 가까운 일이었지만, 그들은 앞으로 오랫동안 그 업적을 떠벌릴 게 분명했다.

이날 저녁에 그들은 아무도 잡지 못했다. 각자 맥주 한 잔씩을 잡기는 했으나, 그것은 규율에 어긋나는 일이니 무시하는 게 좋았다.

10시 30분 직전에 그들은 무전을 듣고 후부스타 지역의 카펠가탄 거리로 출동했다. 누가 자기집 현관 계단에 죽은 듯 늘어진 사람이 있다며 신고해 왔다. 주소지까지 가는 데는 삼 분도 안 걸렸다.

과연 낡아빠진 검은 바지, 뒤축이 다 닳은 구두, 꾀죄죄하고 얼룩덜룩한 코트를 입은 사람이 건물 현관 앞에 퍼져 있었다. 불 켜진 안쪽 현관에는 슬리퍼와 실내복 차림의 노부인이 서 있었다. 그 부인이 신고를 한 모양이었다. 부인은 유리문 너머에서 손짓해 경관들을 부른 뒤, 문을 겨우 한 뼘쯤 열고는 틈새로 팔을 내밀어 엎어져 꼼짝 않는 형체를 엄하게 가리켰다.

"아하. 어떻게 된 사정이려나?" 크리스티안손이 말했다.

크반트가 허리를 굽혀 냄새를 맡았다.

"취해서 의식을 잃었어. 부축하자고, 칼레." 크반트는 혐오감을 숨기지 않았다.

"잠깐만." 크리스티안손이 저지했다.

"왜?"

"부인, 이 남자를 아십니까?" 크리스티안손이 나름대로 정중하게 물었다.

"그렇다고 봐야겠죠."

"어디 사는 남잡니까?"

부인은 건물 현관에서 삼 미터쯤 안으로 들어간 곳의 문을 가리켰다.

"저기요. 대문을 따려다가 잠들어버린 모양이야."

"아, 그렇군요. 손에 열쇠가 있네요." 크리스티안손은 머리를 긁적였다. "혼자 사는 사람입니까?"

"저런 늙다리 인간 말종하고 누가 같이 살겠수?"

"칼레, 어쩌려고 그래?" 크반트가 수상쩍은 듯 물었다.

크리스티안손은 말없이 몸을 숙여 잠든 남자의 손에서 열쇠를 꺼냈다. 다년간의 경험을 보여주는 능숙한 동작으로 남자의 발을 단단히 거머쥐고 무릎으로 현관문을 밀어 연 다음, 남자를 건물 안으로 끌고 들어갔다. 부인은 옆으로 비켜섰고, 크반트는 바깥 계단에 서 있었다. 둘 다 동의하지 않는다는 눈치였지만 가만히 지켜보기만 했다.

크리스티안손은 열쇠로 문을 열고, 불을 켜고, 남자의 젖은 코트를 벗겼다. 주정뱅이는 침대로 비틀비틀 걸어가서 푹 고꾸라지고는 말했다. "아가씨, 고마워."

남자는 옆으로 돌아누워 잠이 들었다. 크리스티안손은 침대 옆 부엌 의자에 열쇠를 놓고, 불을 끄고, 문을 닫고, 순찰차로 돌아왔다.

"안녕히 계십시오, 부인."

여자는 입술을 삐죽 내민 채 크리스티안손을 노려보다가 고개를 획 젖히고 들어갔다.

크리스티안손은 인류애를 발휘해서 그렇게 한 것이 아니었다. 게을러서 그런 것이었다.

크반트보다 그 사실을 더 잘 아는 사람은 없었다. 두 사람이 말뫼에서 순찰 경관으로 일했을 때, 크반트는 크리스티안손이 주정뱅이를 질질 끌어 다른 경관 관할 구역으로 가져다 놓는 꼴을 수없이 목격했다. 심지어 다리 건너서까지 끌어다 놓은 적도 있었다.

크반트가 운전석에 앉아 시동을 걸면서 한마디했다. "시브는 나더러 늘 게으르다고 타박인데, 자네 하는 짓을 좀 보면 좋겠어."

시브는 크반트의 아내로, 크반트가 즐겨 입에 올리는 이름이었다. 크반트의 대화 소재는 아내뿐이라고 해도 과언이 아니었다.

"별것 아닌 일로 수고할 필요가 뭐 있어?" 크리스티안손이 철학적으로 대답했다.

크리스티안손과 크반트는 체격과 외모가 비슷했다. 둘 다 키가 186센티미터이고, 금발이고, 어깨가 떡 벌어지고, 눈동자가 파랬다. 하지만 성질은 천양지차였다. 의견도 늘 일치하는 것은 아니었다. 바로 이런 문제에서 두 사람의 견해가 어긋나곤 했다.

크반트는 부패를 몰랐다. 자신이 목격한 일에 대해서는 결코

대충 타협하지 않았다. 하지만 그는 가급적 적게 보는 데에 도사였다.

크반트는 부루퉁히 입을 닫고 천천히 차를 몰았다. 후부스타에서 경찰대학까지 이어지는 꼬불꼬불한 길을 지나고, 집단농장을 뚫고, 철도 박물관을 지나고, 국립세균학연구소를 지나고, 농아학교를 지나고, 여러 기관들이 흩어져 있는 널따란 대학 부지를 지그재그로 지난 다음, 철도국 건물들 사이를 통과해서 톰테보다베겐 거리로 나왔다.

천재적이고 용의주도한 경로였다. 사람이 한 명도 없다고 보장해도 좋은 지역만 지나는 경로였다. 실제로 두 사람은 달리는 내내 자동차 한 대 마주치지 않았다. 살아 있는 물체라고는 단두 번 보았는데, 처음은 고양이였고 다음에도 고양이였다.

톰테보다베겐 거리를 끝까지 달린 후 크반트가 차를 세우고라디에이터를 껐다. 스톡홀름 시 경계에서 일 미터 떨어진 지점이었다. 엔진을 켜둔 채, 그는 교대 시간이 될 때까지 어느 길로돌아가야 하나 고민했다.

설마 차를 돌려서 왔던 길을 돌아갈 정도로 뻔뻔하진 않겠지. 크리스티안손은 속으로 생각했으나, 겉으로는 이렇게 말했다. "십 크로나만 빌려줄래?"

크반트는 고개를 끄덕이고 가슴 주머니에서 지갑을 꺼낸 뒤,

동료에게 눈길도 주지 않고 지폐를 건네주었다. 동시에 결정을 내렸다. 시 경계를 넘어서 노라스타숀스가탄 거리를 따라 북동쪽으로 오백 미터쯤 달리자. 그러면 스톡홀름을 이 분쯤 통과하게 된다. 다음에 에우게니아베겐 거리로 꺾어서 병원을 통과하고, 하가 공원을 통과하고, 북부 공동묘지를 따라 차를 몰면, 솔나 경찰서에 도착한다. 그즈음에는 그들의 근무시간이 끝났을 것이다. 도중에 사람과 마주칠 확률은 아예 없다고 해도 좋을 정도로 낮았다.

순찰차는 스톡홀름으로 넘어갔다. 왼쪽으로 꺾어 노라스타숀스가탄 거리로 들어섰다.

크리스티안손은 십 크로나 지폐를 주머니에 쑤셔넣고 하품을 했다. 그리고 퍼붓는 빗속을 물끄러미 바라보며 말했다. "저기 좀 봐. 이런 날씨에 달리기를 하는 미친놈이 다 있네."

크리스티안손과 크반트는 스웨덴 남쪽 끝의 스코네 출신이었다. 그들의 단어 선택에는 개선의 여지가 많았다.

"개도 데리고 있어. 우리한테 손을 흔드는데." 크리스티안손이 덧붙였다.

"내 알 바 아니야." 크반트가 대꾸했다.

남자는 우스꽝스러워 보일 정도로 작은 개를 물웅덩이도 아랑곳 않고 질질 끌다시피 하며 뛰어오더니 불쑥 도로로 내려서

서 순찰차를 가로막았다.

"제기랄!" 크반트는 허둥지둥 브레이크를 밟으며 욕을 뱉었다.

창문을 감아 내리고 호통을 쳤다. "그딴 식으로 차도에 달려들면 어쩌자는 거요?"

"저기…… 저기 버스가 있어요." 남자가 숨을 헐떡거리면서 거리 아래쪽을 가리켰다.

"그래서 어쩌라고? 그리고 개를 그딴 식으로 휘두르면 어쩝니까? 말 못 하는 불쌍한 동물을!" 크반트의 말투는 무례했다.

"저기…… 저기 사고가 났다니까요."

"좋아요, 우리가 살펴보죠. 비켜요."

크반트는 성미 급하게 내뱉고는 차를 다시 움직였다. 그러면서도 어깨 너머로 외치는 일을 잊지 않았다.

"그딴 행동은 다시는 하지 마쇼!"

크리스티안손은 빗속을 뚫어져라 응시하다가 체념한 듯이 말했다.

"정말이네. 버스가 도로에서 벗어났어. 이층 버스가."

"불이 켜져 있군. 앞문도 열려 있고. 칼레, 자네가 잠깐 내려서 살펴봐야겠어." 크반트가 말했다.

크반트는 순찰차를 버스 뒤쪽에 비스듬히 세웠다. 크리스티안손은 차문을 열고 습관적으로 어깨띠를 가다듬으면서 혼잣말로 중얼거렸다. "보자, 무슨 일인가?"

크반트와 마찬가지로 그는 부츠를 신었고, 반짝이는 단추가 달린 가죽 재킷을 입었고, 벨트에는 경찰봉과 권총을 찼다.

차에 남은 크반트는 크리스티안손이 열린 버스 앞문을 향해 유유히 걸어가는 모습을 지켜보았다.

크리스티안손은 문에 달린 손잡이를 쥐고 계단으로 몸을 끌어올려 느긋하게 버스 안을 살폈다. 그러더니 갑자기 움찔하며 자세를 낮췄고, 오른손을 득달같이 권총집에 가져다 댔다.

크반트도 신속하게 반응했다. 그는 일 초도 안 걸려 순찰차의 붉은 경고등, 전조등, 오렌지색 섬광등을 모조리 켰다.

크리스티안손이 여전히 버스 옆에 웅크려 있는 동안 크반트는 차문을 벌컥 열고 폭우 속으로 달려나갔다. 그러면서도 7.65밀리미터 발터 권총을 꺼내 공이치기를 당기고 시계를 볼 여유가 있었다.

정확히 11시 13분이었다.

4.

직급이 높은 경찰들 가운데 노라스타숀스가탄 거리에 처음
도착한 사람은 군발드 라르손이었다.

그는 쿵스홀멘에 있는 스톡홀름 경찰청의 자기 자리에 앉아
지루하고 장황한 보고서를 느릿느릿 넘겨보고 있었다. 벌써 몇
번째 보는 것인지 몰랐다. 속으로는 내내 왜 저 사람들은 집에
안 갈까 하고 생각했다.

그가 말하는 '저 사람들'은 경찰청장, 부청장, 이런저런 국장
들, 경감들이었다. 그들은 시위를 흡족하게 종결한 데 고무되어
계단과 복도를 분주히 오가고 있었다. 그들이 오늘은 이만하면
됐다고 보고 퇴근하는 즉시 그도 냉큼 퇴근할 생각이었다.

전화가 울렸다. 군발드 라르손은 툴툴대며 수화기를 들었다.

"네. 라르손입니다."

"무전 교환국입니다. 솔나의 순찰조가 노라스타숀스가탄 거리에서 시체가 가득한 버스를 발견했답니다."

군발드 라르손은 벽에 걸린 전자시계를 흘끗 보았다. 11시 18분이었다. "어떻게 솔나 순찰조가 스톡홀름에서 시체가 가득한 버스를 발견합니까?"

군발드 라르손은 스톡홀름 살인수사과의 수사관이었다. 그는 딱딱하기 이를 데 없는 성격이라 팀에서 인기 있는 동료는 못 되었다.

그러나 절대로 시간을 낭비하지 않는 사람이었다. 그렇기에 현장에 제일 먼저 도착했다.

그는 차를 세우고, 코트 깃을 올리고, 빗속으로 나섰다. 붉은 이층 버스가 인도를 가로질러 서 있었다. 버스 앞부분은 높은 철조망을 들이받아 망가졌다. 흰 흙받기를 단 검은 플리머스 자동차도 보였다. 차문에 굵고 흰 글씨로 "경찰"이라고 적혀 있었다. 비상 조명등이 모두 켜져 있었고, 전조등 불빛 속에는 제복 순경 두 명이 권총을 손에 들고 선 채였다. 둘 다 안색이 창백했다. 한 명은 가죽 재킷 앞섶에 구토를 했는지 흠뻑 젖은 손수건으로 연신 닦아냈다.

"무슨 일인가?" 군발드 라르손이 물었다.

"저기…… 저 안에 시체가 많이 있습니다." 한 명이 대답했다.

"정말입니다. 저 안에요. 탄피도 많이 떨어져 있습니다." 다른 쪽이 거들었다.

"아직 숨이 붙어 있는 것 같은 사람도 한 명 있습니다."

"경찰도 한 명 있습니다."

"경찰?" 군발드 라르손이 반문했다.

"네. 형사입니다."

"우리가 얼굴을 아는 분이라서요. 베스트베리아의 살인수사과에서 일하는 분입니다."

"하지만 이름은 모릅니다. 청색 레인코트를 입었던데요. 죽었습니다."

두 순경은 동시에 자신 없는 말투로 나지막이 중얼거렸다.

그들도 덩치가 작은 편은 결코 아니었지만, 군발드 라르손 옆에 서 있으니 그다지 인상적인 체구로 보이지 않았다.

군발드 라르손은 키가 192센티미터였고, 몸무게는 98킬로그램이었다. 어깨는 헤비급 권투 선수만큼 넓었고, 털이 북슬북슬한 손은 엄청나게 컸다. 말끔하게 뒤로 넘긴 금발 머리카락에서 벌써 물방울이 떨어지기 시작했다.

왱왱 사이렌 소리가 빗소리를 뚫고 들려왔다. 사방에서 순찰차들이 몰려오는 듯했다. 군발드 라르손은 그 소리에 귀를 기울이면서 물었다. "여기가 솔나인가?"

"정확하게 시 경계입니다." 크반트가 교묘하게 대답했다.

군발드 라르손은 무표정한 푸른 눈동자로 크리스티안손과 크반트를 차례차례 주시했다. 그리고 버스로 다가갔다.

"그 안은…… 도살장 같습니다." 크리스티안손이 말했다.

군발드 라르손은 버스에 손을 대지 않았다. 열린 문으로 고개만 집어넣어 둘러보았다.

"그렇군. 도살장이군." 라르손은 차분했다.

5.

마르틴 베크는 바가르모센의 자기집 현관에 섰다. 레인코트를 벗어 현관 밖에다 물기를 턴 다음, 옷걸이에 걸고 문을 닫았다.

현관은 컴컴했다. 굳이 불을 켜지는 않았다. 딸아이의 방문 밑에서 불빛이 새어 나왔다. 라디오나 전축을 틀어뒀는지 희미한 노랫소리도 들려왔다. 그는 노크를 하고 안으로 들어갔다.

딸의 이름은 잉리드이고, 열여섯 살이었다. 아이는 최근 들어 부쩍 성숙해졌고 예전보다 더 아빠와 사이가 좋아졌다. 아이는 차분하고, 현실적이고, 상당히 지적이었다. 마르틴 베크는 딸과 대화하는 것을 좋아했다. 어느새 중학교 마지막 학년인 아이는 그가 학교를 다니던 시절에 공붓벌레라고 불렸을 타입의 학생은 아니었지만 학교 공부를 수월히 해냈다.

아이는 침대에 등을 대고 누워서 책을 읽고 있었다. 협탁에 놓인 전축이 돌아가고 있었다. 팝뮤직이 아니라 클래식이었다. 베토벤인 것 같았다.

"안녕. 아직 안 잤니?"

그는 문득 말을 멈췄다. 방금 자신이 내뱉은 말이 어찌나 쓸데없는 소리로 들리는지, 기가 찼다. 지난 십 년 동안 집에서 이런 시답잖은 대화가 얼마나 많이 오갔을까 하는 생각이 잠시 들었다.

잉리드가 책을 내려놓고 전축을 껐다.

"안녕, 아빠. 방금 뭐라고 했어?"

그는 고개를 저었다.

"세상에, 바지가 다 젖었네. 밖에 비가 그렇게 많이 와?" 아이가 물었다.

"억수같이. 엄마랑 롤프는 자니?"

"그럴걸. 저녁 먹자마자 엄마가 롤프를 침대로 쫓아 보냈어. 감기 기운이 있는 것 같다면서."

마르틴 베크는 침대에 앉았다.

"감기에 걸린 건 아니고?"

"글쎄, 내가 보기에는 멀쩡하던데. 어쨌든 롤프는 말썽 부리지 않고 고분고분 자러 갔어. 아마 내일 학교를 빼먹고 싶어서겠지."

"너는 뭘 그렇게 열심히 공부하니?"

"프랑스어. 내일 시험이 있어. 아빠가 문제 좀 내줄래?"

"별로 도움이 안 될걸. 프랑스어를 잘하지 못해서. 그러지 말고 이제 자라."

그는 일어났다. 아이는 얌전히 퀼트 이불 속으로 파고들었다. 그는 이불을 잘 여며준 다음에 방을 나왔다. 문을 닫으려는데 아이가 속삭였다. "내일 시험 잘 보라고 기도해줘."

"잘 자라."

그는 컴컴한 부엌으로 들어가 창가에 한참 서 있었다. 빗줄기가 아까보다 가늘어진 것 같았는데, 어쩌면 부엌 창문이 바람을 막아주기 때문에 그렇게 느끼는지도 몰랐다. 미국 대사관 앞 시위가 어떻게 되었는지 궁금했다. 내일 신문들이 경찰의 대응을 미숙하고 부적절했다고 평할지, 잔인하고 도발적이었다고 평할지 궁금했다. 어느 쪽이든 여론은 경찰에 비판적일 것이다. 마르틴 베크는 경찰에 충성심이 강했다. 스스로도 늘 그렇다고 생각해왔다. 그래서 그런 비판이 다소 일방적일지언정 정당한 지적일 때도 많다는 생각은 겉으로 드러내지 않고 마음에만 묻어두었다. 몇 주 전 어느 저녁에 잉리드가 해준 이야기가 떠올랐다. 딸의 학교 친구 중에는 모임이나 시위에 참석하는 등

정치 활동에 활발하게 참가하는 아이들이 있는데, 그들은 대부분 경찰을 몹시 혐오한다고 했다. 딸은 어릴 때는 아빠가 경찰이라는 사실을 친구들에게 자랑하곤 했지만 지금은 잠자코 있는 편이라고 했다. 부끄러워서 그런 것은 아니라고 했다. 그 사실을 밝히면 자신이 경찰 전체를 대변하는 사람인 양 논쟁에 끌려들 때가 많아서라고 했다. 한심한 일이지만 현실이 그렇다고 했다.

마르틴 베크는 거실로 갔다. 침실 문에 귀를 대보니 아내가 코 고는 소리가 들렸다. 그는 조심스레 소파 침대를 펼치고, 등을 켜고, 커튼을 쳤다. 얼마 전에 소파 침대를 구입한 뒤로 그는 아내와 함께 쓰던 침실에서 나와 거실에서 자기 시작했다. 밤늦게 귀가한 주제에 아내의 잠을 방해하기가 미안하다는 구실이었다. 아내는 그가 이따금 밤새 일하고 돌아와서 한낮까지 잘 때도 있는데 그때 거실을 엉망으로 만들면서 누워 있는 꼴을 볼 순 없다며 극력 반대했다. 그는 그럴 때는 침실을 엉망으로 만들면서 누워 있겠다고 약속했다. 낮에는 아내가 침실에 들어갈 일이 없으니까. 그리하여 그는 지난 한 달 동안 거실에서 잤다. 그는 이편이 좋았다.

아내의 이름은 잉아였다.

부부 관계는 세월이 흐를수록 소원해졌다. 그는 아내와 함께 침대를 쓰지 않아도 된다는 데에 안도감을 느꼈다. 그런 감정에 죄책감이 들 때도 있었으나, 십칠 년이나 결혼 생활을 해왔으니 이제 와서 자신이 달리 할 수 있는 일은 없는 것 같았고, 과연 누구 책임인지 따지고 고민하는 일은 집어치운 지 오래였다.

마르틴 베크는 느닷없이 터진 기침을 참으면서 젖은 바지를 벗어 라디에이터 옆 의자에 걸었다. 소파에 앉아 양말을 벗다가, 콜베리가 이 빗속에 밤마실을 나선 것도 어쩌면 부부 관계 때문이 아닐까 하는 생각이 들었다. 콜베리의 결혼도 지루한 일상으로 빠져들고 만 것일까.

벌써? 콜베리는 결혼한 지 일 년 반밖에 되지 않았다.

마르틴 베크는 양말 한 짝을 다 벗기도 전에 그 생각을 떨쳤다. 렌나르트와 군은 틀림없이 행복해 보여. 더군다나 내가 상관할 일이 아니잖아?

그는 자리에서 일어나 벌거벗은 몸으로 방을 가로질렀다. 책장 앞에서 한참 이것저것 살펴보다가 한 권을 골랐다. 유진 밀링턴드레이크라는 옛 영국 외교관이 쓴 비망록으로, 그라프슈페호*와 라플라타 전투**에 관한 내용이었다. 일 년쯤 전에 헌책

---

* 독일 나치스의 유명한 전함.
** 쿠바혁명 중반기에 카스트로 군대가 대승을 거뒀던 1958년 전투.

웃는 경관

방에서 산 책인데 여태 읽을 시간이 없었다. 그는 살금살금 침대로 돌아가, 죄지은 사람처럼 소리 죽여 기침하며 책을 열었다. 그런데 담배가 없었다. 거실에서 자는 장점 중 하나는 성가신 문제 없이 침대에서 담배를 피울 수 있다는 점이었다.

그는 도로 일어나 레인코트 주머니에서 납작해진 플로리다 담뱃갑을 꺼냈다. 담뱃갑은 눅눅했다. 얼른 마르라고 침대 옆 탁자에 담배를 늘어놓은 다음, 그나마 잘 타게 보이는 것을 골라 불을 붙였다. 입술에 담배를 물고 한쪽 발을 침대에 올린 순간, 전화가 울렸다.

전화는 거실 밖 복도에 있었다. 전화를 거실로 가져오려고 육 개월 전에 진작 전화선 연장을 신청했지만, 전화국의 평소 업무 속도를 볼 때 앞으로 육 개월 뒤에 처리되면 그나마 다행이었다.

그는 잽싸게 복도로 가서 두 번째 벨이 울리기 전에 수화기를 들었다.

"베크입니다."

"베크 경감님입니까?"

그가 모르는 목소리가 수화기에서 들려왔다.

"맞습니다, 말씀하세요."

"무전 교환국입니다. 47번 노선을 돌던 버스가 노라스타숀스가탄 거리 끝에서 총격을 받아 승객 여러 명이 사살되었답니다. 경감님이 즉시 현장으로 와주셨으면 하는 요청입니다."

마르틴 베크에게 처음 든 생각은 무슨 그럴싸한 농담인가 하는 거였다. 아니면 자신을 싫어하는 누군가가 빗속에 자신을 내보내 골탕을 먹이려고 꾀를 부렸나?

"누가 요청했습니까?"

"5구역의 한손입니다. 함마르 국장님에게도 알렸습니다."

"몇 명이나 죽었죠?"

"아직 확실치 않지만, 적어도 여섯 명이랍니다."

"체포한 사람은?"

"저희가 알기로는 없습니다."

마르틴 베크는 가는 길에 콜베리를 데려가야겠다고 생각했다. 택시가 잡히면 좋을 텐데. "알았습니다. 바로 가지요."

"저, 경감님……."

"네?"

"사망자 중 한 명이…… 경감님의 부하 수사관인 것 같습니다."

마르틴 베크는 수화기를 꽉 움켰다.

"누구죠?"

"그건 모르겠습니다. 이름은 못 들었습니다."

마르틴 베크는 수화기를 던지듯 내려놓고 이마를 벽에 댔다. 렌나르트 콜베리! 렌나르트가 틀림없어. 빗속에서 뭘 하고 돌아다닌 거지? 47번 버스에는 대체 왜 탄 거지? 아니야, 콜베리가 아닐 거야. 착각일 거야.

그는 다시 전화를 들어 콜베리의 집 번호를 돌렸다. 벨 소리를 헤아렸다. 두 번, 세 번, 네 번, 다섯 번.

"여보세요."

군의 졸린 목소리였다. 마르틴 베크는 최대한 차분하고 자연스럽게 말을 했다.

"여보세요. 렌나르트 집에 있습니까?"

군이 몸을 일으키는지 침대가 삐걱대는 소리가 들렸다. 영원처럼 느껴지는 시간이 흐른 뒤 군이 대답했다.

"아니요, 적어도 침대에는 없어요. 당신하고 함께 있는 줄 알았는데요. 아니, 당신이 우리집에 있는 줄 알았는데요."

"내가 나올 때 그도 같이 나왔습니다. 좀 걷고 싶다면서요. 렌나르트가 집에 없는 게 확실합니까?"

"부엌에 있을지도 몰라요. 잠깐만요. 가서 보고 올게요."

다시 영원처럼 느껴지는 시간이 흐른 뒤 군이 돌아왔다.

"없어요, 마르틴. 집에 없어요."

군의 목소리가 초조해졌다.

"그이가 어디 갔을까요? 이 날씨에?"

"그냥 바람이나 쐬려고 나갔을 겁니다. 내가 방금 집에 돌아왔으니까, 렌나르트도 나간 지 그리 오래되지는 않았습니다. 걱정하지 말아요."

"그이가 돌아오면 당신에게 전화하라고 할까요?"

그녀는 안심한 듯했다.

"아니요, 중요한 일은 아닙니다. 잘 자요. 그럼."

마르틴 베크는 수화기를 내려놓았다. 오한이 엄습하여 이가 덜덜 떨렸다. 그는 다시 수화기를 들었다. 수화기를 쥔 채로 멍하니 서서, 누구에게든 전화를 걸어 어떻게 된 일인지 물어봐야겠다고 생각했다. 그러나 곧 생각이 바뀌었다. 최대한 빨리 현장에 가서 직접 살펴보는 게 최선일 것 같았다. 그는 가까운 택시 승차장 번호를 돌렸다. 즉각 응답이 왔다.

마르틴 베크는 이십삼 년간 경찰 생활을 했다. 동료가 업무 중에 죽는 일도 여러 번 겪었다. 매번 괴로운 경험이었다. 경찰의 업무가 갈수록 위험해진다는 생각이 들었고, 마음 깊은 곳에서는 다음 차례가 자신일지도 모른다는 생각도 들었다. 하지만 그것이 콜베리라면? 콜베리는 그에게 단순한 동료만은 아니었다. 두 사람은 오랫동안 함께 지내면서 점점 더 서로를 의지하게 되었다. 두 사람은 각자의 부족함을 메우는 좋은 파트너였고, 구태여 말로 하지 않아도 서로의 생각과 감정을 읽을 줄 알았다. 콜베리가 일 년 반 전에 결혼하여 셰르마르브링크로 이사한 다음에는 지리적으로도 더 가까워져, 일하지 않을 때에도 자주 만나곤 했다.

불과 얼마 전에, 보기 드물게 우울한 기분에 빠진 콜베리가 이런 말을 한 적이 있었다. "만약에 자네가 없었다면 내가 과연 계속 경찰에 남아 있었을까."

마르틴 베크는 젖은 레인코트를 껴입으며 계단을 내달려 집 앞에서 기다리는 택시로 가면서 그 말을 떠올렸다.

6.

비가 내리고 이슥한 시각인데도 칼베리스베겐 거리에 처진 통제선 바깥에는 구경꾼이 잔뜩 몰려 있었다. 그들은 택시에서 내리는 마르틴 베크를 호기심 어린 눈으로 바라보았다. 검은 망토식 레인코트를 걸친 젊은 경관이 마르틴 베크를 거칠게 저지하려 했으나, 다른 경관이 얼른 젊은 동료의 팔을 낚아채고 마르틴 베크에게 경례를 붙였다.

옅은 색깔의 트렌치코트를 입고 모자를 쓴 왜소한 남자가 마르틴 베크에게 다가왔다. "삼가 조의를 표합니다. 얘기를 듣자니 경감님의 부하 한 명이……."

마르틴 베크가 어찌나 날카롭게 쏘아보았던지 남자가 말을 꿀꺽 삼켰다.

마르틴 베크는 모자를 쓴 남자를 아주 잘 알았고, 아주 싫어했다. 남자는 범죄 전문 기자를 자처하는 프리랜서 저널리스트였다. 살인 사건을 전문으로 보도했는데, 감상적이고 불쾌한데다 종종 사실관계가 잘못된 문장이 가득한 기사를 쓰곤 했다. 그의 글을 실어주는 곳은 극히 질 낮은 주간지들뿐이었다.

남자가 꽁무니를 빼자, 마르틴 베크는 통제선 위로 다리를 걸쳤다. 토르스플란 광장 쪽으로 좀더 간 지점에도 통제선이 쳐져 있었다. 통제선으로 통제된 지역은 죄다 번쩍거리는 레인코트를 걸쳐 누가 누군지 판별할 수 없는 사람들과 흑백의 순찰차들로 붐볐다. 빨간 이층 버스 주변은 땅이 물렁하고 철벅했다.

버스 내부에는 불이 들어와 있고 전조등도 켜져 있었지만 빗줄기가 너무나 빽빽했기 때문에 빛이 멀리까지 비추지는 못했다. 국립과학수사연구원에서 나온 구급차가 정면을 칼베리스베겐 거리로 향한 채 버스 뒤에 세워져 있었다. 검시관의 자동차도 벌써 현장에 와 있었다. 부서진 철조망 뒤에서 몇 사람이 조명등 설치에 바빴다. 이 모든 사항들로 미루어 볼 때, 예사롭지 않은 일이 벌어진 게 분명했다.

마르틴 베크는 거리 맞은편의 칙칙한 아파트들을 올려다보았다. 불 켜진 창문들에 사람들의 실루엣이 비쳤다. 빗발이 두드려대는 창 너머에서 얼굴을 유리에 붙이다시피 하고 구경하는 사람들이었다. 마르틴 베크에게는 그 얼굴들이 희뿌연 반점처럼 보였다. 사건 현장에서 대각선으로 있는 건물 입구에, 맨다리에 부츠를 신고 잠옷 위에 레인코트를 걸친 여자가 모습을 드러냈다. 여자가 이쪽으로 걸어왔다. 여자가 길을 반쯤 건넜을 때, 한 경관이 팔을 붙잡고 현관으로 돌려보냈다. 경관이 성큼성큼 걷는 바람에 여자는 옆에서 뛰다시피 했다. 비에 젖은 흰 잠옷 자락이 여자의 다리에 휘감겼다.

마르틴 베크가 있는 자리에서는 버스의 출입문들이 보이지 않았지만 안에서 사람들이 돌아다니는 것은 똑똑히 보였다. 과학수사 요원들이 벌써 작업에 나선 듯했다. 살인수사과에서 나온 동료는 아무도 보이지 않았다. 아마도 버스 건너편에 있겠거니 싶었다.

그는 자신도 모르게 걸음을 늦췄다. 곧 어떤 장면을 보게 될까 상상하면서 코트 주머니 속에서 주먹을 꽉 쥐었다. 그는 감식반의 회색 차량에서 멀리 떨어져서 버스로 다가갔다.

이층 버스의 중앙 출입문에서 나오는 빛을 받으면서 함마르가 서 있었다. 함마르는 오랫동안 마르틴 베크의 상사였고, 지금은 국장이었다. 함마르는 버스 안의 사람과 대화를 나누는 것 같았다. 그러다가 말을 멈추고 마르틴 베크에게 몸을 돌렸다.

"왔군. 사람들이 혹시 자네를 부르는 걸 잊었나 생각하던 참이었네."

마르틴 베크는 아무런 대꾸 없이 문으로 다가가서 안을 보았다.

위장의 근육들이 불끈 뭉치는 것 같았다. 예상했던 것보다 훨씬 처참했다.

싸늘하고 눈부신 빛 때문에 그 장면은 세세한 부분까지 예리하게 새긴 듯 도드라져 보였다. 뒤틀리고 늘어진 시체들이 버스 전체에 널려 있었고, 온 데 피칠갑이 되어 있었다.

마르틴 베크는 그럴 수만 있다면 그곳에서 시선을 떼고 뒤로 돌아 자리를 뜨고 싶었지만, 겉으로는 그런 기색을 드러내지 않았다. 대신에 스스로를 다그쳐 세부 사항을 빠짐없이 머리에 저장했다. 과학수사 요원들은 묵묵히 체계적으로 작업하고 있었다. 한 사람이 마르틴 베크를 보고 절레절레 고개를 흔들었다.

마르틴 베크는 시신을 하나하나 뜯어보았다. 얼굴을 알아볼 수 있는 사람은 아무도 없었다. 적어도 이 상태에서는. 그가 입을 열었다.

"저 위쪽, 저 남자가 혹시⋯⋯."

마르틴 베크는 함마르에게로 몸을 돌리다가 갑자기 말을 삼켰다.

함마르 뒤쪽의 어둠에서 콜베리가 불쑥 나타났다. 콜베리는 맨머리라 비에 젖은 머리카락이 이마에 찰싹 붙었다.

마르틴 베크는 콜베리를 뚫어져라 보았다.

"왔군. 자네한테 무슨 일이 생겼나 의아하던 참이었어. 전화를 다시 걸어보라고 할까 하고 있었는데." 입을 연 것은 콜베리였다.

콜베리는 마르틴 베크 앞에 서서 살피는 눈초리로 마르틴 베크를 뜯어보았다.

그러고는 역겨운 표정으로 버스 내부를 흘긋 보았다. "자네, 커피 한잔해야겠어. 내가 가져다줄게."

마르틴 베크는 고개를 저었다.

"아니야, 마셔." 콜베리가 말했다.

콜베리가 철벅거리면서 멀어져갔다. 마르틴 베크는 그 뒷모습을 한참 지켜보다가 앞쪽 출입문으로 가서 다시 살펴보았다. 함마르가 무거운 발걸음으로 그를 따라왔다.

버스 운전사는 핸들 위로 푹 고꾸라져 있었다. 머리를 관통당한 게 틀림없었다. 마르틴 베크는 한때 남자의 얼굴이 있었던 위치를 들여다보면서, 전혀 구역질이 나지 않는다는 사실에 설핏 놀랐다. 무표정하게 빗줄기를 응시하고 있는 함마르에게 몸을 돌렸다.

"여기에서 뭘 하고 있었을까? 이 버스에서?" 함마르가 무신

경한 말투로 중얼거렸다.

그 순간, 마르틴 베크는 아까 전화에서 교환원이 언급했던 사람이 누구인지를 알아차렸다.

2층으로 올라가는 계단 바로 뒤쪽 창가에 오케 스텐스트룀이 앉아 있었다. 그는 마르틴 베크의 살인수사과에서 가장 젊은 수사관이었다.

'앉아 있다'는 것은 옳은 표현이 아닐지도 몰랐다. 스텐스트룀의 반물빛 포플린 레인코트는 피투성이였다. 그는 퍼지듯이 좌석에 늘어져 있었다. 오른쪽 어깨는 옆자리 젊은 여자의 등에 닿아 있었다. 여자는 몸이 반으로 접혔다.

그는 죽었다. 옆자리의 아가씨와 버스 안의 다른 여섯 승객들처럼.

그의 오른손에는 공무용 권총이 들려 있었다.

7.

비는 밤새 내렸다. 책력에 따르면 다음날 일출 시각은 7시 40분이었으나, 햇살이 구름을 뚫고 나와 흐릿하고 뿌연 여명을 물리칠 정도로 강해진 것은 9시가 다 되어서였다.

노라스타숀스가탄 거리의 인도에는 열 시간 전에 멈춰 섰던 모습 그대로 빨간 이층 버스가 자리잡고 있었다.

그러나 그 밖에는 모조리 달라졌다. 철저하게 둘러친 통제선 안에서는 오십여 명이 일하고 있었고, 통제선 밖에 모인 구경꾼의 수는 갈수록 불어났다. 자정 직후부터 줄곧 서 있는 구경꾼도 많았다. 하지만 그들이 본 것이라고는 경찰, 구급대원, 사이렌을 울리면서 드나드는 여러 구급차들뿐이었다. 간밤은 사이렌의 밤이었다. 차량들이 쉴 새 없이 젖은 도로를 질주했으나,

무엇 때문인지, 어디로 가는지는 알 수 없었다.

누구도 분명한 사정을 알 수는 없었지만 한 사람 한 사람 귓속말로 전해지며 동심원을 그리듯 구경꾼 전체로 퍼지다가 그 너머 집들로, 도시 전체로 알려진 두 단어가 있었다. 단어들은 점차 구체적인 형태를 띠면서 온 나라로 퍼졌고, 이제는 국경 너머까지 전달되었다.

대량 살인.

스톡홀름의 대량 살인.

스톡홀름의 버스에서 벌어진 대량 살인.

누구나 여기까지는 확실하다고 생각했다.

사실 쿵스홀름스가탄 거리의 경찰청도 그 이상 아는 것이 없었다. 누가 수사를 지휘하느냐 하는 문제조차 분명치 않았다. 철저한 혼란이었다. 전화는 끊임없이 울렸고, 사람들은 들락날락했고, 바닥은 엉망으로 더러워졌고, 그 바닥을 더럽힌 사람들은 땀과 비에 축축이 젖어 짜증스러워했다.

"명단은 누가 정리하고 있지?" 마르틴 베크가 물었다.

"뢴일걸." 콜베리가 이쪽을 보지도 않고 대답했다. 그는 버스 도면을 벽에 붙이느라 바빴다. 도면은 길이가 삼 미터에 폭이 오십 센티미터가 넘을 정도로 커서 다루기가 쉽지 않았다.

"누가 좀 도와주면 안 될까?" 콜베리가 물었다.

"되고말고." 멜란데르가 차분하게 대답하고는 파이프를 내려놓고 일어섰다.

프레드리크 멜란데르는 키가 크고 마른 몸에 생김새가 의젓한 남자로, 깐깐한 성격이었다. 마흔여덟 살인 그 역시 살인수사과의 형사였다. 콜베리와 멜란데르는 오랫동안 함께 일했다. 콜베리는 몇 년이나 함께 일했는지 잊었지만, 멜란데르는 잊지 않았다. 멜란데르는 아무것도 잊지 않는 사람으로 유명했다.

전화 두 대가 동시에 울렸다.

"여보세요, 베크입니다. 누구요? 아니요, 없습니다. 전화 걸라고 할까요? 아, 알겠습니다."

마르틴 베크는 수화기를 내려놓고 다른 전화로 손을 뻗었다. 그때, 나이가 쉰쯤 되어 보이고 머리가 거의 다 센 남자가 조심스레 문을 열고 들어와서 문지방에서 머뭇거렸다.

"왜요, 에크?" 마르틴 베크가 수화기를 들면서 물었다.

"그 버스에 관해서 말인데……." 백발의 남자가 말했다.

"집에 언제 갈 거냐고? 나도 좀 알았으면 좋겠군." 마르틴 베크가 전화에 대고 말했다.

"젠장!" 접착테이프가 퉁퉁한 손가락에 엉겨붙자 콜베리가 외쳤다.

"진정해." 멜란데르가 달랬다.

마르틴 베크는 문간의 남자를 바라보았다.

"버스가 어쨌기에?"

에크는 문을 닫고 들어와 수첩을 보면서 말했다.

"영국의 릴런드 공장에서 만들어졌답니다. 애틀랜티언이라는 모델인데, 우리 나라에서는 H35 타입이라고 불려요. 좌석 정원은 일흔다섯 명. 이상한 사실은……."

벌컥 문이 열렸다. 군발드 라르손이 어질러진 자기 사무실을 황당한 눈으로 둘러보았다. 그의 얇은 레인코트는 흠뻑 젖었다. 바지와 금발 머리카락도 마찬가지였다. 구두는 진흙투성이였다.

"이게 웬 난리통이야." 군발드 라르손이 투덜거렸다.

"버스에서 뭐가 이상하기에?" 멜란데르가 물었다.

"그게, 그 타입은 원래 47번 노선에 쓰이는 게 아니라는군요."

"아니라고?"

"규칙상 아니라는 말이죠. 보통은 독일 뷔싱사(社)의 버스들을 투입한다는군요. 그것도 이층 버스거든요. 이 버스만 예외였던 셈이죠."

"그것참 대단한 단서로군요. 그러면 이제 우리는 영국제 버스에서만 사람을 죽이는 미친놈을 찾으면 됩니까? 그런 말입니까?" 군발드 라르손이 빈정댔다.

에크가 체념한 얼굴로 군발드 라르손을 보았다. 군발드 라르손은 몸을 털면서 물었다. "그건 그렇고, 현관홀로 내려가는 원숭이떼는 뭐죠? 뭐하는 사람들이죠?"

"기자들이에요. 누가 그 사람들하고 이야기를 해야 할 텐데요." 에크가 대답했다.

"난 안 해." 콜베리가 잽싸게 말했다.

"함마르 국장이나, 경찰청장이나, 법무장관이나, 뭐 그런 높은 사람들이 공식 성명을 발표하지 않겠어?" 군발드 라르손이 말했다.

"아직 담화문을 작성하지 못했을 거야. 에크 말이 옳아. 누가 기자들하고 이야기를 하는 게 좋겠어." 마르틴 베크가 말했다.

"난 안 해." 콜베리가 거듭 말했다.

그러더니 빙그르 몸을 돌려, 묘안이 떠올랐다는 듯 의기양양한 표정으로 말했다.

"군발드, 현장에 처음 도착한 사람이 자네잖아. 자네가 기자회견을 여는 게 어때."

군발드 라르손은 지그시 방안을 바라보다가 털북숭이 오른손을 들어 이마에 달라붙은 젖은 머리카락을 손등으로 넘겼다. 마르틴 베크는 아무 말도 하지 않았다. 문 쪽을 쳐다볼 생각도 하지 않았다.

"좋아." 놀랍게도 군발드 라르손은 응낙했다. "그자들을 어디든 빈방에 밀어넣어둬. 내가 가서 이야기하지. 그전에 먼저 한 가지 알고 싶은 게 있어."

"뭔데?" 마르틴 베크가 물었다.

"스텐스트룀의 모친에게는 알렸나?"

죽은 듯한 침묵이 떨어졌다. 군발드 라르손의 말은 자신을 포함하여 방안의 모든 사람들에게서 말하는 능력을 앗아간 것 같았다. 문지방에 선 남자는 방안의 사람을 차례로 바라보았다.

마침내 멜란데르가 고개를 돌려 말했다. "그래. 알렸어."

"잘됐군." 군발드 라르손은 문을 쾅 닫고 나갔다.

"잘됐군." 마르틴 베크는 손가락으로 책상을 톡톡 두드리면서 혼잣말을 했다.

"현명한 짓일까?" 콜베리가 난데없이 물었다.

"뭐가?"

"군발드에게 기자회견을 시킨 게……. 언론의 비난은 지금도 충분한 것 같지 않아?"

마르틴 베크는 콜베리를 쳐다보았지만 대답은 하지 않았다. 콜베리가 어깨를 으쓱했다.

"아, 뭐. 상관없겠지."

멜란데르는 책상으로 돌아와서 파이프에 불을 붙였다.

"맞아, 지금 그런 게 대수인가." 멜란데르도 그렇게 말했다.

멜란데르와 콜베리는 버스 도면을 벽에 붙이는 데 성공했다. 버스 1층의 도면을 확대한 것이었다. 도면에는 사람의 실루엣이 몇 개 그려져 있었고, 1에서 9까지 번호가 매겨졌다.

"명단을 작성한다는 뢴은 어디 갔어?" 마르틴 베크가 웅얼거렸다.

"버스에 관해서 한 가지 더 주목할 점은……." 에크가 고집스럽게 말을 이었다.

그때 전화가 울렸다.

8.

기자들과 급조한 만남을 갖기로 한 방은 결단코 그 용도에 어울리지 않는 공간이었다. 방에는 탁자 하나, 선반 몇 개, 의자 네 개가 전부였다. 군발드 라르손이 들어선 무렵에는 이미 담배 연기와 축축한 코트들에서 나는 냄새로 공기가 텁텁하기 짝이 없었다.

군발드 라르손은 더 들어오지 않고 문 앞에 선 채, 운집한 기자들과 사진사들을 휙 둘러보았다. 그리고 무심한 말투로 운을 뗐다. "자, 뭘 알고 싶습니까?"

기자들이 모두 동시에 떠들기 시작했다. 군발드 라르손이 손을 들었다. "한 사람씩 부탁합니다. 거기, 당신부터 질문하세요. 그다음에 왼쪽부터 오른쪽으로 가겠습니다."

이후 기자회견은 다음과 같이 진행되었다.

질문(Q): 버스가 발견된 시각은 언제입니까?

대답(A): 어젯밤 11시 10분쯤입니다.

Q: 누가 발견했습니까?

A: 길 가던 남자가 발견하고는 순찰차를 세워 신고했습니다.

Q: 버스 안에 사람이 몇 명 있었습니까?

A: 여덟 명입니다.

Q: 모두 죽었습니까?

A: 그렇습니다.

Q: 어떻게 죽었습니까?

A: 그건 아직 말하기 이릅니다.

Q: 외부의 폭력에 의한 사망입니까?

A: 아마도.

Q: 아마도라는 게 무슨 뜻입니까?

A: 말 그대로입니다.

Q: 총격 흔적이 있습니까?

A: 있습니다.

Q: 그러면 모두 총에 맞아 죽은 겁니까?

A: 아마도.

Q: 정말로 대량 살인이군요?

A: 그렇습니다.

Q: 살인 무기는 발견했습니까?

A: 아니요.

Q: 경찰이 억류한 용의자가 있습니까?

A: 없습니다.

Q: 특정 용의자를 지목하는 흔적이나 단서가 있습니까?

A: 없습니다.

Q: 한 사람에 의해 저질러진 범행입니까?

A: 모릅니다.

Q: 여덟 명을 죽인 범인이 둘 이상이라고 볼 만한 증거가 있습니까?

A: 없습니다.

Q: 한 사람이라면 어떻게 버스에서 여덟 명을 죄다 죽이죠? 누군가 저항하지 않았을까요?

A: 모릅니다.

Q: 범인이 버스 내부에서 총을 쐈습니까, 아니면 외부에서 안으로 총알이 들어왔습니까?

A: 밖에서 날아들진 않았습니다.

Q: 어떻게 알죠?

A: 유리창이 깨진 형태를 볼 때, 총은 안쪽에서 발사되었습니다.

Q: 살인범이 사용한 무기는 어떤 종류입니까?

A: 모릅니다.

Q: 틀림없이 기관총이나 기관단총이겠지요?

A: 노코멘트.

Q: 사건이 발생했을 때 버스는 서 있었습니까, 움직이던 중이었습니까?

A: 모릅니다.

Q: 버스가 발견된 위치로 보아, 버스가 이동하던 중에 총격이 발생해서 차량이 인도에 올라갔다고 봐야 하지 않을까요?

A: 맞습니다.

Q: 경찰견이 흔적을 감지했습니까?

A: 비가 내렸잖습니까.

Q: 이층 버스지요?

A: 그렇습니다.

Q: 시신은 어디에서 발견됐습니까? 위층입니까, 아래층입니까?

A: 아래층입니다.

Q: 여덟 명 전부?

A: 그렇습니다.

Q: 희생자들의 신원은 파악했습니까?

A: 아니요.

Q: 한 사람이라도 파악된 사람이 없습니까?

A: 있습니다.

Q: 누구죠? 운전사인가요?

A: 아니요. 경찰관입니다.

Q: 경찰관이라고요? 이름을 말해줄 수 있습니까?

A: 그러죠. 오케 스텐스트룀 경사입니다.

Q: 스텐스트룀? 살인수사과의?

A: 그렇습니다.

기자 두 명이 사람들을 밀치며 문 쪽으로 가려고 했으나 군발
드 라르손이 손을 들었다.

"되도록이면 왔다갔다하지 맙시다. 질문 더 있습니까?"

Q: 스텐스트룀 형사는 버스 승객이었습니까?

A: 적어도 운전사는 아니었습니다.

Q: 형사가 거기 있었던 게 우연일까요?

A: 모릅니다.

Q: 개인적으로 질문드리겠습니다. 희생자 중 하나가 수사국 사람인 게 우연이라고 보십니까?

A: 나는 개인적인 답변을 하자고 이 자리에 나온 게 아닙니다.

Q: 스텐스트룀 형사가 사건 발생 당시에 뭔가 특별히 수사하는 게 있었습니까?

A: 모릅니다.

Q: 어젯밤에 그가 근무중이었습니까?

A: 아닙니다.

Q: 비번이었다고요?

A: 그렇습니다.

Q: 그렇다면 우연히 그 버스에 탔을 수도 있겠네요. 다른 희생자들의 이름도 말해줄 수 있습니까?

A: 아니요.

Q: 이 사건은 사실상 스웨덴 최초의 대량 살인 사건입니다. 외국에서는 근래 이와 비슷한 범죄가 여러 건 있었지만 말입니다. 미국 같은 다른 나라들의 범죄가 이런 미치광이 짓에 영향을 줬다고 보십니까?

A: 모릅니다.

Q: 살인범이 미치광이라 사람들의 관심을 끌기 위해서 이런 짓을 저질렀다는 게 경찰의 견해입니까?

A: 한 가지 가설입니다.

Q: 그야 그렇지만, 그건 질문에 대한 답이 못 되죠. 경찰이 그런 가설에 따라 수사하고 있느냐고 물은 겁니다.

A: 우리는 모든 단서와 가설을 쫓고 있습니다.

Q: 희생자 중 여자는 몇 명입니까?

A: 두 명입니다.

Q: 그러면 희생자 중 여섯 명은 남자라는 말이죠?

A: 그렇습니다.

Q: 버스 운전사와 스텐스트룀 형사까지 포함해서?

A: 그렇습니다.

Q: 잠깐만요, 버스에 있던 사람들 중 한 명은 살아남아서 경찰이 일대를 통제하기 전에 먼저 현장에 도착한 구급차로 이송되었다고 들었는데요.

A: 그래요?

Q: 사실입니까?

A: 다음 질문.

Q: 형사님이 현장에 처음 도착한 경찰이었던 것 같은데,

맞습니까?

A: 그렇습니다.

Q: 몇 시에 도착하셨습니까?

A: 11시 25분입니다.

Q: 그때 버스 내부는 어땠습니까?

A: 어땠을 것 같습니까?

Q: 평생 목격한 것 중 가장 무시무시한 광경이었다고 말할 수 있습니까?

군발드 라르손은 질문자를 멀거니 바라보았다. 둥근 금속 테 안경을 쓰고 붉은 턱수염을 단정치 못하게 기른 청년이었다. 라르손은 이윽고 대답했다. "아니요, 그렇지 않습니다."

기자들은 이 대답에 약간 당황했다. 한 여기자가 찌푸린 얼굴로 못 믿겠다는 듯 물었다. "그게 무슨 뜻이죠?"

"말 그대롭니다."

군발드 라르손은 경찰이 되기 전에 해군 정규군 소속의 수병이었다. 1943년 8월, 그는 어뢰에 맞아 해저에 가라앉은 지 석 달이 지나서야 인양된 잠수함 울벤호의 내부를 조사하는 임무를 맡았다. 사망자 서른세 명 중에는 그와 함께 훈련 과정을 밟았던 동료가 여럿 있었다. 전후에 그는 렌네슬레트 수용소에 수

감되어 있었던 발트제국 출신의 이적 행위자들을 본국으로 인도하는 일을 맡았다. 또한 독일군의 집단 수용소에 갇혔던 희생자 수천 명이 스웨덴으로 돌아오는 모습도 목격했다. 대부분 여성이었고, 그들 중 많은 사람이 끝내 살아남지 못했다.

하지만 군발드 라르손은 젊은 좌중에게 자신이 겪어온 일을 설명할 이유가 없었다. 그는 간단히 말했다. "질문 더 없습니까?"

"사건의 실제 목격자로 확보된 사람이 있습니까?"

"없습니다."

"한마디로, 스톡홀름 한복판에서 대량 살인이 벌어졌다. 여덟 명이 살해되었다. 그게 경찰 발표의 전부입니까?"

"그렇습니다."

그 말과 함께 기자회견은 끝났다.

9.

뢴이 명단을 갖고 들어온 지 한참이 지나서야 사람들이 그를 알아차렸다. 마르틴 베크, 콜베리, 멜란데르, 군발드 라르손은 옹기종기 모여 사건 현장 사진이 어지럽게 널린 책상에 몸을 숙이고 있었다. 그 옆에서 갑자기 뢴이 말했다. "명단이 준비됐어."

뢴은 아리에플로그에서 나고 자랐다. 스톡홀름에 산 지는 이십 년이 넘었는데도 말투에는 여태 북부 사투리가 묻어났다.

뢴은 책상 한구석에 명단을 두고는 의자를 끌어와서 앉았다.

"사람을 좀 놀래지 말아." 콜베리가 말했다.

방안에 오랫동안 침묵만 흘렀던 터라, 콜베리는 뢴의 목소리에 소스라쳤던 것이다.

"자, 한번 볼까나." 군발드 라르손이 조급하게 명단으로 손을 뻗었다.

그리고 한참 들여다본 다음에 뢴에게 돌려주었다.

"내가 평생 본 것 중에서 제일 알아먹기 힘든 글씨로군. 아무리 자기가 썼다지만 자네는 이걸 읽을 수 있단 말이야? 타이핑한 건 없어?"

"있어. 타이핑시켰어. 곧 줄게." 뢴이 대답했다.

"좋아. 어디 들어볼까." 콜베리가 재촉했다.

뢴은 안경을 쓰고, 목청을 가다듬더니 종이를 쭉 훑었다.

"사망자 여덟 명 가운데 네 명은 종점 인근에 살았어. 생존자도 그렇고."

"가능하면 순서대로 이야기해." 마르틴 베크가 주문했다.

"보자, 맨 먼저 운전사가 있지. 그는 목덜미에 두 발을 맞고 머리에 한 발을 맞았어. 즉사했을 거야."

마르틴 베크는 뢴이 책상의 사진 더미에서 뽑아낸 사진을 구태여 쳐다볼 필요가 없었다. 운전석의 남자가 어떤 꼴을 하고 있었는지는 똑똑히 기억했다.

"이름은 구스타브 벵트손. 마흔여덟 살에 유부남이고, 아이가 둘 있고, 이네달스가탄 거리 5번지에 살아. 가족에게는 알렸어. 그 운행이 어제의 마지막 운행이었기 때문에 마지막 정류장에 손님들을 내려주고는 버스를 린드하겐스가탄 거리의 호른스베리 터미널에 집어넣을 참이었대. 버스 요금 통은 누가 손댄 것 같지 않고, 운전사의 지갑에도 120크로나가 그대로 있었어."

뢴은 안경 너머로 동료들을 힐끔 보았다.

"운전사에 대해서는 지금은 이 정도야."

"계속해." 멜란데르가 말했다.

"저 그림에 나와 있는 순서대로 이야기할게. 다음은 오케 스텐스트룀. 뒤에서 다섯 발을 맞았어. 오른쪽 어깨를 측면에서 맞은 것도 있는데, 이건 아마도 다른 데 맞았다가 튀어나온 탄이었을 거야. 스텐스트룀은 스물아홉 살이고, 사는 곳은……."

군발드 라르손이 끼어들었다.

"그건 건너뛰어. 스텐스트룀이 어디 사는지는 알아."

"나는 몰랐는데." 뢴이 말했다.

"계속해." 또 멜란데르였다.

뢴이 다시 목청을 틔웠다.

"스텐스트룀은 셰르호브스가탄 거리에서 약혼녀와 함께 살았고……."

군발드 라르손이 또 끼어들었다.

"약혼은 안 했어. 내가 얼마 전에 물어봤단 말이야."

마르틴 베크는 군발드 라르손에게 짜증스러운 눈길을 던진 뒤, 뢴에게 고갯짓으로 계속하라고 했다.

"스물네 살의 오사 토렐과 함께 살았어. 여자는 여행사에서 일해."

뢴은 군발드 라르손을 얼른 훔쳐보면서 덧붙였다. "어쨌든 동거중이지. 여자가 통지를 받았는지는 모르겠어."

멜란데르가 입에서 파이프를 빼면서 말했다. "알렸어."

책상을 둘러싼 다섯 남자 중 누구도 스텐스트룀의 처참한 시신 사진을 보려 하지 않았다. 확인은 이미 다 마쳤고, 다시 보고 싶은 마음은 전혀 없었다.

"오른손에 공무용 권총을 들고 있었어. 공이치기가 당겨져 있었지만 발사하진 않았어. 호주머니에는 삼십칠 크로나가 든 지갑, 신분증, 오사 토렐의 사진 한 장, 어머니에게서 온 편지 한 장, 영수증 몇 장이 들어 있었어. 또 운전면허증, 수첩, 펜 몇 자루, 열쇠 꾸러미가 있었지. 그 물건들은 과학수사 요원들이 조사를 마치면 우리한테 보내줄 거야. 계속할까?"

"그래." 콜베리가 대답했다.

"스텐스트룀 옆자리에 앉아 있던 아가씨는 이름이 브리트 다니엘손. 스물여덟 살이고, 미혼. 사밧스베리 병원에서 일하는 정식 간호사래."

"두 사람이 왜 같이 있었는지 궁금하군. 어쩌면 스텐스트룀이 뒷구멍으로 재미를 보고 있었는지도 모르지." 군발드 라르손이 말했다.

뢴이 라르손에게 나무라는 눈빛을 던졌다.

"확인해봐야겠지." 콜베리가 말했다.

"여자는 사밧스베리 병원에 다니는 다른 간호사와 함께 칼베리스베겐 거리 87번지에 살았어. 모니카 그란홀름이라는 그 룸메이트에 따르면, 브리트 다니엘손은 병원에서 곧장 퇴근하는 중이었대. 여자는 관자놀이에 딱 한 발을 맞았어. 버스에서 총을 한 발만 맞은 사람은 이 여자뿐이야. 여자의 핸드백에는 서른여덟 가지 물건이 들어 있었어. 열거할까?"

"맙소사, 됐어." 군발드 라르손이 막았다.

"명단과 그림에서 네 번째로 표기된 인물은 알폰스 슈베린이야. 생존자지. 뒤쪽 세로 좌석들 사이 바닥에 등을 대고 누워 있었어. 부상 내용은 다들 알겠지. 복부에 한 발을 맞았고, 심장 근처에 총알이 한 방 박혔어. 노라스타숀스가탄 거리 117번지에 혼자 산대. 마흔세 살이고, 도시도로관리부서에서 일하고. 용태는 어떻다지?"

"아직 혼수상태야. 의사들 말로는 의식을 찾을 가능성이 없진 않지만 의식을 찾더라도 말을 하거나 사건을 기억할지는 미지수라더군." 마르틴 베크가 대답했다.

웃는 경관

"배에 총알이 박히면 말을 못 하나?" 군발드 라르손이 놀라서 물었다.

"정신적 충격 때문에." 마르틴 베크가 대답했다.

마르틴 베크는 기지개를 켜면서 의자를 뒤로 밀고 일어났다. 담배에 불을 붙이고 도면 앞에 섰다.

"구석의 이 사람은? 8번이라고 적혀 있는 사람."

마르틴 베크는 버스 맨 뒤의 오른쪽 구석 좌석을 가리켰다. 뢴이 메모를 찾아보았다.

"총알을 가슴과 복부에 여덟 발 맞았어. 아랍인이고 이름은 모하메드 부시. 알제리 출신이고, 서른여섯 살이고, 스웨덴에 연고는 없대. 노라스타숀스가탄 거리의 하숙집인가 뭔가에 산다는군. 바사가탄 거리의 지그재그라는 그릴 식당에서 일을 마치고 귀가하던 중이었던 게 분명해. 현재로서는 그 정도야."

"아랍이라. 거기야말로 심심하면 총격이 벌어지는 데 아닌가?" 군발드 라르손이 중얼거렸다.

"자네의 정치 상식은 비참한 수준이로군. 세포로 전근 신청하는 게 어때?" 콜베리가 비꼬았다.

"정확히는 국가경찰위원회 보안청이라 해야지." 라르손의 대답이었다.*

뢴이 일어나서 사진 무더기 중 두 장을 뽑아 나란히 놓았다.

"이 남자는 아직 신원 파악이 안 됐어. 6번 말이야. 버스 중앙 출입문 바로 뒤, 바깥쪽 좌석에 앉아 있었고, 여섯 발을 맞았어. 주머니에는 성냥갑의 성냥개비를 긋는 부분, 빈 담뱃갑, 버스표, 현금 1823크로나가 들어 있었어. 그게 다야."

"큰돈인데." 멜란데르가 곰곰이 말했다.

그들은 책상으로 몸을 기울여 신원 미상 남자의 사진들을 조사했다. 남자는 바닥으로 미끄러져 좌석에 등을 댄 채 퍼질러 앉아 있었다. 두 팔은 좌석에 걸려 있었으며, 왼다리는 통로로 비죽 튀어나왔다. 코트 앞섶은 피로 물들었다. 얼굴은 없었다.

"맙소사, 남자라는 것밖에 모르겠군. 이 남자 엄마라도 아들을 못 알아볼걸." 군발드 라르손이 말했다.

마르틴 베크는 다시 벽에 걸린 도면을 연구했다. 이윽고 그가 왼손을 얼굴 앞으로 올리면서 말했다. "두 명이 아니라고 확신할 순 없겠는데."

다른 사람들이 그를 쳐다보았다.

"두 명이 뭐 어떻다고?" 군발드 라르손이 물었다.

"총잡이가 두 명일지도 모르겠다는 말이야. 승객들을 보라

---

* 스웨덴의 정보기관인 '세포'는 '보안 경찰'이라는 뜻의 '세케르헤트폴리센Säkerhetspolisen'을 줄인 말로, 1989년까지는 '국가경찰위원회 보안청'이라고 불렸지만 이후로는 그냥 '보안청'으로 불린다.

고. 원래 앉아 있던 좌석에서 이동한 사람이 아무도 없어. 생존자는 예외이지만, 그 사람은 아마도 나중에 굴러떨어졌겠지."

"미친놈이 둘이나? 동시에?" 군발드 라르손은 회의적이었다.

콜베리가 마르틴 베크 옆에 와서 섰다.

"범인이 한 명이었다면 누구라도 대응할 수 있었을 거라는 뜻인가? 음, 어쩌면 그랬을지도 모르지. 하지만 이놈은 그저 뚜두두둑 갈겨버렸어. 상당히 빨리 해치웠을 거야. 게다가 승객들이 다들 졸다가 습격을 받았다면……."

"명단을 계속 읽을까? 그 문제는 무기가 하나였는지 둘이었는지 확인되면 금세 밝혀질 테니까."

"그렇지. 계속해, 에이나르." 마르틴 베크가 대답했다.

"일곱 번째 희생자는 요한 셀스트룀이라는 정비소 십장이야. 신원 미상의 남자 옆에 앉아 있었지. 나이는 쉰둘이고, 기혼이고, 칼베리스베겐 거리 89번지에 살아. 아내에 따르면, 시빌레가탄 거리의 작업장에서 초과근무를 하고 돌아오는 길이었대. 이 남자에 대해서는 별 특기할 사항이 없어."

"퇴근하다 뱃가죽에 총알이 잔뜩 박혔다는 점만 빼면." 군발드 라르손이 말했다.

"중앙 출입문 바로 앞 창가 좌석에 앉았던 사람은 여덟 번째 희생자인 예스타 아사르손. 마흔두 살. 머리통이 거지반 날아갔어. 텡네르가탄 거리 40번지에 살고, 그곳에 사무실도 있어. 동생과 함께 무역 회사를 운영한다는군. 남자의 아내는 남편이 왜 버스에 탔는지 모르겠대. 아내가 알기로 남자는 나르바베겐 거리에서 무슨 클럽 모임에 참석했대."

"아하, 흥청망청하다가 나온 거로군." 군발드 라르손이 말했다.

"맞아, 그 점을 시사하는 증거들이 있거든. 서류 가방에 위스키가 한 병 들어 있었어. 조니워커 블랙라벨."

"아하." 미식가인 콜베리의 반응이었다.

"콘돔도 두둑하게 챙겼더군. 안주머니에 콘돔이 일곱 개 있었어. 그리고 수표책이 있고, 현금도 팔백 크로나 있었고."

"왜 일곱 개나 가지고 다니지?" 군발드 라르손이 물었다.

이때 문이 열리고 에크가 고개를 들이밀었다.

"국장이 십오 분 뒤에 여러분 모두 자기 사무실로 오래요. 브리핑을 하잡니다. 10시 45분에."

그리고 가버렸다.

"좋아, 계속하지." 마르틴 베크가 말했다.

"어디까지 했지?"

"콘돔 일곱 개를 가지고 다닌 남자까지." 군발드 라르손이 알려줬다.

"그 남자에 대해서 더 말할 게 있나?" 마르틴 베크가 물었다.

뢴은 자기 글씨로 뒤덮인 종잇장을 흘끗 본 뒤에 대답했다.

"없는 것 같아."

"그럼 넘어가지." 마르틴 베크가 군발드 라르손의 책상에 앉으면서 말했다.

"아사르손보다 두 자리 앞에 앉았던 사람이 아홉 번째인 힐두르 요한손 부인. 예순여덟 살이고, 과부고, 노라스타숀스가탄 거리 19번지에 살아. 어깨를 맞았고, 목을 관통당했어. 베스트만나가탄 거리에 결혼한 딸이 사는데 딸네 집에서 손자를 봐주다가 귀가하는 중이었대."

뢴이 종이를 접어 재킷 주머니에 넣었다.

"이게 다야."

군발드 라르손은 한숨을 쉬었다. 그러고는 사진들을 아홉 뭉치로 나눠 깔끔하게 쌓았다.

멜란데르는 파이프를 내려놓고 뭐라고 웅얼거리더니, 화장실로 갔다.

콜베리는 의자를 뒤로 기울이며 입을 열었다. "그래서 우리가 여기에서 뭘 알 수 있지? 평범한 어느 날 저녁에, 평범한 버스에서, 평범한 사람 아홉 명이, 기관단총을 지닌 괴한에게 별다른 이유도 없이 습격당했다? 신원 미상의 남자를 논외로 한다면 피해자들에게는 이상한 점이 전혀 없는걸."

"아니야, 있어. 스텐스트룀. 녀석은 그 버스에서 뭘 하고 있었지?" 마르틴 베크가 말했다.

아무도 대답하지 않았다.

한 시간 뒤, 함마르가 정확히 같은 질문을 마르틴 베크에게 던졌다.

함마르는 앞으로 버스 살인 사건만 전담할 특수 수사대를 소집했다. 숙련된 인력이 열일곱 명 배정되었고, 함마르가 지휘를 맡았다. 마르틴 베크와 콜베리도 수사를 이끌 것이다.

수사대는 지금까지 밝혀진 사실을 일일이 짚어보고, 상황을 분석하고, 일거리를 분배했다. 상황 점검 회의가 끝나 다들 방을 나가고 마르틴 베크와 콜베리만 남았을 때 함마르가 물었다. "스텐스트룀은 그 버스에서 뭘 하고 있었지?"

"모릅니다." 마르틴 베크가 대답했다.

"그가 요즘 무슨 일을 하고 있었는지 아무도 모르는 것 같더군. 자네들은 아나?"

콜베리가 손을 펼치면서 어깨를 치켰다.

"감도 못 잡겠습니다. 일상적인 업무가 아니라면요. 아마 아무 일도 없었을 텐데요."

"최근에는 사건이 별로 없었습니다. 그래서 스텐스트룀도 꽤 여유가 있었습니다. 얼마 전까지만 해도 초과근무를 어마어마하게 했으니까 쉴 때도 있어야지요." 마르틴 베크도 말했다.

함마르는 손가락으로 책상 가장자리를 또드락거리면서 뭔가를 생각하는 듯 눈살을 찌푸렸다. 그리고 물었다. "약혼녀에게는 누가 알렸지?"

"멜란데르가요." 콜베리가 대답했다.

"자네들 중 누구든 가급적 빨리 약혼녀와 이야기해보게. 약혼녀라면 스텐스트룀이 요즘 뭘 하고 있었는지 알 테지."

함마르는 잠시 말을 멈추었다가 덧붙였다. "물론 그런 경우가 아닐 때의 얘기겠지만……."

그리고 입을 다물었다.

"그런 경우라니요?" 마르틴 베크가 물었다.

"스텐스트룀이 버스의 그 간호사와 만나는 사이가 아니었다면, 하는 말이죠." 콜베리가 거들었다.

함마르는 대꾸가 없었다.

"혹은 그와 비슷한 다른 용무로 외출했던 게 아니었다면, 하는 말이죠." 역시 콜베리가 말했다.

함마르는 고개를 끄덕였다.

"알아내게."

10.

쿵스홀름스가탄 거리의 경찰청 건물 앞에 선 두 남자는 자신들이 어딘가 다른 곳에 있으면 좋겠다고 간절히 바랐다. 그들은 경찰모를 썼고, 도금 단추가 달린 가죽 재킷을 입었고, 가슴에는 사선으로 어깨띠를 맸고, 허리에는 권총과 경찰봉을 찼다. 그들은 크리스티안손과 크반트였다.

잘 차려입은 중년 부인이 그들에게 다가와서 물었다. "실례합니다. 예르네가탄 거리로 가려면 어떻게 해야 하나요?"

"저도 모릅니다, 부인. 경찰에게 물어보세요. 저기 한 명 서 있네요." 크반트가 대답했다.

부인은 눈을 동그랗게 뜨고 크반트를 보았다.

"우리도 여기는 잘 몰라서 말입니다." 크리스티안손이 설명

웃는 경관

이랍시고 덧붙였다.

부인은 두 사람이 계단을 오르는 동안에도 한참 그들을 바라보았다.

"뭣 때문에 우리를 불렀을까?" 크리스티안손이 초조하게 말했다.

"그야 물론 증언을 받으려는 거지. 우리가 최초로 발견했잖아, 안 그래?" 크반트가 대답했다.

"그야 그렇지. 하지만……."

"'하지만'이라는 말은 하지 마, 칼레. 자, 승강기를 타자고."

그들은 3층에서 콜베리와 마주쳤다. 콜베리는 무심하고 울적한 표정으로 그들에게 고개를 까딱인 다음 방문을 열고 안에다 말했다. "군발드, 솔나의 그 친구들이 왔는데."

"기다리라고 해." 사무실 안쪽에서 목소리가 들렸다.

"기다리게." 콜베리는 이렇게 말하고 사라졌다.

이십 분을 기다린 뒤에, 크반트가 몸을 부르르 떨면서 말했다. "뭐 이런 일이 다 있어. 원래 우리 둘 다 비번이잖아. 나는 시브가 병원에 다녀오는 동안 아이들을 봐주겠다고 약속했단 말이야."

"아까 얘기했잖아." 크리스티안손은 풀이 죽어 있었다.

"시브가 거기에 이상한 게 느껴진다는 거야, 거기 있잖아, 아랫도리……."

"그래, 그것도 아까 얘기했어." 크리스티안손이 웅얼거렸다.

"지금쯤 시브는 단단히 성이 났겠군. 요즘은 마누라하고 밤일이 잘 안 된다니까. 게다가 마누라 몰골이 어찌나 흉해졌는지. 셰르스틴도 엉덩이가 그리 펑퍼짐해졌나?"

크리스티안손은 대꾸하지 않았다.

셰르스틴은 크리스티안손의 아내였다. 그는 아내에 대해 이러쿵저러쿵 말하는 것을 싫어했다.

크반트는 크리스티안손의 반응에 개의치 않았다.

오 분이 더 지난 후 군발드 라르손이 문을 열고 퉁명스럽게 말했다. "들어오시지."

두 사람은 안으로 들어가서 앉았다. 군발드 라르손이 그들을 쌀쌀맞게 쏘아보았다.

"아무쪼록 앉지."

"벌써 앉았습니다." 크리스티안손이 얼빠지게 대답했다.

크반트가 조급하게 손짓하여 크리스티안손의 입을 닫았다. 분위기가 심상치 않음을 느꼈기 때문이다.

군발드 라르손은 잠시 말없이 서 있다가 책상 뒤로 돌아가 자리에 앉았다. 땅이 꺼져라 한숨을 쉰 다음 입을 열었다. "두 사람은 경찰에 몸담은 지 얼마나 됐지?"

"팔 년입니다." 크반트가 대답했다.

군발드 라르손은 책상에서 종이를 한 장 집어서 훑어보았다.

"읽을 줄은 아나?"

"그야 물론입니다." 크반트가 제지할 겨를도 없이 크리스티
안손이 대답했다.

"그럼 읽어봐."

군발드 라르손이 종이를 건너편으로 밀었다.

"거기 적힌 말을 이해하겠나? 아니면 내가 설명해줄까?"

크리스티안손이 고개를 저었다.

"기꺼이 설명해주지. 그건 사건 현장에 대한 예비 조사 보고
서야. 270밀리미터의 신발을 신은 두 사람이 빌어먹을 버스의
위아래층에 발자국을 백 개쯤 남겼다는군. 두 사람이 누구일 것
같나?"

대답이 없었다.

"설명을 더 해드릴까. 좀 전에 내가 과학수사 요원하고 통화
했는데 말이야, 그 사람 말이 하마떼가 몇 시간 동안 사건 현장
을 휩쓸고 다닌 것 같았다는군. 어떻게 고작 둘밖에 안 되는 인
간들이 짧은 시간에 그토록 철저하게 모든 흔적을 지워버렸는
지 놀랍기 그지없다고 하더군."

성질이 오르기 시작한 크반트는 책상 너머의 남자를 매섭게

노려보았다. 그러거나 말거나, 군발드 라르손은 어르는 말투로 이야기를 계속했다.

"그런데 말이지, 하마 같은 동물들은 보통 무장을 안 하잖나? 그런데 누가 7.65밀리미터 발터 권총으로 버스에 총질을 했다는 거야. 정확하게 말하자면 앞쪽 계단에서 천장을 향해 쐈다더군. 총알은 지붕에 맞고 튕겨서 2층 좌석에 가 박혔어. 그 총알을 누가 쐈을 것 같나?"

"우리가 그랬습니다. 그러니까, 제가 그랬습니다." 크리스티안손이 말했다.

"오, 그래? 뭐에 대고 쏜 건가?"

크리스티안손은 불만스럽게 목덜미를 긁적였다.

"그냥 쐈습니다."

"위협사격이었습니다." 크반트가 거들었다.

"누구를 위협했지?"

"살인자가 아직 버스 안에 있을지도 모른다고 생각했습니다. 2층에 숨어 있을지도 모른다고요." 크리스티안손이 대답했다.

"숨어 있던가?"

"아니요." 크반트가 대답했다.

"어떻게 알았지? 발포한 다음에 어떻게 했나?"

"위로 올라가서 살펴봤습니다." 크리스티안손이 대답했다.

"아무도 없더군요." 크반트도 말했다.

군발드 라르손은 삼십 초쯤 두 사람을 노려보았다. 그러고는 손바닥으로 책상을 쾅 치면서 호통쳤다. "그러니까, 둘 다 올라 갔단 말이지! 어떻게 그렇게 멍청할 수가 있나!"

"각자 다른 통로로 올라갔습니다. 저는 뒤쪽 계단으로 올라가고 칼레는 앞쪽 계단으로 올라갔습니다." 크반트가 변명했다.

"위에 있는 사람이 빠져나가지 못하게 말입니다." 크리스티안손이 분위기를 누그러뜨려보려고 거들었다.

"맙소사, 거기엔 아무도 없었지! 자네들이 한 일이라고는 버스 전체의 족적을 모조리 뭉개버린 거야! 바깥은 말할 것도 없고! 그리고 대체 시체 사이를 어슬렁거린 건 뭣 때문이었지? 유혈이 낭자한 현장을 더욱더 난장판으로 만들고 싶었나?"

"살아 있는 사람이 있나 본 겁니다."

크리스티안손이 창백해진 얼굴로 꿀떡 침을 삼켰다.

"칼레, 또 토하고 그러면 안 돼." 옆에서 크반트가 꾸짖었다.

문이 열리고 마르틴 베크가 들어왔다. 크리스티안손은 재깍 자리에서 일어났고, 크반트는 잠시 후에 동료를 따랐다.

마르틴 베크는 두 사람에게 고개를 끄덕여 인사하고 군발드 라르손에게 눈빛으로 무슨 일이냐고 물었다.

"고래고래 고함친 게 자네인가? 이 친구들을 닦아세워봐야 아무 소용없어."

"소용이 없기는 왜 없나. 얼마나 건설적인 대화중인데." 군발드 라르손이 응수했다.

"건설적이라고?"

"그렇다마다. 이 멍청이들은⋯⋯."

군발드 라르손이 말을 멈추고 표현을 바로잡았다.

"이 두 동료분께서는 우리의 유일한 증인이란 말이야. 거기 두 사람! 자네들이 현장에 도착한 게 몇 시였지?"

"11시 13분이었습니다. 손목시계로 시간을 봤습니다." 크반트가 대답했다.

"그때 나는 지금 앉아 있는 이 자리에 앉아 있었어. 그리고 11시 18분에 전화를 받았지. 여유를 충분히 줘서, 자네가 한 삼십 초쯤 무전기를 더듬었다고 하지. 교환국이 내게 연락하기까지 또 십오 초쯤 걸렸다고 해보겠네. 그래도 사 분이 넘게 비어. 그동안 자네들은 뭘 했나?"

"그게⋯⋯." 크반트였다.

"자네들이 쥐약 먹은 쥐처럼 우왕좌왕 혈흔과 뇌수를 짓밟아 뭉개고, 시신을 옮기고, 또 무슨 짓을 했을지 누가 알겠어. 무려 사 분 동안."

"뭐가 건설적인 대화라는 건지⋯⋯." 마르틴 베크가 말을 꺼냈으나, 군발드 라르손이 재깍 막았다.

"기다려봐. 이 얼간이들이 범행 현장을 사 분 동안 열심히 망가뜨렸다는 점을 차치하더라도, 이자들은 11시 13분에 현장에 도착했다고 했어. 그런데 자발적으로 간 게 아니라 처음에 버스를 발견한 한 시민의 제보를 듣고 간 거였어. 내 말이 맞나?"

"네." 크반트였다.

"개를 데리고 나온 노인이었습니다." 크리스티안손도 말했다.

"그래. 그런데 이자들은 번거롭게시리 제보자의 이름을 물어볼 생각 따위는 없었어. 제보자가 오늘 친절하게도 직접 경찰서로 출두했기에 망정이지, 아니라면 우리는 제보자의 신원을 영영 몰랐을 거야. 자네들이 개를 데리고 나온 남자를 만난 게 언제였지?"

"그게……." 크반트였다.

"버스로 가기 약 이 분 전이었습니다." 크리스티안손이 자기 부츠를 보면서 대답했다.

"그렇지. 제보자의 진술에 따르면 이자들은 차에 앉아서 무례하게 고함을 질러대느라 적어도 일 분쯤 소비했다니까. 개가 어쩌고저쩌고했다던데, 맞나?"

"네." 크리스티안손이 웅얼거렸다.

"따라서 자네들이 제보를 접수한 시각은 대략 11시 10분이나 11분이었어. 남자가 자네들을 불러 세웠을 때 자네들은 버스에서 얼마나 떨어져 있었지?"

"삼백 미터쯤이었습니다." 크반트가 대답했다.

"정확해, 정확해. 자, 이 남자는 일흔 살이나 된데다가 아픈 닥스훈트를 끌고 걸었으니까……."

"아프다고요?" 크반트가 놀라서 물었다.

"그래. 그 개새끼가 디스크라나 뭐라나 해서 뒷다리를 거의 저는 수준이라더군."

"이제야 자네가 무슨 말을 하려는지 좀 알겠군." 마르틴 베크가 말했다.

"으응. 내가 오늘 제보자에게 같은 거리를 다시 뛰어보게 시켰거든. 개도 데리고. 세 번 달리고서는 개가 나가떨어졌지."

"그건 동물에게 잔인한 짓입니다." 크반트가 분연히 말했다.

마르틴 베크는 놀랍고 흥미롭다는 듯한 눈으로 크반트를 보았다.

"좌우간 개와 남자는 아무리 애를 써도 그 거리를 삼 분 아래로는 주파하지 못했어. 그 말인즉, 남자가 정차한 버스를 목격한 시각은 최대한 늦게 잡아 11시 7분이라는 거지. 학살은 그보다 삼사 분 전에 벌어진 게 분명하고."

"그걸 어떻게 압니까?" 크리스티안손과 크반트가 합창했다.

"자네들은 몰라도 돼."

"스텐스트뢲 형사의 시계 때문이야. 총알 하나가 그의 가슴을 관통한 뒤에 오른손 손목에 맞았는데, 그때 손목시계의 바늘 축이 부러졌어. 오메가 스피드마스터라는 모델인데, 전문가에 따르면 그 순간에 시계가 멎었을 거라는군. 시곗바늘이 11시 3분 37초를 가리키고 있었어." 마르틴 베크가 대신 설명했다.

군발드 라르손이 마르틴 베크에게 인상을 썼다.

"우리가 스텐스트뢲 형사를 잘 아니까 하는 말인데, 그는 시간에 철두철미했어. 시계 회사들이 '초 사냥꾼'이라고 부르는 타입이었지. 초침까지 정확하게 시계를 맞추는 사람이라는 뜻이야. 군발드, 이제 계속해."

"개를 산책시키던 남자는 칼베리스베겐 거리에서 노르바카가탄 거리 방향으로 걸었지. 사실은 남자가 노르바카가탄 거리로 막 들어섰을 때, 버스가 그를 앞질렀어. 남자가 노르바카가탄 거리 끝까지 걸어가는 데는 오 분쯤 걸렸지. 버스는 같은 거리를 약 사십오 초 만에 달렸고. 남자는 도중에 아무도 만나지 않았어. 그러다가 거리 끝에 다다랐는데, 버스가 모퉁이에 서있는 걸 본 거야."

"그게 뭐 어쨌다고요." 크반트가 말했다.

"닥쳐." 군발드 라르손이 윽박질렀다.

크반트가 격정이 치미는지 입을 벌렸으나 마르틴 베크를 보고는 이내 다물었다.

"남자는 부서진 유리창은 미처 못 봤어. 말이 났으니 말인데, 여기 두 양반께서도 여차여차해서 그러면 한번 버스에 올라가 볼까 생각했을 때 그 점을 미처 눈치채지 못했지. 어쨌든, 제보자는 앞문이 열린 것은 제대로 봤어. 그래서 사고가 났나 보다 하고 얼른 도움을 구하러 달려갔지. 남자는 노르바카가탄 거리를 되짚어 올라가는 것보다 버스 종점으로 가는 게 빠를 거라고 판단했어. 그래서 노라스타숀스가탄 거리를 남서쪽으로 달리기 시작했지."

"왜 그랬지?" 마르틴 베크가 물었다.

"종점에 가면 다른 버스가 있을 거라고 짐작한 거야. 그런데 공교롭게도 없었어. 그 대신 안타깝게도 순찰차를 만났지."

군발드 라르손은 새파란 눈동자를 크리스티안손과 크반트에게 고정시키고 찌를 듯 노려보았다.

"돌멩이를 뒤집으면 그 밑에서 스멀스멀 기어나오는 벌레들처럼 솔나의 제 담당 구역에서 스톡홀름으로 기어나온 순찰차를 만난 거지. 이봐, 자네들이 시 경계를 넘어와서 하릴없이 농땡이를 부린 시간이 얼마나 되지?"

"삼 분입니다." 크반트가 대답했다.

"사오 분에 가깝습니다." 크리스티안손이었다.

크반트가 동료에게 질책하는 눈길을 던졌다.

"도중에 다른 사람은 못 봤나?"

"못 봤습니다. 개를 산책시키던 남자 외에는." 크리스티안손이 대답했다.

"그렇다면 살인범이 노라스타숀스가탄 거리 남서쪽으로 도주하지 않았다는 게 증명되는 셈이야. 살인범은 남쪽의 노르바카가탄 거리로 도망치지도 않았어. 그자가 철조망을 넘어서 화물역으로 들어간 것도 아니라고 가정한다면, 남은 가능성은 한 가지야. 노라스타숀스가탄 거리 남서쪽 방향의 반대 방향으로 간 거지."

"왜…… 그자가 정류소 부지로 들어가지 않았다고 봅니까?" 크리스티안손이 물었다.

"왜냐하면 자네들이 눈에 보이는 모든 것을 밟아 뭉개지 않고 내버려둔 유일한 장소이니까. 자네들은 철조망을 넘어가서 건너편까지 난장판으로 만들어놓는 걸 깜박 잊었더군."

"오케이, 군발드. 이제 무슨 말인지 확실히 알겠네. 좋아. 하지만 여느 때와 마찬가지로 요지를 말하기까지 엄청난 시간을 잡아먹었군." 마르틴 베크가 말했다.

크리스티안손과 크반트는 이 말에 고무되어 안도감과 공감이 어린 눈길을 서로 주고받았다. 그러자 군발드 라르손이 버럭 소리질렀다. "자네들의 돌머리에 조금이라도 양식이 갖춰져 있었다면, 차로 살인범을 얼른 쫓아 현장에서 검거할 수 있었단 말이야!"

"그러다가 우리도 살해됐겠지요." 크리스티안손이 염세적으로 맞받았다.

"내가 그자를 잡으면, 그자가 잊지 않고 자네들을 쑤셔버리도록 반드시 데려다주지." 군발드 라르손이 포악하게 말했다.

크반트가 벽시계를 힐끔 보며 물었다. "이제 가도 됩니까? 아내가……."

"가! 지옥에나 가버려!" 군발드 라르손이 소리쳤다.

그러고는 마르틴 베크의 나무라는 시선을 피하면서 덧붙였다. "저치들은 왜 생각이라는 걸 안 하지?"

"똑같은 생각을 하는 데 남보다 오래 걸리는 사람이 있기 마련이야. 형사들만 그런 건 아니야." 마르틴 베크가 상냥하게 말했다.

11.

"우리 이제, 생각을 좀 해보자고." 군발드 라르손이 문을 쾅 닫으면서 기운차게 말했다. "3시 정각에 함마르 국장과 브리핑 해야 해. 십 분 남았어."

수화기를 귀에 대고 앉아 있던 마르틴 베크는 짜증스러운 시선을 던졌고, 콜베리는 서류에서 고개를 들면서 울적하게 말했다. "우린들 모르는 줄 아나. 자네도 한번 빈속에 생각해보라고. 얼마나 잘되는지."

끼니를 거르는 것은 콜베리의 심기를 불편하게 만드는 몇 안 되는 일 중 하나였다. 지금 콜베리는 최소한 세 끼쯤 거른 상태였기에 전에 없이 침울할 만했다. 더구나 군발드 라르손의 만족스러운 표정을 볼 때 방금 나가서 뭘 먹고 온 게 분명하다고 생각하니, 기분이 좋으려야 좋을 수가 없었다.

"어디 갔었어?" 콜베리는 수상한 듯 물었다.

군발드 라르손은 대답이 없었다. 콜베리는 라르손이 잠자코 걸어가서 자기 책상에 앉는 모습을 눈으로 좇았다.

마르틴 베크가 전화를 내려놓았다.

"왜 짜증을 내고 그래?"

마르틴 베크는 콜베리를 탓하고는 메모지를 쥐고 자리에서 일어나서 콜베리에게 걸어왔다.

"과학수사연구원 전화였어. 발사된 총알은 총 예순여덟 발이라는군."

"구경은?" 콜베리가 물었다.

"우리 생각대로야. 9밀리미터. 예순일곱 발은 같은 무기에서 발사된 것으로 봐도 되겠네."

"예순여덟 번째는?"

"발터 7.65."

"크리스티안손이라는 자가 지붕에 대고 쏜 총알이군." 콜베리가 해설했다.

"맞아."

"그렇다면 결국 미친놈은 한 놈이라는 얘기로군." 군발드 라르손이 말했다.

"그렇지."

마르틴 베크는 벽에 붙은 도면으로 가서 버스 출입문들 중 폭이 가장 넓은 문의 안쪽에 가위표를 그렸다.

"그래, 틀림없이 거기 서 있었을 거야." 콜베리가 말했다.

"그렇다면 설명이 되는데……."

"뭐가?" 군발드 라르손이 물었다.

마르틴 베크는 대꾸하지 않았다.

"무슨 말을 하려던 거야? 뭐가 설명이 돼?" 콜베리도 물었다.

"스텐스트뢲이 총을 쏠 여유가 없었던 이유." 마르틴 베크가 대답했다.

다른 사람들이 이상한 눈으로 그를 보았다.

"흐응." 군발드 라르손이 콧방귀를 뀌었다.

"그래, 그래, 자네들이 옳아." 마르틴 베크는 마지못해 말하고는 오른손 엄지와 집게손가락으로 콧잔등을 문질렀다.

함마르가 벌컥 문을 열고 들어왔다. 그 뒤로 에크와 검찰청에서 나온 남자가 따라왔다.

"사건을 재구성해보지." 함마르가 단도직입으로 말했다. "전화는 모두 끊게. 준비됐나?"

마르틴 베크는 침통하게 함마르를 바라보았다. 노크도 없이 불시에 문을 열고 들어오는 것은 스텐스트뢲의 버릇이었다. 그는 거의 언제나 그랬다. 그것 때문에 늘 무진장 짜증이 났었다.

"석간에 뭐 좀 실렸습니까?" 군발드 라르손이 물었다.

"그래. 대단히 고무적인 내용들이 실렸지."

함마르는 신문 뭉치를 치켜들고는 적개심 가득한 눈길로 흘겨보았다. 기사들은 굵고 큰 활자로 제목을 박았지만 막상 본문에는 별 내용이 없었다.

"내가 읽어주지. '스톡홀름 살인수사과의 터프한 군발드 라르손 형사는 이렇게 말했다. "이것은 세기의 범죄입니다. 내가 평생 목격한 것 중 가장 처참한 광경이었습니다."' 느낌표 두 개."

군발드 라르손이 의자에서 몸을 일으키며 찡그렸다.

"자네 혼자가 아니니 걱정 말아. 법무장관도 대단한 소리를 했더군. '우리는 점점 높아지는 무법성과 폭력의 파도를 반드시 막아야 합니다. 경찰은 지체 없이 범인을 체포하기 위해서 모든 인적, 물적 자원을 쏟고 있습니다.'"

함마르가 주위를 둘러본 뒤에 말했다. "그 자원이란 게 자네들인가 보군."

마르틴 베크는 코를 풀었다.

함마르가 계속 읽었다. "'벌써 전국 최고의 범죄 전문가를 백 명 넘게 전담 수사대로 차출했습니다. 사상 최대 규모의 범죄 수사대입니다.'"

콜베리는 한숨을 쉬면서 머리를 긁었다.

"정치가들이란." 함마르가 혼잣말처럼 중얼거렸다.

그는 신문들을 책상에 던지고 물었다. "멜란데르는 어디 갔나?"

"심리학자들과 이야기하러 갔습니다." 콜베리가 대답했다.

"뢴은?"

"병원에 있습니다."

"병원에서는 아무 소식이 없나?"

마르틴 베크가 고개를 저었다.

"아직 수술중이랍니다."

"그렇군. 자, 사건을 재구성해보세."

콜베리가 서류를 뒤적거리면서 이야기를 시작했다.

"버스는 10시쯤에 벨만스로를 출발했습니다."

"'쯤'이라고?"

"네. 스트란드베겐 거리의 소요 사태 때문에 발차 시간표가 온통 엉크러졌던 모양입니다. 버스들이 교통 정체나 경찰 통제선에 가로막혀서 많이 지연되었기 때문에 회사에서 운전사들한테 발차 시간표를 무시하고 종점에서 곧장 돌아오라고 지시했답니다."

"무전으로?"

"네. 47번 노선의 운전사들에게도 9시 직후에 지침을 내렸답니다. 스톡홀름 대중교통국의 고정 주파수로."

"계속하게."

"운행중 버스에 탔다가 내린 승객들이 있을 것으로 봅니다만, 아직은 그런 참고인을 한 명도 못 찾았습니다."

"곧 나타날 거야. 이런 것도 실리고 했으니까." 함마르는 신문을 가리키면서 말했다.

"스텐스트룀의 시계는 11시 3분 37초에 멎었습니다. 총격이 정확히 그 시각에 벌어졌다고 봐도 괜찮을 듯합니다." 콜베리가 단조로운 말씨로 이야기했다.

"첫 총격, 아니면 마지막 총격?" 함마르가 물었다.

"첫 총격입니다." 마르틴 베크가 대신 대답했다.

마르틴 베크는 벽으로 몸을 돌려 방금 자신이 그려 넣었던 가위표를 오른손 집게손가락으로 짚었다.

"총을 든 범인은 이곳에 서 있었던 것 같습니다. 출구 옆, 탁트인 공간에."

"어떤 근거로 그렇게 보나?"

"총탄의 궤적입니다. 탄피들이 떨어진 위치와 시신들의 위치를 비교해서 세운 가설입니다."

"알았네. 계속해."

"살인범은 세 차례로 나눠 발사한 것 같습니다. 맨 처음에는 버스 앞쪽으로, 그러니까 왼쪽에서 오른쪽으로 총구를 돌리면서 버스 앞쪽에 앉은 사람들을 쓰러뜨렸습니다. 여기 그림에서 1번, 2번, 3번, 8번, 9번으로 표시된 희생자들입니다. 1번은 운전사이고, 2번이 스텐스트룀입니다."

"그다음에는?"

"그다음에는 한 바퀴를 돌아서, 아마도 오른쪽으로 돌았겠지요, 버스 뒤쪽에 앉은 네 명에게 연사했습니다. 이번에도 왼쪽에서 오른쪽으로 총구를 돌렸죠. 5번, 6번, 7번 희생자가 사망했고, 4번 슈베린이 부상했습니다. 슈베린은 발견 당시 버스 뒤쪽의 통로에 등을 대고 누워 있었습니다. 원래는 세로로 난 통로 왼쪽 좌석에 앉아 있었는데, 자리에서 일어날 시간이 있었던 것 같습니다. 따라서 그가 맨 나중에 총에 맞았을 것으로 추정됩니다."

"세 번째 발사는?"

"버스 앞쪽으로 쐈습니다. 이번엔 오른쪽에서 왼쪽으로."

"무기는 기관단총이겠지?"

"네. 보나마나 그럴 겁니다. 평범한 군용 모델이라면……." 이번에는 콜베리가 대답했다.

"잠깐만." 함마르가 끼어들었다. "시간이 얼마나 걸렸을까? 앞쪽을 쏘고, 오른쪽으로 한 바퀴 돌아서 뒤쪽을 쏘고, 다시 앞쪽으로 총을 겨눠 탄창을 다 비우는 데에?"

"아직 어떤 종류의 무기인지 모르기 때문에……." 콜베리가 대답하는 와중에 군발드 라르손이 말허리를 잘랐다.

"십 초쯤 걸립니다."

"범인은 버스에서 어떻게 빠져나갔지?" 함마르가 물었다.

마르틴 베크가 에크에게 고갯짓을 했다. "그건 자네 부서 담당이지."

에크는 손가락으로 흰 머리카락을 빗은 뒤 목청을 가다듬고 이야기를 시작했다. "두 출입문 중에서 뒤쪽 문이 열려 있었습니다. 살인범은 틀림없이 그 문으로 나갔을 겁니다. 문을 열려면 범인은 우선 운전석까지 걸어온 다음에, 운전사 위나 옆으로 팔을 뻗어서 스위치를 눌러야 합니다."

에크는 안경을 벗어 손수건으로 닦으면서 벽으로 걸어갔다.

"버스 설명서의 그림을 두 장 확대해봤습니다. 하나는 계기판 전체를 보여주는 그림이고, 다른 하나는 출입문들을 조작하는 레버 그림입니다. 첫 번째 그림에서 15번이라고 매겨진 부분이 출입문 개폐 회로의 스위치를 뜻하고, 18번으로 매겨진 부분이 레버입니다. 따라서 레버는 핸들의 왼쪽에 있습니다. 운전석 창문 아래에, 대각선으로 앞쪽에 있습니다. 레버 자체는 두 번째 그림을 보면 알 수 있듯이 다섯 가지로 위치를 조작할 수 있습니다."

"그런 종잡을 수 없는 설명을 누가 알아듣습니까?" 군발드 라르손이 항의했다. 에크는 신경쓰지 않고 계속했다.

"수평 위치, 즉 1번 위치일 때는 두 문이 다 닫힙니다. 2번 위치, 즉 한 단계 위로 밀었을 때는 뒤쪽 문만 열립니다. 3번 위치, 즉 두 단계 위로 밀었을 때는 두 문이 다 열립니다. 레버를 아래로 미는 조작법도 있습니다. 4번과 5번입니다. 4번에서는 앞쪽 문만 열리고, 5번에서는 둘 다 열립니다."

"요약하자면." 함마르가 주문했다.

"요컨대, 문제의 인물이 출구 옆에 있었다고 가정하면, 그는 통로를 끝까지 걸어서 운전석으로 왔을 겁니다. 핸들에 엎어진 운전사 위로 몸을 숙이고, 레버를 2번 위치로 올려서 뒤쪽 문을 열었을 겁니다. 순찰차가 현장에 도착했을 때 열려 있었던 게 바로 그 뒤쪽 문입니다."

마르틴 베크가 얼른 이야기를 이어받았다.

"실제로 마지막에 발사된 총알들은 범인이 통로 앞쪽으로 이동하면서 쏜 것 같습니다. 총구를 왼쪽으로 겨누고요. 개중 한 발이 스텐스트룀에게 맞은 것 같습니다."

"깔끔한 참호 전술인걸." 군발드 라르손이 말했다.

"방금 군발드가 아주 타당한 발언을 했네. 우리가 아는 게 사실상 전혀 없다는 말이지. 우리가 이 사실들에서 알 수 있는 바는 살인자가 버스 구조에 익숙했고 계기판 조작법을 알았다는 사실뿐이야." 함마르가 건조하게 말했다.

"네, 적어도 문 여는 법은 알고 있네요." 에크가 아는 체를 했다.

방에 정적이 흘렀다. 함마르가 잔뜩 인상을 쓰고 있다가 말했다. "그러니까, 누가 갑자기 버스 한가운데에 나타나서 승객들을 죄다 쏴 죽이고는 훌쩍 제 갈 길을 갔다는 얘긴가? 다른 사람이 미처 대응할 겨를도 없이? 운전사가 백미러로 상황을 목격하고 자시고 할 틈도 없이?"

"정확히 그렇지는 않습니다." 콜베리가 말했다.

"무슨 얘긴가?"

"미리 기관단총을 준비한 어떤 사람이 뒤쪽 계단을 통해서 2층에서 1층으로 내려왔다는 말입니다." 마르틴 베크가 대답했다.

"그 사람은 한동안 혼자 2층에 앉아 있었지요. 그러면서 적절한 순간을 기다렸을 겁니다." 콜베리가 부연했다.

"운전수는 2층에 승객이 있는지 없는지 어떻게 알지?" 함마르가 물었다.

다들 기대에 찬 눈길로 에크를 바라보자, 에크가 이번에도 목청을 가다듬은 뒤에 말했다. "계단에 광전지가 달려 있습니다.

그것이 계기판의 카운터로 신호를 보냅니다. 승객이 앞쪽 계단을 올라가면 카운터에 숫자가 하나씩 더해집니다. 따라서 운전사는 2층에 승객이 몇 명 있는지를 계속 확인할 수 있습니다."

"버스가 발견되었을 때는 카운터의 숫자가 0이었고?"

"그렇습니다."

함마르는 뜸을 들이다가 말했다. "아니야, 이치에 맞지 않아."

"뭐가 말입니까?" 마르틴 베크가 물었다.

"재구성한 시나리오가."

"왜요?" 콜베리도 물었다.

"지나치게 세밀하게 짜인 것 같거든. 정신 나간 대량 살인마는 그렇게 세심하게 계획을 세워서 행동하지 않아."

"아, 과연 그럴까요. 지난여름에 미국에서 어느 탑에 올라가서 서른 명 넘게 쏴 죽였던 미치광이는 무시무시하리만치 세밀하게 계획을 세웠죠. 심지어 식량까지 챙겼답니다." 군발드 라르손이 말했다.

"그래, 하지만 그 남자도 미처 계획하지 않았던 게 하나 있었지." 함마르가 대꾸했다.

"뭡니까?"

대답은 마르틴 베크가 했다. "도망칠 방법."

12.

　일곱 시간 뒤, 저녁 10시였다. 마르틴 베크와 콜베리는 여태 쿵스홀름스가탄 거리의 경찰청에 있었다.

　밖은 캄캄했고 비는 그쳤다.

　특별한 일은 아무것도 없었다. 공식 용어로 표현하자면, 수사는 답보 상태였다.

　카롤린스카 병원에서 죽어가는 남자는 여태 죽어가고 있었다.

　그날 오후, 도움이 될지도 모르는 참고인 스무 명이 자진하여 출두했다. 그중 열아홉 명은 다른 버스에 탔던 것으로 밝혀졌다.

　유일하게 남은 참고인은 열여덟 살 여자아이였는데, 뉘브로플란 광장에서 버스에 타 세 정거장 뒤인 세르겔 광장까지 간

웃는 경관

다음에 지하철로 갈아탔다고 했다. 그녀는 자신이 내릴 때 다른 승객들도 여럿 함께 내렸다고 증언했는데, 당연한 일이었다. 그녀는 운전사를 간신히 알아보았다. 그뿐이었다.

콜베리는 초조히 방안을 오락가락하면서 수시로 문에 시선을 던졌다. 누구라도 문을 열고 들어오기를 기대하는 사람처럼.

마르틴 베크는 벽에 붙인 도면 앞에 서 있었다. 손은 뒷짐을 지고, 발뒤꿈치에서 발바닥 앞쪽으로 몸무게를 옮겼다가 다시 뒤꿈치로 옮겼다가 하면서 천천히 몸을 흔들거렸다. 오래전에 순경 생활을 할 때 든 버릇이었다. 스스로도 짜증나는 버릇인데 여태 고치지 못했다.

두 사람은 재킷을 의자 등받이에 걸어두고 셔츠 소매를 걷어 올린 차림이었다. 콜베리의 넥타이는 벗어서 던져둔 모습 그대로 책상에 놓여 있었다. 방이 딱히 따뜻한 건 아닌데도 콜베리는 얼굴과 겨드랑이에 땀이 났다. 마르틴 베크는 갑자기 한참 고통스러운 기침을 토한 다음, 생각에 잠긴 얼굴로 손을 턱에 가져다 대고 다시 도면을 연구했다.

콜베리가 잰걸음을 멈추고 엄한 시선으로 마르틴 베크를 바라보며 단호하게 말했다. "자네 기침이 심각한걸."

"그러는 자네는 날이 갈수록 우리 마누라를 닮아가는군."

그때 함마르가 문을 열고 성큼성큼 들어왔다.

"라르손과 멜란데르는 어디 갔나?"

"집에 갔습니다."

"룃은?"

"병원에요."

"참, 그랬지. 거기서는 아직 소식이 없나?"

콜베리가 고개를 저었다.

"내일이면 수사대가 총력을 갖추게 될 거야."

"총력이라뇨?"

"인원 보강이야. 외부에서."

함마르는 잠시 말을 멎었다가 애매한 표현을 덧붙였다. "그럴 필요가 있다는 판단이라네."

마르틴 베크는 세심하게 코를 풀었다.

"지원 오는 사람이 누굽니까? 아니면 그 사람'들'이 누구냐고 물어야 합니까?" 콜베리가 물었다.

"몬손이라는 사람이 내일 말뫼에서 올 거야. 혹시 아는 사람인가?"

"만나본 적 있습니다." 마르틴 베크의 말에는 반기는 기색이라고는 조금도 없었다.

"나도 만나봤습니다." 콜베리도 말했다.

"그리고 모탈라에서 군나르 알베리를 빼내려고 노력중인 모양이야."

"그 사람은 좋습니다." 콜베리가 맥없이 말했다.

"내가 아는 건 두 명이 다야. 순스발에서도 누가 온다고 했던 것 같은데, 누군지는 모르겠어."

"알겠습니다." 마르틴 베크가 말했다.

"자네들이 그전에 해결한다면 또 모르지만." 함마르가 잔인하게 말했다.

"물론 그렇겠죠." 콜베리가 동의했다.

"우리가 아는 사실을 종합해보면……."

함마르가 말을 끊고 마르틴 베크의 안색을 살폈다.

"자네 무슨 문제 있나?"

"감기입니다."

함마르는 계속 마르틴 베크를 응시했다. 콜베리도 함마르의 시선을 좇았다가, 주의를 돌릴 요량으로 말을 꺼냈다. "우리가 아는 건 어젯밤에 어떤 사람이 버스에서 아홉 명에게 총을 난사했다는 것뿐입니다. 범인이 아무런 흔적을 남기지 않았고 잡히지도 않았으니, 최근 국제적으로 빈번하게 일어나는 자극적인 대량 살인의 패턴을 따른다고 봐야겠죠. 범인이 자살했을 가능성도 없지 않지만, 그럴 경우에는 우리가 알아낼 도리가 없습니다. 구체적인 단서는 현재 두 가지입니다. 총알과 탄피, 여기에서 무기를 특정할 수 있겠죠. 그리고 병원에 있는 부상자가 의식을 회복한다면 총을 쏜 사람을 말해줄지도 모릅니다. 그 사람은 버스 뒤쪽에 앉았으니까 살인범을 봤을 겁니다."

"흐음." 함마르가 신음을 뱉었다.

"단서가 많지 않다는 것은 저도 인정합니다. 특히 슈베린이라는 사람이 죽거나 기억을 잃는다면 더 그렇겠죠. 부상이 심각하다니까요. 우리는 아직 범행 동기를 모릅니다. 쓸모 있는 참고인도 없고요."

"참고인은 나타나게 되어 있어. 그리고 동기는 문제가 되지 않아. 대량 살인자는 보통 사이코패스이고, 그런 사람들의 범행 동기는 병리학적 요인일 때가 많으니까." 함마르가 말했다.

"아, 멜란데르가 심리학자들과 접촉하고 있습니다. 조만간 보고서를 가져올 겁니다."

"가장 가능성이 높은 것은……." 함마르가 시계를 보면서 말했다.

"피해자 주변 조사겠죠." 콜베리가 거들었다.

"바로 그거야. 열에 아홉은 거기에서 살인범이 드러나지. 자네들도 쓸데없이 오래 있지 말게. 잘 쉬고 내일 가뿐한 게 낫지. 나는 이만 가겠네."

함마르가 방을 나서자 침묵이 흘렀다. 몇 초 뒤에 콜베리가 한숨을 쉬며 물었다. "자네 진짜 왜 그래?"

마르틴 베크는 대꾸하지 않았다.

"스텐스트뢲 생각하는 거야?"

콜베리는 저 혼자서 고개를 주억거리고는 철학적인 말을 했다. "내가 녀석을 얼마나 꾸짖었던지 자네도 생각해봐. 몇 년 동안 그랬지. 그 녀석이 이렇게 살해당할 줄이야."

"몬손이라는 사람 기억하나?" 마르틴 베크가 물었다.

콜베리가 끄덕였다.

"이쑤시개를 물고 다니는 작자 아냐. 나는 이렇게 동원 가능한 인원을 몽땅 끌어들이는 방식은 별로야. 그냥 우리끼리 해결하도록 놔두면 좋을 텐데. 자네하고 나, 멜란데르하고."

"알베리는 괜찮아."

"그야 그렇지만, 지난 십 년 동안 그가 모탈라에서 살인 수사를 몇 건이나 했지?"

"한 건."

"그것 보라고. 그리고 나는 함마르 국장이 아까처럼 버티고 서서 우리한테 하나마나 한 말을 지껄이는 것도 마음에 안 들어. '사이코패스'라느니, '병리학적 요인'이라느니, '총력을 갖출 것'이라느니, 우웩."

또 침묵. 이윽고 마르틴 베크가 콜베리를 똑바로 쳐다보면서 물었다. "그래서?"

"그래서라니?"

"그래서 스텐스트룀은 왜 그 버스에 있었을까?"

"그러게 말이야. 대체 거기 왜 있었을까? 어쩌면 간호사 아가씨 때문일지도 모르지."

"스텐스트룀이 설마 여자를 만나러 가면서 무장을 했을까?"

"그랬을지도 모르지. 터프해 보이려고."

"스텐스트룀은 그런 타입이 아니었어. 자네도 나만큼 그를 잘 알잖아."

"어쨌든 녀석이 권총을 자주 휴대했던 건 사실이야. 자네보다 더. 나와는 비교가 안 될 만큼 자주."

"물론. 그래도 근무중일 때나 그랬겠지."

"나는 녀석이 근무중일 때만 만났으니까." 콜베리가 무뚝뚝하게 말했다.

"나도 그래. 하지만 스텐스트룀이 끔찍한 버스에서 맨 먼저 죽은 축에 끼는 건 사실이야. 그런데도 스텐스트룀은 코트 단추를 두 개 끄르고 권총을 꺼낼 여유가 있었어."

"미리 코트 단추를 풀어뒀다는 말이로군." 콜베리는 곰곰이 생각했다. "한 가지 더."

"뭔데?"

"오늘 사건을 재구성할 때 국장이 뭐라고 말했었는데."

"'지나치게 세밀하게 짜인 것 같다. 정신 나간 대량 살인마는 그렇게 세심하게 계획을 세우지 않는다.' 이런 요지의 발언을 했지."

"국장의 말이 옳다고 봐?"

"이론적으로는."

"그게 무슨 뜻이지?"

"충격을 가한 범인은 정신 나간 대량 살인마가 아니라는 뜻이지. 혹은 그저 세상을 떠들썩하게 만들려고 범행을 저지른 것만은 아니라는 뜻."

콜베리는 이마의 땀을 닦아낸 손수건을 찬찬히 들여다보면서 말했다. "라르손 씨 왈……."

"군발드?"

"당연히 군발드지 누구겠어. 군발드가 겨드랑이라도 닦아보려고 퇴근하면서, 예의 고상한 태도로 지혜로운 말씀을 선사하셨지. 이 사건은 전혀 이해가 안 간다, 왜 미친놈이 자살을 하지 않았을까, 아니면 왜 현장에 머물렀다가 잡히지 않았을까, 이해가 안 간다고 말이야."

"자네는 군발드를 너무 과소평가하는 것 같아. 아닌가?" 마르틴 베크가 말했다.

콜베리는 짜증스럽게 어깻짓을 했다.

"아아. 하나부터 열까지 말이 안 돼. 대량 살인이라는 것은 분명해. 살인범이 미친놈이라는 것도 분명해. 어쩌면 녀석은 바로 이 순간 텔레비전 앞에 앉아서 자신이 벌인 일의 여파를 즐기고 있을지도 몰라. 아니면 정말로 자살했을지도 몰라. 스텐스트룀이 권총을 지녔다는 사실도 아무런 의미가 없어. 우리가 그의 평소 습관을 모르니까. 어쩌면 스텐스트룀은 정말로 간호사와 일행이었을지도 몰라. 혹은 창녀에게 가는 길이었을지도 몰라. 친구를 찾아가는 길이었을지도 몰라. 애인하고 말다툼을 했거나 엄마한테 야단을 맞아서 골이 났는데 영화를 보러 가기에는 너무 늦었고 달리 갈 데도 없어서 부루퉁하게 버스에 앉아 있었던 것일지도 몰라."

"여하튼 우리가 알아낼 거야." 마르틴 베크가 말했다.

"그래, 내일. 그렇지만 다른 사람들이 손대기 전에 우리가 지금 당장 할 수 있는 일이 하나 있지."

"베스트베리아에 있는 스텐스트룀의 책상을 뒤져보는 일."

"자네의 추리력은 존경스럽군." 콜베리가 선언했다.

콜베리는 넥타이를 바지 주머니에 쑤셔넣고 재킷을 팔에 꿰기 시작했다.

웃는 경관

공기는 스산하고 안개가 짙었다. 밤의 서리가 나무와 도로와 지붕을 장막처럼 내리덮었다. 앞을 내다보기가 어려웠고, 차가 굽이에서 미끄러질 때마다 콜베리는 침통하게 욕설을 뱉었다. 남부 경찰서로 가는 동안 두 사람은 딱 한 번 입을 열었다.

"대량 살인마는 유전적으로 범죄 성향이 있나?"

콜베리의 궁금증에 마르틴 베크는 이렇게 답했다. "그래, 보통은. 하지만 늘 그런 건 절대 아니야."

베스트베리아의 건물은 텅 비어 조용했다. 두 사람은 현관을 지나 층계를 오른 다음, 3층 유리문 옆에 달린 둥근 숫자판에 암호를 눌렀다. 그리고 스텐스트룀의 사무실로 들어갔다.

콜베리는 잠시 주저하다가 책상에 앉아 서랍을 당겨보았다. 잠겨 있지 않았다.

방은 단정하고 깔끔했으나 사람의 체취가 느껴지지 않았다. 약혼녀의 사진 한 장 책상에 놓여 있지 않았다.

그런 반면 필기구함에는 스텐스트룀 본인의 사진이 두 장 놓여 있었다. 마르틴 베크는 그 이유를 알았다. 스텐스트룀은 몇 년 만에 처음으로 크리스마스와 새해 연휴에 비번이 되는 행운을 누릴 예정이었다. 벌써 카나리아제도諸島로 가는 전세 비행기에 좌석을 예약해두었다. 사진을 찍은 것은 새로 여권을 신청해야 하기 때문이었다.

행운이라.

마르틴 베크는 사진을 보면서 생각했다. 그 사진은 석간신문 전면에 실린 사진보다 훨씬 최근 것이었고, 훨씬 나았다.

스텐스트룀은 스물아홉이라는 제 나이보다 어려 보이는 편이었다. 표정은 언제나 밝고 솔직했고, 다갈색 머리카락은 뒤로 넘기고 다녔다. 이 사진에서는 여느 때와 마찬가지로 머리카락이 조금 흐트러져 있었다.

처음에는 많은 동료들이 그를 순진하고 평범한 청년으로만 여겼다. 특히 콜베리는 빈정거리는 말을 많이 던졌고, 고압적인 태도도 자주 보였다. 그에게는 견디기 힘든 시련이었을 것이다. 그러나 그것은 옛날 얘기였다. 마르틴 베크는 크리스티네베리의 옛 청사에 있었을 때 콜베리에게 이렇게 물었던 기억이 났다. "왜 저 청년을 못 잡아먹어 안달이야?"

콜베리는 그때 이렇게 대답했다. "녀석의 허세로 걸친 자신감을 깨부수기 위해서지. 새롭게 진정한 자신감을 구축할 기회를 주기 위해서. 언젠가 좋은 경찰이 될 수 있도록 돕는 거야. 걸출한 성과를 내는 방법을 가르쳐주는 거랄까."

돌이켜보면 콜베리가 옳았다. 스텐스트룀은 정말로 차차 발전했다. 걸출한 성과를 내는 방법은 배우지 못했을망정, 유능하고, 근면하고, 상당히 분별력 있는, 좋은 경찰관이 되었다. 외모만 따지면 그는 경찰의 마스코트나 마찬가지였다. 잘생긴 생김새에, 호감 가는 태도에, 육체적으로 건강했고, 훌륭한 운동선수였다. 경찰 모집 광고에 나서도 될 만했다. 적어도 다른 사람들보다는 확실히 내세울 만했다. 가령 거만하고, 흐느적거리고, 비만 조짐이 있는 콜베리보다는. 최고로 따분한 인간이 최고의 경찰이 된다는 가설의 완벽한 사례로 보이는 금욕적인 멜란데르보다는. 어느 면으로 보나 평범하기만 한 딸기코 뢴보다는. 집채만 한 몸집과 꿰뚫는 듯한 눈빛으로 누구든 단박에 벌벌 떨게 만들 수 있으며 스스로 그 사실을 자랑스러워하는 군발드 라르손보다는.

그리고 물론, 코가 막혀 찡찡대는 마르틴 베크 자신보다도. 마르틴 베크가 마지막으로 거울을 본 것은 어제 저녁이었다. 거울에는 야윈 얼굴, 넓은 이마, 각진 턱, 우울한 청회색 눈동자를 지닌 음산한 분위기의 키 큰 남자가 비추었다.

게다가 스텐스트룀은 모두에게 크게 도움이 되는 장기를 몇 가지 갖고 있었다.

마르틴 베크는 콜베리가 스텐스트룀의 서랍에서 꺼내어 책상에 정연하게 늘어놓는 물건들을 바라보면서 이런 생각을 했다.

그는 자신이 오케 스텐스트룀이라는 남자에 대해서 무엇을 알고 있는지를 냉정하게 평가해보았다. 불과 얼마 전에 함마르가 쿵스홀름스가탄의 사무실에서 남들 다 아는 이야기를 늘어놓을 때 돌연 그에게 밀어닥쳤던 감정은 이제 사라졌다. 그것은 지나간 일이었다. 다시는 오지 않을 순간이었다.

스텐스트룀은 경찰모를 모자를 두는 선반에 벗어두고 제복을 경찰대학의 옛 급우에게 팔아버린 뒤로 줄곧 마르틴 베크 밑에서 일했다. 처음에는 크리스티네베리에서 함께 일했다. 당시에 살인수사과는 주(州) 경찰청에 소속된 조직으로서, 주로 인근 지방의 일에 치이는 경찰들을 도와주는 비상시 보조 인력이었다.

1964년에서 1965년으로 넘어가는 연말에 스웨덴은 모든 경찰 인력을 국영화했다. 그들은 단계적으로 여기 베스트베리아로 자리를 옮기게 되었다.

그동안 콜베리는 여러 가지 다양한 임무를 맡았고, 멜란데르는 본인의 요청으로 다른 곳으로 전출 가기도 했으나, 스텐스트룀만은 늘 마르틴 베크와 함께였다. 마르틴 베크는 스텐스트룀을 안 지 오 년이 넘었다. 두 사람은 무수히 많은 수사를 함께 했다. 그러면서 스텐스트룀은 마르틴 베크로부터 실제적인 경찰 업무를 배웠다. 가볍게 볼 수 없는 공부였다. 또한 스텐스트룀은 그동안 부쩍 성숙했다. 불안하고 수줍던 모습은 거의 사라졌고, 부모로부터 독립했으며 나중에는 젊은 여성과 동거하게 되었다. 그는 그녀와 남은 평생을 함께 보내고 싶다고 했다. 그가 그녀와 동거하기 직전에 그의 아버지가 죽었고 어머니는 베스트만란드로 이사했다.

그러니 마르틴 베크는 스텐스트룀에 대해서 어지간한 것은 전부 알아야 마땅했다.

이상하게도 그는 별로 아는 게 없었다. 물론 중요한 데이터는 모두 갖고 있었고, 스텐스트룀의 성격이나 경찰관으로서의 장단점에 대해서도 믿을 만한 견해를 갖고 있었다. 하지만 그외에 더할 내용은 거의 없었다.

좋은 친구였다. 의욕 있고, 끈덕지고, 똑똑하고, 배울 자세가 된 친구였다. 그렇지만 조금 수줍어하는 편이었고, 여전히 조금은 어린애 같았고, 결코 재치 있다고는 할 수 없었으며, 전반적으로 유머 감각은 없는 편이었다. 하지만 그걸 다 갖춘 사람이 어디 있겠는가?

어쩌면 스텐스트룀은 열등감을 느꼈을지도 모른다.

문학적 인용과 복잡한 궤변에서 타의 추종을 불허하는 콜베리에게. 아니면, 십오 초 만에 잠긴 문을 박살내고 들어가 도끼 살인광을 때려눕힌 적 있는 군발드 라르손에게. 그때 스텐스트룀은 이 미터 떨어진 곳에서 뭘 해야 좋을지 몰라 머뭇거리며 서 있었다. 아니면, 절대로 감정을 드러내지 않으며 한 번 보거나 읽거나 들은 것은 절대로 잊지 않는 멜란데르에게.

그러나 그런 유의 재주 앞에서 누군들 열등감을 느끼지 않겠는가?

마르틴 베크는 자신이 왜 이렇게 스텐스트룀에 대해서 아는 게 없을까 의아했다. 충분히 관찰하지 않았기 때문에? 더 알 것이 없었기 때문에?

마르틴 베크는 손가락 끝으로 머리를 마사지하면서 콜베리가 책상에 늘어놓은 물건들을 살펴보았다.

스텐스트룀에게는 다소 깐깐한 면이 있었다. 시계를 초침까지 정확하게 맞추고 다니는 점도 그랬거니와, 책상 안팎이 철두철미 단정한 것에서도 그런 성격이 드러났다.

서류, 서류, 또 서류. 보고서 복사본, 메모지, 법정 의사록, 등사 인쇄된 지시서, 법률 서적 복사물. 모두 깔끔하게 정리되어 묶여 있었다.

개인적인 물건은 성냥갑 하나와 뜯지 않은 풍선껌 한 통뿐이었다. 스텐스트룀은 담배를 피우지 않았고 껌 씹는 버릇도 없었으니 취조를 받으러 온 참고인이나 잡담을 나누러 온 손님에게 서비스로 제공할 요량이었을 것이다.

콜베리가 크게 한숨을 쉬었다. "만약에 내가 그 버스에 앉아 있었다면, 지금쯤 자네와 스텐스트룀이 내 서랍을 뒤지고 있었겠지. 자네들은 이보다 훨씬 더 애를 먹었을 거야. 나에 대한 기억을 더럽히는 물건도 부지기수로 발견했을 테고."

마르틴 베크는 콜베리의 서랍이 어떤 꼴일지 충분히 상상이 갔으나 언급을 피했다.

"여기에는 기억을 더럽힐 만한 물건 따위는 전혀 없어." 콜베리가 말했다.

이번에도 마르틴 베크는 대꾸하지 않았다. 두 사람은 묵묵히, 잽싸게, 철저하게 서류를 뒤졌다. 한눈에 정체를 파악할 수 없거나 맥락이 부자연스러워 보이는 문서는 하나도 없었다. 모든 메모와 문서는 스텐스트룀이 그동안 수사했던 사건들에 관련된 것이었고, 두 사람도 다 아는 내용이었다.

드디어 물건이 딱 하나 남았다. 사절지 크기의 갈색 봉투였다. 봉해져 있었고 제법 두툼했다.

"이건 뭘까?" 콜베리가 말했다.

"열어보지."

콜베리는 봉투를 요리조리 돌려가며 살폈다.

"아주 단단히 봉해됐는데. 여기, 테이프를 몇 번이나 두른 걸 보라고."

콜베리는 어깨를 으쓱하고는 필기구함에서 종이칼을 꺼내어 과감하게 봉투를 뜯었다.

"흐음. 스텐스트룀이 사진가인 줄은 미처 몰랐군."

콜베리는 사진 다발을 후루룩 훑고는 책상에 펼쳐놓았다.

"그리고 이런 취미가 있을 줄은 전혀 몰랐어."

"약혼녀야." 마르틴 베크가 무표정하게 말했다.

"그래, 그렇더라도 이렇게 전위적인 취향일 줄은 꿈에도 몰랐어."

마르틴 베크는 사진들을 꼼꼼히 살펴보았다. 남의 사생활을 하는 수 없이 침범해야 하는 상황일 때 늘 그렇듯이 기분이 불쾌했다. 그것은 자연스럽고 본능적인 반응이었고 경찰로 이십삼 년을 일하고서도 떨치지 못한 감정이었다.

콜베리는 그런 가책 따위는 느끼지 않았다. 더구나 콜베리는 관능주의자였다.

"맙소사, 제법 끝내주는군." 콜베리가 감탄한 기색으로 힘주어 말했다.

그리고 계속 사진들을 연구했다.

"물구나무서기도 할 줄 아나 봐. 이 아가씨가 이렇게 생겼을 줄은 상상도 못 했는데."

"전에 만난 적이 있지 않아?"

"그래, 옷을 입은 상태에서. 이건 전혀 다르다고."

콜베리가 옳았다. 하지만 마르틴 베크는 이 이야기는 더 하지 않기로 했다.

그저 이렇게만 말했다. "내일 다시 만나게 될 거야."

"그래. 뭐 딱히 기대되지 않아." 콜베리의 대꾸였다.

콜베리는 사진들을 수습하여 봉투에 도로 넣고 말했다. "슬슬 집에 가자고. 태워줄게."

두 사람은 불을 끄고 나왔다. 차 안에서 마르틴 베크가 말했다. "참, 자네는 간밤에 어떻게 노라스타숀스가탄 거리로 왔지? 내가 집에 전화했을 때 군은 자네가 어디 있는지 모른다고 했어. 그런데 자네는 나보다 한참 전에 현장에 가 있었잖아."

"우연히 그렇게 됐어. 자네와 헤어진 다음에 나는 시내 쪽으로 걷다가 스칸스툴스브론 다리에서 순찰차와 마주쳤는데, 순경들이 나를 알아봤어. 방금 무전을 받았다면서 나를 태워다줬지. 우리 차가 첫 번째로 현장에 도착했어."

두 사람은 한참 묵묵히 있었다. 그러다가 콜베리가 통 모르겠다는 표정으로 물었다. "스텐스트룀은 사진을 무엇에 쓰려고 했을까?"

"자기가 보려고."

"그야 그렇지만, 아무리 그래도……."

13.

수요일 아침, 마르틴 베크는 집을 나서기 전에 콜베리에게 전화를 걸었다. 대화는 간결했다.

"콜베리입니다."

"나 마르틴이야. 지금 나가."

"오케이."

마르틴 베크가 탄 지하철이 셰르마르브링크 역으로 들어섰다. 콜베리가 플랫폼에서 기다리고 있었다. 두 사람은 늘 맨 뒤의 객차에 탔다. 그래서 미리 시간을 맞추지 않아도 출근길에 종종 만나곤 했다.

두 사람은 메드보리아르플랏센 광장에 내려서 폴쿵아가탄 거리로 나왔다. 9시 20분이었다. 물기 어린 햇살이 회색 하늘을 뚫고 번졌다. 그들은 코트 깃을 세우고 얼음장 같은 바람을 맞아가며 폴쿵아가탄 거리를 동쪽 방향으로 걷기 시작했다.

모퉁이를 돌아 외스트예타가탄 거리로 접어들었을 때, 콜베리가 말했다. "부상자 소식은 들었어? 슈베린인가 하는 사람?"

"응. 오늘 아침에 병원에 전화해봤어. 수술이 잘돼서 목숨은 건졌지만 아직 의식은 없다더군. 의사들도 환자가 깨어나기 전에는 결과가 어떨지 말하기 어렵대."

"깨어날까?"

마르틴 베크는 어깨를 으쓱했다.

"의사들도 모른다는걸. 나야 당연히 깨어나기를 바라지만."

"신문들이 언제쯤 낌새를 챌까 궁금하군."

"카롤린스카 병원에서는 최대한 함구하겠다고 약속했는데."

"그야 그렇겠지만 기자들이 어떤지 자네도 알잖아. 찰거머리들 같으니라고."

두 사람은 셰르호브스가탄 거리로 꺾어 18번지를 찾아갔다.

입구의 입주자 명단에는 '토렐'이라는 이름이 적혀 있었지만, 두 층 위 대문의 명판에는 먹물로 '오케 스텐스트룀'이라고 쓴 흰 명함이 붙어 있었다.

문을 열어준 아가씨는 몸집이 아담했다. 마르틴 베크는 반사적으로 키를 눈대중했다. 160센티미터쯤 되어 보였다.

"들어와서 코트 벗으세요." 여자는 그들을 안으로 들이고 직접 문을 닫았다.

목소리는 낮았고 좀 쉬어 있었다.

오사 토렐은 통이 좁은 검정 바지에 골 진 니트로 된 청보랏빛 폴로 스웨터를 입었다. 발에는 회색의 두꺼운 스키 양말을 신었는데, 꽤나 큰 것으로 보아 스텐스트룀의 양말 같았다. 여자의 눈동자는 갈색이었고, 검은 머리카락은 짧게 깎았다. 얼굴은 선이 강했다. 귀엽거나 예쁘다고 부를 만한 이목구비는 아니었다. 굳이 표현하자면 개성적이고 인상적이라 할 만했다. 가냘픈 체구였다. 어깨와 엉덩이가 좁았고 가슴도 작았다.

마르틴 베크와 콜베리가 스텐스트룀의 옛날 경찰모 옆에 자신들의 모자를 놓고 코트를 벗는 동안, 여자는 관망하는 눈길로 가만히 그들을 지켜보았다. 그리고 집안으로 안내했다.

거실은 쾌적하고 아늑했다. 도로 쪽으로 창문이 두 개 나 있었다. 한쪽 벽에는 옆면과 윗면에 장식이 새겨진 거대한 책장이 서 있었다. 그 책장과 가죽을 댄 안락의자 하나를 제외하면 나머지 가구들은 비교적 새것으로 보였다. 옅은 붉은색의 뤼아 러그가 바닥을 거의 다 덮었다. 얇은 모직 커튼도 러그와 완전히 같은 색조였다.

거실은 사각형이 아니라 불규칙한 모양이었다. 저 멀리 한쪽 구석의 짧은 복도가 부엌으로 연결되었다. 복도로 열린 문을 통해 다른 방들도 엿보였다. 부엌과 침실은 건물 안뜰에 면했다.

오사 토렐은 두 발을 엉덩이 밑에 깔고서 가죽 안락의자에 앉았다. 마르틴 베크와 콜베리는 그녀가 가리킨 사파리 의자에 각자 앉았다. 두 사람과 여자 사이의 낮은 탁자 위에는 꽁초가 넘쳐흐르는 재떨이가 놓여 있었다.

"이렇게 방해해서 정말 죄송합니다. 가급적 빨리 이야기를 나눠야 하기에 우리도 어쩔 수가 없었습니다." 마르틴 베크가 말했다.

오사 토렐은 대답에 뜸을 들였다. 불이 붙은 채로 재떨이에 걸쳐져 있던 담배를 집어 깊게 한 모금 빨았다. 여자는 손을 떨었다. 눈 밑은 거무죽죽했다.

"물론 이해해요. 잘 오셨어요. 나는 그후로…… 소식을 들은 뒤로…… 죽 이 자리에 앉아 있었으니까요. 이렇게 앉아서 이게 현실이란 걸 받아들이려 애쓰고 있었어요."

"토렐 씨, 여기로 와서 곁에 있어줄 사람이 없습니까?" 콜베리가 물었다.

여자는 고개를 저었다.

"없어요. 있더라도, 아무도 보고 싶지 않아요."

"부모님은?"

여자가 다시 고개를 저었다.

"엄마는 작년에 돌아가셨어요. 아버지는 돌아가신 지 이십 년 됐고요."

마르틴 베크는 몸을 앞으로 숙여서 그녀를 찬찬히 살폈다.

"잠은 좀 잤습니까?"

"모르겠어요. 어제 여기 왔던 분들이 수면제를 몇 알 줬으니까 한참 잔 것 같기도 해요. 상관없어요. 저는 괜찮아요."

여자는 담배를 비벼 끄고 시선을 낮춘 채 웅얼거렸다. "그이가 죽었다는 사실에 익숙해져야겠죠. 시간이 걸리겠지만."

마르틴 베크도 콜베리도 뭐라 말해야 좋을지 알 수 없었다. 마르틴 베크는 담배 연기가 자욱한 실내 공기가 갑자기 텁텁하게 느껴졌다. 침묵이 세 사람을 무겁게 눌렀다. 마침내 콜베리가 목청을 가다듬고 신중하게 말을 꺼냈다. "토렐 씨, 우리가 스텐스트…… 오케에 대해서 한두 가지 여쭤봐도 되겠습니까?"

오사 토렐은 천천히 눈을 들었다. 눈동자가 갑자기 반짝 빛나더니 여자가 미소를 지었다.

"나한테 경감님, 경위님, 이렇게 부르라는 뜻은 아니겠지요? 그냥 오사라고 부르세요. 나도 이름을 부를 테니까요. 짐작하시겠지만 나는 두 분을 어떤 면에서는 꽤 잘 안답니다."

여자가 장난기 어린 눈길을 던지면서 덧붙였다. "물론 오케를 통해서요. 오케하고 저는 서로를 깊이 아는 사이였어요. 몇 년이나 함께 살았으니까요."

콜베리, 베크, 이 장의사 같은 양반들아, 자네들이나 기운 차리자고. 이 아가씨는 괜찮으니까. 마르틴 베크는 속으로 생각했다.

"우리도 당신에 대해서 많이 들었습니다." 콜베리의 말투가 한결 가벼웠다.

오사는 일어나서 창문을 열고 재떨이를 부엌으로 가져갔다. 미소는 사라졌고, 여자의 얼굴은 다시 딱딱해졌다. 여자는 새 재떨이를 갖고 돌아와서 의자에 웅크리고 앉았다.

"부디 있는 그대로 말해주시겠어요? 어제는 별 이야기를 못 들었어요. 신문은 읽을 맘이 없고요."

마르틴 베크는 플로리다 담배에 불을 붙였다.

"좋습니다."

마르틴 베크가 여태까지 재구성한 사건 경과를 찬찬히 서술하는 동안, 여자는 꼼짝 않고 그에게 시선을 고정한 채 듣고만 있었다. 베크는 몇몇 세부 사항을 빼놓고는 전부 이야기했다. 그가 말을 마치자 여자가 물었다. "오케는 어딜 가던 중이었죠? 왜 그 버스에 탔죠?"

콜베리가 마르틴 베크를 흘깃 보면서 대답했다. "사실 당신에게서 그 답을 듣기를 바랐는데요."

오사 토렐은 고개를 흔들었다.

"전혀 몰라요."

"그가 낮에 뭘 했는지는 압니까?" 마르틴 베크가 물었다.

여자는 깜짝 놀라 베크를 보았다.

"당신도 모른다는 거예요? 그이는 하루 종일 일했어요. 그이가 무슨 일을 했는지는 당신이 알아야 하잖아요?"

마르틴 베크는 주저하다가 말했다. "내가 마지막으로 그를 본 것은 지난 금요일이었습니다. 오전에 잠시 사무실에 나왔더군요."

여자는 자리에서 일어나 서성거리다가 그들을 돌아보았다.

"하지만 그이는 토요일에도, 월요일에도 일했어요. 월요일 아침에는 저랑 같이 집을 나섰죠. 월요일에 오케를 못 봤다고요?" 그녀가 콜베리를 응시했다. 콜베리는 고개를 저었다.

"그가 베스트베리아로 간다고 했습니까? 아니면 쿵스홀름스가탄으로?" 콜베리가 물었다.

오사는 잠시 생각했다.

"아니요, 어디로 간다고는 말하지 않았어요. 그래서 그이가 버스에 탔던 걸까요? 틀림없이 시내에서 뭔가 볼일이 있었을 거예요."

"그가 토요일에도 일했다고요?" 마르틴 베크가 물었다.

여자가 끄덕였다.

"네. 하지만 하루 종일은 아니었어요. 우리는 아침에 함께 집을 나섰고, 저는 1시에 일을 마치고 곧장 집으로 왔어요. 오케도 얼마 후에 돌아왔고요. 장을 봐 왔더군요. 일요일에는 쉬었어요. 하루 종일 함께 있었죠."

그녀는 안락의자로 돌아와서 앉았다. 세운 무릎을 깍지 낀 손으로 감싸고 아랫입술을 지그시 깨물었다.

"그가 당신에게 무슨 일을 하는 중인지 말해주지 않았습니까?" 콜베리가 물었다.

오사는 고개를 저었다.

"평소에도 말해주지 않았나요?" 마르틴 베크가 물었다.

"아, 네. 우리는 원래 서로 별걸 다 공유했어요. 하지만 최근에는 안 그랬어요. 그이는 최근에 맡은 일에 대해서는 아무 말도 안 했어요. 그이가 말을 안 하는 게 이상하긴 했죠. 늘 사건에 대해서 저한테 의논하곤 했으니까요. 까다롭고 어려운 일이라면 특히나. 하지만 아마도 이번 사건은⋯⋯."

여자가 목소리를 높였다.

"그야 어쨌든, 왜 나한테 그런 걸 묻죠? 당신들은 그이의 상관이었잖아요. 그이가 나한테 경찰의 내부 비밀을 발설했나 안 했나 알고 싶은 거라면 분명히 말하는데, 그런 일은 없었어요.

그이는 지난 삼 주 동안 일 얘기는 한마디도 안 했어요."

"어쩌면 딱히 말할 게 없어서 그랬을지도 모릅니다." 콜베리가 달래듯 말했다. "지난 삼 주 동안 보기 드물게 사건이 없어서 할 일이 거의 없었거든요."

오사 토렐이 콜베리를 매섭게 노려보았다.

"어떻게 그렇게 말씀하세요? 오케는 일이 얼마나 많았는데요. 밤낮없이 일하다시피 했다고요."

14.

뢴은 시계를 본 뒤 하품을 했다.

바퀴 달린 침대를 흘깃 보았다. 거기 누운 사람은 붕대에 친친 감겨 얼굴을 알아볼 수 없는 지경이었다. 뢴은 환자의 생명을 유지하는 데 필요한 듯한 복잡한 기구들로 시선을 옮겼고, 이어 모든 것이 제대로 작동하는지 확인하러 온 무뚝뚝한 중년 간호사에게로 시선을 옮겼다. 간호사는 점적대에 걸린 여러 점적액들 중 하나를 날렵한 손놀림으로 교체하고 있었다. 여자의 행동은 재빠르고 정확했다. 오랜 훈련을 통해 경제성을 획득한 감탄스러운 움직임이었다.

뢴은 마스크로 덮인 입으로 한숨을 쉬고, 하품을 했다.

간호사가 용케 그것을 알아차리고는 못마땅한 눈길을 던졌다.

뢴은 싸늘한 조명과 헐벗은 흰 벽뿐인 멸균 1인실에 너무 오래 앉아 있었다. 수술실 앞 복도도 지겹게 왔다갔다했다.

게다가 그는 대부분의 시간을 울홀름이라는 남자와 함께 보내야 했다. 뢴은 처음 보는 얼굴이었는데, 알고 보니 사복형사였다.

뢴은 동년배 중 두드러지는 인물은 아니었다. 딱히 잘난 척할 마음도 없었다. 자기 자신과 자신의 삶에 대체로 만족했다. 이대로도 썩 괜찮다고 생각했다. 사실은 그런 특징 때문에 그가 유용하고 유능한 경찰이 되었다. 그는 매사에 직접적이고도 단순하게 접근했다. 있지도 않은 문제나 어려움을 부러 지어내는 재주는 통 없었다.

그는 대부분의 사람들을 좋아했고, 대부분의 사람들이 그를 좋아했다.

뢴처럼 단순한 세계관을 가진 사람이 보기에도 울홀름이라는 작자는 진저리나도록 잔소리가 많고 한심할 정도로 보수적인 괴물이었다.

울홀름은 매사에 불만이 가득했다. 자신의 호봉이 지나치게 낮다고 불만이었고, 경찰청장이 강경 조치를 취할 줄 모르는 얼간이인 것이 불만이었다.

학교에서 아이들에게 예절을 가르치지 않는 데 분개했고, 경찰도 기강이 너무 해이해졌다며 흥분했다.

울홀름은 특히 외국인, 십 대 청소년, 사회주의자라는 세 부류의 시민들에게 들끓는 적의를 표출했다. 뢴은 이제껏 그들이 골칫거리나 걱정거리라고는 한 번도 생각해본 일이 없었다.

울홀름은 또 순찰 경관이 턱수염을 기르는 것은 남부끄러운 짓이라고 생각했다.

"콧수염이면 모를까, 사실 콧수염도 지극히 문제삼을 만한 짓이 아닌가 말입니다. 내 말 알겠어요?"

울홀름은 1930년대 이래 스웨덴 사회에는 법도 질서도 없어졌다고 생각했다.

사회에 잔인한 범죄가 늘어나는 까닭은 경찰이 군사훈련을 받지 않고, 기병도를 차고 다니지 않기 때문이라고 단언했다.

거기에 안 그래도 규율이 없고 도덕적으로 타락한 사회에 우측통행을 도입한 것은 상황을 더 악화시키기만 하는 부끄러운 실수라고 했다.

"게다가 우측통행으로 인해서 난잡한 성행위가 늘었단 말입니다. 내 말 알겠어요?"

"허어." 뢴의 대꾸였다.

"난잡한 성행위 말입니다. 간선도로를 따라서 유턴 공간이나 주차 시설이 늘어났으니까. 내 말 알겠어요?"

울홀름은 자신이 어지간한 것은 다 안다고 믿었다. 자신이 이해하지 못할 것은 없다고 믿는 사람이었다. 피치 못하게 뢴에게 정보를 구한 것은 단 한 번뿐이었다. 그가 이렇게 말을 꺼냈다. "이런 방종한 세태를 보면 자연으로 돌아가고 싶다니까요. 산악 지대에 라플란드 사람들이 들끓지만 않아도 당장 그리로 가서 살 텐데. 내 말 알겠어요?"

"내 아내가 라플란드에서 온 사미족입니다."

울홀름은 혐오감과 호기심이 묘하게 뒤섞인 표정으로 뢴을 보더니 목소리를 낮춰 물었다. "거참, 이상하고 재미난 일이군요. 사미족 여자들은 거시기가 옆으로 나 있다는 게 사실입니까?"

"아니요. 사실이 아닙니다. 사람들이 잘못 아는 겁니다." 뢴은 질린 표정으로 대답했다.

뢴은 이 남자가 왜 진작에 분실물 취급소로 전출되지 않았는지 이해할 수가 없었다.

울홀름은 쉴 새 없이 주절거렸고, 자신의 원리 원칙을 선언한 뒤에는 반드시 "내 말 알겠어요?"라는 후렴구를 곁들였다.

뢴이 알게 된 사실은 두 가지뿐이었다.

첫째, 자신이 경찰청에서 "병원은 누가 지키고 있지?"라고 무심하게 물었을 때 돌아왔던 반응의 정체.

콜베리가 서류에 코를 파묻은 채 심드렁하게 대답했다. "울홀름이라는 사람이."

유일하게 그 이름을 아는 군발드 라르손이 이렇게 외쳤다. "뭐! 누구?"

"울홀름." 콜베리가 되풀이했다.

"막아야 해! 그 작자를 단속할 사람을 내보내야 해! 좀더 제정신인 사람으로!"

뢴이 그 '제정신인 사람'이었다. 그때 뢴은 순진무구하게 물었다. "내가 그와 교대하는 건가?"

"교대한다고? 아니, 그건 불가능해. 그러면 그자는 자신이 업신여겨졌다고 생각하고, 진정서를 수백 통 써댈 거야. 경찰을 시민 옴부즈맨 센터에 고발할걸. 법무장관한테 전화할지도 몰라."

뢴이 사무실을 나서는 순간, 군발드 라르손이 최후의 조언을 주었다. "에이나르!"

"왜?"

"증인의 사망 확인서를 받아 쥐기 전에는 그자가 증인에게 한마디도 걸지 못하도록 확실히 막아."

뢴이 알게 된 두 번째 사실. 봇물 터진 듯 쏟아지는 말을 어떻게든 막아야 한다는 것. 그는 결국 이론적인 해결책을 생각해냈다. 실행 과정은 다음과 같았다.

울홀름이 또 뭔가 일장 연설을 한 뒤에 이런 말로 마무리했다. "두말할 필요도 없는 일이지만, 나는 한 개인으로서, 보수적인 한 인간으로서, 자유 민주국가의 한 시민으로서, 피부색이나 인종이나 견해에 따라 사람을 차별하는 일은 전혀 하지 않습니다. 하지만 당신도 상상해보세요. 경찰에 유대인이나 공산주의자가 넘쳐난다면 어떻게 되겠습니까? 내 말 알겠어요?"

이에 묀은 마스크 뒤에서 얌전하게 목청을 가다듬고 말했다. "무슨 말인지는 알겠습니다. 하지만 사실은 내가 사회주의자이기 때문에……."

"공산주의자라고요?"

"그래요. 그거."

울홀름은 음험한 침묵에 감싸여 창가로 갔다.

그리고 벌써 두 시간째 그곳에 서 있었다. 자신을 둘러싼 반역적인 세상을 비통한 눈으로 둘러보면서.

슈베린은 세 차례 수술을 받았다. 의사들은 그의 몸에 박힌 총알 두 개를 모두 빼내는 데 성공했지만 딱히 기쁜 눈치는 아니었다. 묀이 던진 신중한 질문에도 모르겠다는 어깻짓으로 대꾸할 뿐이었다.

그러다 십오 분쯤 전에 한 의사가 병실로 와서 말했다. "앞으로 삼십 분 내에 의식을 회복하지 못한다면 이후에는 어려울 겁니다."

"이 사람이 견뎌낼까요?"

의사는 뢴을 바라보며 한참 뜸을 들이다가 대답했다. "아마도 못 할 것 같습니다. 체격 조건이 좋고 전반적인 상태도 상당히 만족스럽긴 합니다만……."

뢴은 맥없이 환자를 내려다보며 대체 어떤 꼴이 되어야 전반적인 상태가 좋지 않거나 상당히 나빠지는 것일까 고민했다.

뢴은 질문을 두 개 마련해두었다. 만약을 위해서 수첩에도 적어두었다.

첫 번째 질문은 이랬다.

누가 총을 쐈습니까?

두 번째.

어떻게 생긴 사람이었습니까?

뢴은 다른 준비도 해두었다. 침대맡 의자에 휴대용 트랜지스터 녹음기를 놓아두고 거기에 마이크를 꽂아서 의자 등받이에 걸쳐두었다. 울홀름은 손가락 하나 까딱하지 않았다. 우두커니 창가에 서서 때때로 비판적인 눈길을 던질 뿐이었다.

시계가 2시 26분을 가리켰을 때, 간호사가 갑자기 환자에게 몸을 숙이면서 잽싸고 조급한 손짓으로 두 경찰을 불렀다. 동시에 다른 손으로는 벨을 눌렀다.

뢴은 부리나케 다가가서 마이크를 쥐었다.

"깨어날 것 같습니다." 간호사가 말했다.

환자의 표정이 묘하게 변화하는 듯했다. 눈꺼풀과 콧구멍이 미세하게 떨렸다.

"맞아요, 지금이에요." 간호사가 말했다.

뢴은 마이크를 가져다 댔다.

"누가 총을 쐈습니까?"

반응이 없었다. 뢴은 잠시 뒤에 질문을 반복했다.

"누가 총을 쐈습니까?"

드디어 남자의 입술이 달싹거리면서 뭐라고 웅얼거렸다. 뢴은 이 초 뒤에 다급히 물었다. "어떻게 생긴 사람이었습니까?"

환자가 다시 반응했다. 이번에는 발음이 좀더 명료했다.

의사가 들어왔다.

뢴이 두 번째 질문을 반복하려고 입을 뗀 순간, 침대에 누운 남자의 머리가 왼쪽으로 떨어졌다. 아래턱이 미끄러져 내리면서 동시에 피가 섞인 끈적한 덩어리가 입에서 튀어나왔다.

뢴이 의사를 쳐다보았다. 의사는 기구들을 점검하면서 진지하게 고개를 끄덕였다.

울홀름이 뢴에게 다가와서 딱딱거렸다. "질문에서 얻어낸 게 고작 그겁니까?"

그러고는 시끄럽게 을러대는 목소리로 환자에게 말했다. "이봐요, 형씨, 나는 울홀름 형사라고 하는데……."

"죽었습니다." 룐이 자그맣게 말했다.

울홀름은 룐을 한참 흘겨보다가 한마디를 뱉었다. "잡치셨군."

룐은 마이크를 뽑고 녹음기를 창가로 가져갔다. 집게손가락
으로 조심스럽게 테이프를 되감은 다음에 재생 단추를 눌렀다.

"누가 총을 쐈습니까?"

"든르크."

"어떻게 생긴 사람이었습니까?"

"사말손."

"알아듣겠습니까?" 룐이 울홀름에게 물었다.

울홀름은 십 초쯤 빤히 룐을 째려보다가 말했다. "알아들어?
나는 당신을 직무 태만으로 고발할 겁니다. 그냥 넘길 일이 아
니지. 내 말 알겠어요?"

그리고 그는 발길을 돌려 씩씩하게 걸어나갔다. 룐은 처량하
게 뒷모습을 바라보았다.

15.

마르틴 베크가 경찰청 정문을 여는 순간, 싸늘한 돌풍이 몰아쳐 바늘처럼 따가운 눈발을 흩뿌렸다. 숨이 턱 막혔다. 그는 고개를 숙여 바람을 막으면서 서둘러 코트 단추를 채웠다. 이날 아침에 그는 아내의 잔소리, 얼어붙을 듯한 날씨, 스멀스멀 올라오는 감기 기운에 끝내 항복하여 올겨울 처음으로 코트를 꺼입었다. 그는 모직 목도리를 높이 끌어올리고 시내 쪽으로 걷기 시작했다.

그는 앙네가탄 거리를 건넌 뒤에 우뚝 멈춰 섰다. 어떤 버스를 타야 하는지 통 알 수 없었다. 지난 구월에 차량 통행이 우측 통행으로 바뀌면서 노면 전차가 모두 사라졌는데, 그때 바뀐 버스 노선을 아직 다 외우지 못했다.

차 한 대가 옆에 와서 섰다. 운전사가 창문을 내리고 그를 불렀다. 군발드 라르손이었다. "타지."

마르틴 베크는 감사한 마음으로 조수석에 앉았다.

"으으, 날씨가 끔찍하군. 언제 여름이었나 싶게 금세 겨울이야. 자네는 어디 가나?"

"베스트만나가탄 거리. 버스에 탔던 노파의 딸을 만나보려고." 군발드 라르손이 대답했다.

"잘됐네. 나는 사밧스베리 병원 앞에 내려주면 돼."

그들은 쿵스브론 다리를 건너 옛 시장 거리를 지났다. 자잘한 눈발이 앞유리에 날아와 부딪혔다.

"이런 눈은 그야말로 쓰잘머리 없어. 땅에 떨어지지도 않고 계속 날아다니면서 시야를 가리지."

마르틴 베크와는 달리 군발드 라르손은 차를 좋아했다. 운전 솜씨도 훌륭하다고 정평이 났다.

그들은 바사가탄 거리를 달려 노라반토리에트 광장으로 갔다. 그리고 노라라틴 학교 앞에서 47번 이층 버스를 앞질렀다.

"윽!" 마르틴 베크가 신음했다. "이제는 저 버스만 보면 속이 울렁거리는군."

군발드 라르손이 힐끔 버스를 보았다.

"다른 종류야. 저건 독일 버스야. 뷔싱."

잠시 뒤에 또 말했다. "나랑 같이 아사르손의 아내를 만나보겠어? 콘돔을 갖고 있던 남자 말이야. 3시에 그 집에 갈 예정인데."

"글쎄."

"자네가 근처에 있을 테니까 하는 말이야. 사밧스베리 병원에서 한 블록 옆이거든. 끝나고 내가 도로 태워다주지."

"가능할지도 모르겠군. 간호사와의 이야기가 얼마나 길어지느냐에 달렸어."

달라가탄 거리와 텡네르가탄 거리 교차점에서 노란 헬멧을 쓰고 빨간 깃발을 손에 쥔 남자가 차를 가로막았다. 사밧스베리 병원에서는 대대적인 개축 작업이 진행되고 있었다. 오래된 건물들은 모두 헐릴 터였고, 새 건물들이 벌써 치솟고 있었다. 지금은 달라가탄 거리 쪽 암벽을 발파하는 중이었다. 폭발음이 건물에 반사되어 메아리치는 소리를 들으면서 군발드 라르손이 말했다. "왜 스톡홀름 전체를 한 방에 산산조각 내지 않을까? 찔끔찔끔 이러는 것보다 그게 낫잖아? 로널드 레이건인가 누군가가 베트남에 대해서 이렇게 말했다지. 그 빌어먹을 장소를 몽땅 아스팔트로 덮어버리고 그 위에 노란 페인트 선을 그어 주차장으로 만들라고. 우리도 그렇게 해야 해. 그게 도시계획가들에게 맡기는 것보다 더 나을 것 같아."

마르틴 베크는 이스트먼 연구소와 가까운 쪽 출입구에서 차를 내렸다. 산부인과가 있는 쪽이었다.

현관 앞의 유턴 도로에는 아무도 없었다. 좀더 가까이 가보니 양가죽 코트를 입은 여자 하나가 유리문 너머로 자신을 지켜보고 있었다. 여자가 밖으로 나왔다. "베크 경감님? 제가 모니카 그란홀름이에요."

여자는 마르틴 베크의 손을 억세게 부여잡고 꽉 쥐었다. 손뼈가 으스러지는 소리가 들릴 것만 같았다. 여자가 갓 태어난 아기를 다룰 때는 이렇게 완력을 발휘하지 않으면 좋으련만 싶었다.

여자는 마르틴 베크만큼 키가 컸고 체구는 더 컸다. 안색이 화사했고, 치아는 희고 튼튼해 보였으며, 연갈색 머릿결은 굵고 구불구불했다. 크고 아름다운 두 눈의 홍채는 머리카락과 같은 색이었다. 온몸에서 건강미와 활력이 풍겼다.

버스에서 죽은 아가씨는 작고 섬세했다. 그녀가 이 룸메이트 옆에 서 있으면 틀림없이 연약해 보였을 것이다.

두 사람은 달라가탄 거리로 나왔다.

"길 건너 바사호프로 가도 괜찮으세요? 이야기하기 전에 배를 좀 채워야겠어요." 모니카 그란홀름이 말했다.

점심시간이 끝나서인지 식당에는 여기저기 빈자리가 보였다. 마르틴 베크는 창가 탁자를 골랐지만, 모니카 그란홀름은 안쪽에 앉는 게 좋겠다고 했다.

"병원 사람들이 보는 게 싫어서요. 뒤에서 얼마나 말들을 해 대는지 상상도 못 하실 거예요."

여자는 산더미처럼 쌓인 미트볼과 으깬 감자를 열심히 먹어 치우면서 사람들이 어떻게 입방아를 찧는지 몇 가지 사례를 들어 이야기해주었다. 마르틴 베크는 그녀가 식사하는 모습을 부러운 심정으로 은근슬쩍 구경했다. 평소와 다름없이 그는 배가 고프지 않았다. 오히려 속이 약간 메스꺼웠다. 커피를 마셨지만 상태는 나빠지기만 했다. 그녀가 식사를 마치기를 기다렸다가 이제 슬슬 이야기를 죽은 친구 쪽으로 돌려볼까 하는 참에, 그녀가 접시를 옆으로 치우면서 말했다. "이제 좀 살겠네요. 뭐든지 질문하세요. 아는 대로 최대한 대답할게요. 그전에 제가 먼저 하나 물어도 될까요?"

"물론입니다." 마르틴 베크는 여자에게 플로리다 담배를 권했다.

그녀는 고개를 저었다.

"고맙습니다만 안 피워요. 그 미친놈은 아직 못 잡으셨나요?"

"아직입니다."

"사람들이 무지하게 동요하고 있는 거 아시죠? 산부인과의 한 아가씨는 도저히 버스를 못 타겠대요. 갑자기 웬 미친놈이

기관총을 들고 올라탈까 봐 두렵다는 거예요. 그래서 사건이 난 뒤로 매일 택시를 타고 출퇴근한다니까요. 그놈을 반드시 잡으셔야 해요."

여자는 엄한 눈길로 마르틴 베크를 보았다.

"최선을 다하고 있습니다."

그녀가 고개를 끄덕였다.

"좋아요."

"고맙습니다." 마르틴 베크는 진지하게 말했다.

"브리트에 대해서 뭘 알고 싶으세요?"

"그분과 얼마나 친한 사이였습니까? 같이 산 지 얼마나 됐습니까?"

"나보다 그 애를 잘 아는 사람은 아마 없을걸요. 우리는 삼 년 동안 룸메이트였어요. 브리트가 이 병원에서 일하기 시작한 뒤로 죽 같이 살았다는 말이죠. 브리트는 세상에서 가장 좋은 친구였고, 굉장히 유능한 간호사였어요. 가냘픈 몸인데도 열심히 일했죠. 완벽한 간호사였어요. 절대 몸을 사리지 않았어요."

그녀가 커피포트를 들어서 마르틴 베크의 잔을 채웠다.

"고맙습니다. 그분에게 애인이 있었나요?"

"아, 그럼요. 무지하게 착한 남자가 있었죠. 정식으로 약혼한 건 아닌 것 같았지만, 브리트가 제게 곧 이사 나갈 거라고 언질을 줬어요. 새해에는 결혼을 하려나 싶었죠. 남자가 집을 가지고 있거든요."

"그 둘은 오래 만난 사이랍니까?"

그녀는 손톱을 깨물며 열심히 생각했다.

"최소한 열 달은 됐어요. 남자는 의사예요. 여자들이 의사와 결혼할 기회를 잡으려고 간호사가 된다는 말도 있지만, 브리트는 그런 애가 아니었어요. 무지하게 수줍음이 많았고, 남자를 무서워하는 애였거든요. 그 애는 작년 겨울에 병가를 냈었어요. 빈혈이 심했던데다가 몸이 전반적으로 나빠져서요. 그때 정기적으로 검진을 받으러 다니다가 베르틸을 만난 거예요. 둘은 첫눈에 반한 사이였죠. 브리트는 베르틸의 치료가 아니라 애정 때문에 나왔다고 말하곤 했죠."

마르틴 베크는 절로 기운이 빠져 한숨을 쉬었다.

"뭐 잘못된 거라도 있나요?" 여자가 미심쩍은 듯 물었다.

"전혀 아닙니다. 다니엘손 씨는 남자친구가 많았습니까?"

모니카 그란홀름은 미소를 지으며 고개를 저었다.

"병원에서 만나는 남자들뿐이었어요. 아주 보수적인 아이였거든요. 베르틸 전에는 남자를 사귀어본 적도 없었을 걸요."

그녀는 손가락으로 탁자에 뭔가 무늬를 그리다가 문득 인상을 쓰며 마르틴 베크를 보았다.

"브리트의 애정 생활에 관심이 있으신 거예요? 그게 사건과 무슨 상관이죠?"

마르틴 베크는 가슴 주머니에서 지갑을 꺼내 탁자에 놓았다.

"버스에서 다니엘손 씨의 옆 좌석에 남자가 앉아 있었습니다. 남자는 경찰관이고, 이름은 오케 스텐스트룀이라고 합니다. 그와 다니엘손 씨가 서로 아는 사이라 함께 버스를 탄 게 아닌가 싶습니다. 제가 알고 싶은 건 이겁니다. 다니엘손 씨가 오케 스텐스트룀이라는 이름을 언급한 적이 있습니까?"

그는 지갑에서 스텐스트룀의 사진을 꺼내 모니카 그란홀름 앞에 놓았다.

"본 적이 있는 남자입니까?"

여자는 사진을 보며 고개를 흔들었다. 그러고는 사진을 집어 들어서 더 가까이 관찰했다.

"네. 신문에서 봤어요. 이 사진이 더 낫지만요."

그리고 사진을 돌려주면서 말했다. "브리트는 이 남자를 몰랐어요. 맹세해도 좋아요. 그리고 브리트가 애인이 아닌 다른 남자한테 집까지 바래다달라고 한다는 건 있을 수 없는 일이에요. 그런 애가 아니었어요."

마르틴 베크는 지갑을 도로 주머니에 넣었다.

"친구일지도 모르고……."

모니카 그란홀름이 거세게 도리질했다.

"브리트는 얌전하고, 수줍어하는 아이였어요. 아까도 말했듯이 남자를 무서워했다니까요. 게다가 베르틸에게 푹 빠져 있었던 터라 다른 남자는 거들떠도 안 봤을 거예요. 친구가 됐든 뭐가 됐든. 그리고요, 브리트는 세상 사람들 중에서 저한테만은 뭐든지 털어놓고 말했다고요. 물론 베르틸은 제외하고요. 저한테는 뭐든지 이야기했단 말이에요. 죄송하지만요, 경감님, 잘못 생각하신 거예요."

여자가 핸드백에서 지갑을 꺼냈다.

"이제 아기들에게 돌아가봐야 해요. 지금 열일곱 명이나 있답니다."

그녀가 지갑을 들쑤시는 것을 마르틴 베크가 손을 내밀어 저지했다.

"이건 정부에서 내겠습니다."

두 사람이 병원 입구까지 왔을 때 모니카 그란홀름이 말했다. "두 사람이 서로 알았을 가능성이 없지는 않겠죠. 어린 시절 동무이거나 학교 친구인데 우연히 만났을지도 모르죠. 제가 생각할 수 있는 가능성은 그것뿐이에요. 브리트는 스무 살까지 에슬뢰브에 살았는데, 그 경찰관은 어디 출신인가요?"

"할스타함마르입니다. 베르틸이라는 의사의 성은 뭡니까?"

"페르손요."

"어디 살죠?"

"반드하겐의 일레르바켄 거리 22번지요."

마르틴 베크는 조금 망설이다가 악수를 청했다. 혹시 모르니 장갑을 낀 채였다.

"정부에게 점심 잘 먹었다고 인사 전해주세요." 모니카 그란 흘름은 이렇게 말하고는 경사진 길을 씩씩하게 걸어 내려갔다.

16.

군발드 라르손의 차는 텡네르가탄 거리 40번지 앞에 세워져 있었다. 마르틴 베크는 시계를 보면서 건물 출입문을 열고 들어섰다.

3시 20분이었다. 그 말인즉, 늘 시간을 철저히 엄수하는 군발드 라르손은 벌써 이십 분째 아사르손 부인과 대화하고 있을 것이라는 뜻이었다. 지금쯤 그는 아사르손의 학창 시절부터 현재까지 인생의 굵직한 사건에 대해서 부인으로부터 이야기를 들었을 것이다. 군발드 라르손은 처음부터 차례대로, 꼬치꼬치 짚고 넘어가는 방식으로 사정을 청취했다. 효과적일 때도 있었지만 지루한 시간 낭비에 지나지 않는 경우도 많았다.

대문을 연 것은 짙은 색깔 양복에 은회색 넥타이를 맨 중년 남자였다. 마르틴 베크는 자기소개를 하고 경찰 배지를 보여주었다. 남자가 손을 내밀었다.

"투레 아사르손이라고 합니다. 그…… 돌아가신 분의 동생입니다. 들어오세요. 동료 되시는 분은 이미 와 있습니다."

남자는 마르틴 베크가 코트를 옷걸이에 걸 때까지 기다렸다가, 높다란 이중문을 지나 거실로 안내했다.

"메르타, 베크 경감님이 오셨어요."

넓은 거실은 어슴푸레했다. 삼 미터는 되어 보이는 큼직하고 낮은 오트밀색 소파에 검정 코트와 치마를 입은 야윈 여인이 앉아 있었다. 손에는 유리잔을 들었다. 여자는 소파 앞의 검은 대리석 탁자에 잔을 내려놓은 다음, 우아하게 손목을 굽히며 마르틴 베크에게 손을 내밀었다. 입맞춤을 기대하는 것 같았다. 마르틴 베크는 여자의 대롱거리는 손가락을 어색하게 붙들고 웅얼거렸다. "얼마나 상심이 크십니까, 아사르손 부인."

대리석 탁자 맞은편에는 나지막한 분홍색 안락의자가 세 개 있었다. 그중 하나에 군발드 라르손이 앉아 있었다. 어딘지 불편한 기색이었다. 마르틴 베크는 아사르손 부인의 거들먹거리는 손짓에 따라 그 의자에 앉고서야 비로소 군발드 라르손의 문제가 무엇인지를 깨달았다.

의자는 몸을 수평으로 뻗은 자세 외에 다른 자세는 허락하지 않는 구조였다. 그러나 신문자가 벌렁 드러누워 있으면 얼마나 볼썽사납겠는가. 그래서 군발드 라르손은 몸을 반으로 접어 앞으로 숙이고 있었다. 얼마나 불편했으면 얼굴이 시뻘겠다. 높은 산봉우리처럼 치솟은 두 무릎 사이로 그의 눈동자가 마르틴 베크를 주시했다.

마르틴 베크는 먼저 두 다리를 왼쪽으로 비틀었다가, 다시 오른쪽으로 비틀었다가, 다음에는 꼬아서 의자 밑에 쑤셔넣으려고 했지만, 그러기에는 의자가 너무 낮았다. 끝내 그는 군발드 라르손과 같은 자세를 취할 수밖에 없었다.

그동안 여자는 잔을 다 비우고 시동생에게 다시 채워달라고 내밀었다. 남자는 여자를 찬찬히 살피고는, 이동식 탁자에서 물병과 새 잔을 가져왔다.

"셰리주 한잔하시겠습니까, 경감님." 남자가 물었다.

그러더니 마르틴 베크가 만류할 틈도 없이 잔을 채워 탁자에 내려놓았다.

"아사르손 부인에게 남편이 월요일 밤에 왜 버스에 탔는지 아느냐고 묻던 참이야." 군발드 라르손이 말했다.

"그리고 저는 남편이 죽었다는 소식을 전해들은 지 얼마 지나지 않은 시점에 대뜸 저를 취조하러 왔던 고약한 경찰에게 했던 답을 그대로 다시 들려드렸지요. 모른다고요."

여자는 마르틴 베크에게 잔을 들어 보인 뒤 단숨에 비웠다. 마르틴 베크는 셰리주가 담긴 잔으로 손을 뻗어보았으나 십여 센티미터쯤을 남겨두고 몸이 도로 뒤로 젖혀졌다.

"그날 저녁에 남편께서 어디에 있었는지 아십니까?" 마르틴 베크가 물었다.

여자는 잔을 내려놓고 탁자 위의 초록색 유리 상자에서 담배를 한 개비 꺼냈다. 필터는 금색이고 몸통은 오렌지색인 담배였다. 여자는 담배를 만지작거리다가 상자 뚜껑에 대고 몇 번 두드린 다음, 시동생더러 불을 붙이게 했다. 마르틴 베크는 여자가 말짱한 정신이 아님을 눈치챘다.

"네, 알아요. 모임에 갔어요. 집에서 6시에 함께 저녁을 먹은 뒤에, 남편은 옷을 갈아입고 7시쯤에 나갔어요."

군발드 라르손은 가슴 주머니에서 종이 한 장과 볼펜을 꺼내어, 볼펜으로 귀를 쑤시면서 물었다. "모임이라고요? 어디에서 누구랑 만나는 모임입니까?"

여자가 대꾸가 없자, 형수를 바라보고 있던 투레 아사르손이 대신 입을 열었다. "학교 동창 모임입니다. 자기들끼리는 낙타회라고 불렀지요. 회원은 아홉 명인데, 해군사관학교를 졸업한 뒤로 죽 연락하고 지낸 사이입니다. 셰베리라는 사업가의 집에서 주로 만나더군요. 나르바베겐 거리에 있습니다."

"낙타회라고요?" 군발드 라르손이 어이없다는 듯이 외쳤다.

"네. 서로 '안녕하신가, 늙은 낙타 친구' 하고 인사하곤 했습니다. 그래서 낙타회가 됐죠."

여자가 비난하는 눈길로 시동생을 보면서 말했다.

"이상주의적인 단체였어요. 자선 사업도 많이 하고."

"오? 가령 어떤……?" 군발드 라르손이 물었다.

"비밀이에요. 아내들에게도 알려주지 않았답니다. 그런 협회들이 더러 있지요. '수브 로사'*라고 하지 않나요."

마르틴 베크는 황당해하는 군발드 라르손의 시선을 느끼면서 물었다. "아사르손 부인, 남편이 모임 장소에서 언제 나섰는지 아십니까?"

"글쎄요, 그날 내가 통 잠이 안 와서 새벽 2시쯤에 일어나 나왔어요. 술 한잔해야겠다 싶어서. 그때 보니 남편이 아직 안 왔더군요. 그래서 스크루벤에게 전화를 걸었어요. 아, 세베리 씨의 별명이 스크루벤이랍니다. 스크루벤 말이, 남편은 10시 반쯤에 그 집을 나갔다더군요."

여자는 담배를 껐다.

"아사르손 씨가 왜 47번 버스에 탔을까요?" 마르틴 베크가

---

* '장미 아래'라는 뜻의 라틴어로, 비밀리에 한다는 의미.

물었다.

투레 아사르손이 걱정스러운 눈길을 마르틴 베크에게 던졌다.

"당연히 사업상 만남이 있어서 가는 길이었겠지요. 남편은 정력적인 사람이었고, 회사 일에 열심이었어요. 물론 여기 있는 투레도 공동 소유주이긴 하지만요. 남편은 밤늦게 사업에 관한 업무를 처리하는 일이 드물지 않았어요. 가령 지방에서 누가 올라왔는데 스톡홀름에 딱 하룻밤만 머문다면……."

여자는 뭐라 더 말해야 좋을지 모르는 듯했다. 빈 잔을 손가락 끝으로 잡고 뱅글뱅글 돌렸다.

군발드 라르손은 종이에 뭔가 적느라 바빴다. 마르틴 베크는 한 다리를 펼치고 무릎을 주물렀다.

"아이가 있습니까, 부인?" 마르틴 베크가 물었다.

여자는 술을 채워달라는 의미에서 시동생 앞에 잔을 놓았으나, 남자는 여자를 보지도 않고 옆 탁자로 잔을 치워버렸다. 여자는 화난 얼굴로 시동생을 보면서 힘겹게 일어섰다. 그리고 치마에 떨어진 담뱃재를 털었다.

"아니요, 베크 경감님. 아이는 없습니다. 안타깝게도 남편은 내게 아이를 남겨주지 않았군요."

여자는 마르틴 베크의 왼쪽 귀 너머 어딘가를 초점 풀린 눈으로 응시했다. 이제 보니 상당히 취한 것 같았다. 여자가 두어 번

천천히 눈을 깜박이고는 마르틴 베크를 정면으로 보았다.

"페크 경감님의 부모님은 미국인인가요?" 여자가 물었다.

"아닙니다."

군발드 라르손은 여태 뭔가 끼적대고 있었다. 마르틴 베크는 목을 쭉 빼고 넘겨보았다. 종이에는 낙타가 한가득 그려져 있었다.

"페크 경감님과 라르손 형사님이 양해한다면, 나는 이만 물러나야겠어요." 여자가 불안한 걸음으로 문을 향해 걸었다.

"안녕, 무척 즐거웠어요." 여자는 영문 모를 인사말을 던지고는 문을 닫고 사라졌다.

군발드 라르손은 낙타가 그려진 종이와 펜을 주머니에 넣은 뒤, 가까스로 의자에서 빠져나왔다.

"형님이 누구랑 바람을 피웠습니까?" 라르손이 시선을 들지도 않고 대뜸 투레 아사르손에게 물었다.

남자가 닫힌 문을 힐끔 보았다.

"에이보르 올손이라고, 사무실에서 일하는 아가씨입니다."

17.

지긋지긋한 수요일에 대해서는 별로 말할 것도 없었다.

당연한 일이겠지만, 석간신문들은 그새 슈베린의 이야기를 캐내어 일면에 대문짝만하게 실었다. 세부 사항은 번지르르하게 꾸며냈고, 냉소적으로 경찰을 비아냥거리는 것도 잊지 않았다.

그들은 수사가 벌써 교착 상태에 이르렀다고 주장했다. 경찰은 유일한 증인을 감쪽같이 숨겼다. 경찰은 언론과 시민에게 거짓말을 했다.

경찰은 언론과 대중에게 정확한 정보를 주지도 않으면서 어떻게 협조를 기대한단 말인가?

신문들은 슈베린이 죽었다는 사실은 말하지 않았지만, 몰라서 그런 게 아니라 인쇄 시간이 일러서였을 것이다.

그들은 또 과학수사 요원들이 사건 현장에서 밝혀낸 몇 가지 음울한 사실을 귀신같이 캐냈다.

귀중한 시간이 흘러가고 있었다.

게다가 공교롭게도 대량 살인 사건에 일부러 시기를 맞춘 듯이 일제 단속이 실시되었다. 가판대나 담뱃가게를 뒤져서 불법 포르노 서적을 몰수하는 단속이었는데, 몇 주 전부터 일찌감치 계획된 활동이었다.

한 신문은 대량 살인마가 버젓이 도시를 돌아다니고 있으며 시민들은 공포에 질렸다는 말을 친절하게도 굳이 기사 첫머리에서부터 지적했다.

그리고 이렇게 성토했다. 단서가 희미해지는 동안 경찰은 뭘 했는가? 우스꽝스럽게도 모든 경찰관들은 포르노 사진을 놓고 머리를 긁적이면서 그것이 법무장관의 애매한 지침에 따르는 풍기 문란에 해당하는지 아닌지를 고민하고 있었다.

콜베리는 오후 4시쯤에 쿵스홀름스가탄의 사무실로 돌아왔다. 머리카락과 눈썹에는 자잘한 얼음이 매달렸고, 얼굴은 침울했으며, 겨드랑이에는 석간신문들을 끼고 있었다.

"우리가 허섭스레기 신문들만큼만 정보원이 많다면 손가락 하나 까딱하지 않아도 될 텐데."

"돈이 문제지." 멜란데르가 대꾸했다.

"나도 알아. 하지만 그걸 안다고 뭐가 달라지나?"

"달라질 거야 없지. 그만큼 단순한 문제라는 말이야."

멜란데르는 파이프를 입에서 빼고 서류로 시선을 돌렸다.

"심리학자들하고는 이야기해봤나?" 콜베리가 골난 목소리로 물었다.

"그래. 요약문을 타이핑하는 중이야." 멜란데르는 고개를 들지 않고 대답했다.

수사본부에는 새 얼굴이 있었다. 약속된 보강 인력 세 명 중 한 명이 도착했다. 말뫼에서 파견된 몬손이었다.

몬손은 군발드 라르손만큼 덩치가 컸지만 훨씬 온화해 보였다. 그는 자기 차로 스코네에서 여기까지 밤새 운전해 왔다. 몇 푼 안 되는 기름값 보조금을 받으려고 그런 것은 아니었다. 말뫼 번호판이 달린 차를 갖고 있으면 수사에 도움이 될지도 모른다고 판단했기 때문이다. 정확한 판단이었다.

몬손은 지금 창가에 서서 밖을 내다보며 이쑤시개를 씹고 있었다.

"내가 할 일이 있습니까?" 그가 물었다.

"네. 우리가 미처 여유가 없어서 신문을 못 한 사람이 몇 명 있습니다. 예를 들면 여기, 에스테르 셸스트룀 부인. 피해자 한 명의 아내입니다."

"십장이라는 요한 셀스트룀?"

"맞아요. 칼베리스베겐 거리 89번지입니다."

"칼베리스베겐이 어디지요?"

"저쪽 벽에 지도가 있습니다." 콜베리가 맥없이 대답했다.

몬손은 씹던 이쑤시개를 멜란데르의 재떨이에 버리고 가슴 주머니에서 새로운 이쑤시개 하나를 꺼내어 심드렁하게 쳐다보았다. 그러고는 한동안 지도를 연구하더니 코트를 입었다. 그가 문간에서 몸을 돌려 콜베리에게 말했다.

"저기……."

"네, 뭡니까?"

"맛이 나는 이쑤시개를 파는 가게가 어딘지 압니까?"

"전혀 모르겠는데요."

"음." 몬손은 자신의 처지를 설명했다. "그런 가게가 있다는 말을 들었습니다. 내가 요새 담배를 끊으려는 중이라 필요해서 말입니다."

몬손이 문을 닫고 나간 뒤 콜베리가 멜란데르에게 말했다. "나는 저 사람을 전에 딱 한 번 만났어. 작년 여름에 말뫼에서. 그때도 똑같은 말을 했어."

"이쑤시개에 대한 말?"

"그래."

"이상하네."

"뭐가?"

"일 년도 더 지났는데 여태 그걸 못 찾았다는 게."

"아, 자네도 참 한심하군." 콜베리가 외쳤다.

"자네야말로 왜 그래, 기분이 별로인가?"

"아니면, 설마 좋겠어?" 콜베리가 딱딱댔다.

"성질내봐야 소용없어. 상황만 악화될 뿐이야."

"내려야 낼 성질이 없는 자네한테 그런 소리를 들으니 참 좋군그래."

멜란데르는 대꾸하지 않았다. 대화는 그렇게 끝났다.

일각의 예상을 뒤엎고, 이른바 '위대한 탐정'이라 불리는 시민들은 그날 오후에 나름대로 수사에 열심이었다.

수백 명의 시민이 전화를 걸거나 직접 찾아와서 자신이 그날 그 버스에 탔던 것 같다고 말했다.

수사 조직은 이런 진술을 일일이 확인해봐야 했다. 이번만큼은 그 지루한 작업이 전적으로 시간 낭비만은 아니었다.

월요일 저녁 10시쯤 유르고르스브론 다리에서 이층 버스에 탔다는 한 남자가 전화를 걸어와서, 자신이 맹세코 스텐스트룀을 보았다고 말했다. 전화를 돌려받은 멜란데르는 남자에게 당장 경찰청으로 와달라고 부탁했다.

쉰 살쯤 된 남자는 상당히 확신이 있는 듯했다.

"그래서, 스텐스트룀 형사를 보셨다고요?"

"네."

"어디에서?"

"유르고르스브론 다리에서 버스에 탔을 땝니다. 그분은 운전석 뒤쪽 계단 근처의 왼쪽 좌석에 앉아 있었습니다."

멜란데르는 속으로 고개를 끄덕였다. 희생자들이 어느 좌석에 앉아 있었나 하는 정보는 언론에 누설된 바 없었다.

"분명히 그 사람이었습니까?"

"네."

"어떻게 아시죠?"

"아는 얼굴이거든요. 내가 한때 야간 경비원으로 일했습니다."

"아, 이 년 전에 앙네가탄 거리에 있었던 옛 경찰청 정문을 지키셨지요? 기억납니다."

"맙소사, 맞습니다." 남자는 깜짝 놀랐다. "하지만 나는 형사님이 기억이 안 납니다만……."

"나도 딱 두 번밖에 못 봤습니다. 서로 이야기를 나눈 적도 없고요."

"하지만 내가 스텐스트룀 형사는 똑똑히 기억합니다. 왜냐하면……."

남자가 머뭇거렸다.

"왜냐하면……?" 멜란데르가 친근하게 거들었다.

"그게, 그분은 어려 보이는데다가 청바지에 운동복 상의를 입었더군요. 그래서 여기 사람이 아닌 줄 알고 신분증을 보여달라고 했습니다. 게다가……."

"게다가?"

"일주일쯤 뒤에 똑같은 실수를 반복했지요. 그분에게는 성가신 일이었겠지요."

"뭐, 그럴 만했으니까요. 지난밤에 그를 봤을 때 그도 당신을 알아봤습니까?"

"아니요, 전혀 아닙니다."

"옆에 누가 앉아 있던가요?"

"아니요, 비었던데요. 그걸 왜 기억하느냐 하면 가서 인사하고 옆에 앉을까 잠시 생각했기 때문입니다. 하지만 아무래도 어색해서 관뒀습니다."

"애석하군요. 그리고 당신은 세르겔스토리 광장에서 내렸고요?"

"네. 지하철로 갈아탔습니다."

"스텐스트룀은 그때 버스에 남았나요?"

"그럴 겁니다. 어쨌든 나는 그분이 내리는 건 못 봤습니다. 내가 2층에 앉아 있긴 했지만."

"커피 한잔하시겠습니까?"

"뭐, 주신다면 기꺼이."

"괜찮으시다면 사진을 좀 봐주시지요. 썩 보기 좋은 사진들은 아니라서 미안합니다만."

"네, 뭐, 괜찮겠지요." 남자가 웅얼거렸다.

남자는 사진들을 넘겨보면서 얼굴이 새하얘졌고, 한두 번 침을 삼켰다. 남자가 알아본 사람은 스텐스트룀뿐이었다.

얼마 지나지 않아 마르틴 베크, 군발드 라르손, 뢴이 거의 동시에 도착했다.

"뭐야? 혹시 슈베린이……?" 콜베리가 뢴에게 물었다.

"응. 죽었어." 뢴이 대답했다.

"그뿐이야?"

"뭔가 말을 하긴 했어."

"뭘?"

"모르겠어." 뢴은 녹음기를 책상에 올려놓았다.

그들은 책상을 둘러싸고 서서 들었다.

"누가 총을 쐈습니까?"

"든르크."

"어떻게 생긴 사람이었습니까?"

"사말손."

"질문에서 얻어낸 게 고작 그겁니까? 이봐요, 형씨, 나는 울홀름 형사라고 하는데…….."

"죽었습니다."

"맙소사." 군발드 라르손이 탄식했다. "저 목소리만 들어도 토할 것 같군. 그가 나를 직무 태만으로 보고한 적이 있지."

"뭘 어쨌기에?" 뢴이 물었다.

"내가 클라라 경찰서 유치장에서 '거시기'라는 말을 썼거든. 순경 놈들이 홀딱 벗은 창녀를 끌고 왔더라고. 여자가 술에 떡이 되어서는 경찰차에서 고래고래 악을 지르면서 스스로 옷을 찢어발겼다는 거야. 그래서 내가 여자를 경찰청으로 이송하기 전에 몸을 좀 가려주라고 놈들에게 말했지. 담요라도 덮어주라고 말하려다 보니까 그런 단어가 나온 건데, 그걸 갖고서 울홀름은 내 상스럽고 거친 언어 때문에 미성년 여자애가 정신적 충격을 입었다고 주장하지 뭐야. 그때 그가 당직 경관이었거든. 그러더니 훌쩍 솔나로 전출을 요청하더라고. 자연에 가까이 살고 싶다나."

"자연?"

"그래. 뭐, 자기 마누라를 말하는 거였겠지."

마르틴 베크가 테이프를 되감아 틀었다.

"누가 총을 쐈습니까?"

"든르크."

"어떻게 생긴 사람이었습니까?"

"사말손."

"이 질문들은 자네 생각이었어?" 군발드 라르손이 물었다.

"응." 뢴이 겸손하게 대답했다.

"환상적이군."

"남자가 의식을 차린 게 겨우 삼십 초쯤이었단 말이야. 그러고는 금세 죽었어." 뢴은 마음이 상한 듯했다.

마르틴 베크는 테이프를 다시 되감아 틀었다.

그들은 듣고 또 들었다.

"대체 뭐라는 거야?" 콜베리가 말했다.

콜베리는 면도할 시간이 없어 숭숭 나도록 방치한 수염을 벅벅 긁으면서 생각에 잠겼다.

마르틴 베크가 뢴의 의견을 물었다.

"어떻게 생각하나? 자네는 그 자리에 있었잖아."

"글쎄. 남자가 내 질문을 알아듣고 대답하려 했던 것 같은데."

"그런데?"

"첫 번째 질문에는 부정으로 대답한 듯해. 가령 '모른다'라 거나 '못 알아봤다'라거나."

"어떻게 '든르크'에서 그런 해석이 가능하지?" 군발드 라르 손이 놀라서 물었다.

뢴은 얼굴을 붉히면서 몸무게를 한 발에서 다른 발로 옮겨 실었다.

"그러게. 어떻게 그런 결론을 내렸지?" 마르틴 베크도 물었다.

"글쎄, 그냥 그런 인상이었어."

"흠. 그리고?" 군발드 라르손이 말했다.

"두 번째 질문에는 '사말손'이라고 대답한 게 분명해."

"나도 그렇게 들었어. 하지만 그게 대체 무슨 뜻이냐고?" 콜 베리가 따졌다.

마르틴 베크는 손가락 끝으로 두피를 마사지했다.

"사무엘손. 아니면 살로몬손." 마르틴 베크가 골똘히 생각하 다가 내놓은 의견이었다.

"분명히 '사말손'이라고 말했어." 뢴이 고집을 피웠다.

"그래, 하지만 세상에 그런 이름이 어디 있나." 콜베리가 말했다.

"확인해봐야지. 어쩌면 정말로 그런 이름이 있을지도 모르니까. 그러는 동안……." 멜란데르가 말했다.

"그러는 동안, 뭐?"

"테이프를 전문가에게 보내서 분석해보라고 하는 게 좋겠어. 만약에 경찰 내에서 아무것도 못 알아내면, 방송국에 접촉해봐도 좋을 거야. 방송국의 음향 기술자들은 별의별 장치를 다 갖고 있으니까. 테이프에서 소리를 분리해서 속도를 더 빠르게, 더 느리게 조절할 수도 있어."

"좋은 생각이야." 마르틴 베크가 동의했다.

"그전에 제발 울홀름부터 먼저 처리하자고. 아니면 우리는 온 나라의 웃음거리가 될 거야." 군발드 라르손이 투덜거렸다. 그리고 방을 휙 둘러본 뒤에 물었다.

"우리의 용병, 몬손은 어디 계신가?"

"아마도 길을 잃었을걸. 순찰조에 알려야 할지도 몰라." 콜베리가 이렇게 대답하고 땅이 꺼져라 한숨을 쉬었다.

이때 에크가 들어왔다. 백발을 매만지고 선 그의 얼굴에 걱정스러운 기색이 있었다.

"무슨 일입니까?" 마르틴 베크가 물었다.

"신문들이 신원 미상 피해자의 사진을 안 보여준다고 불평합니다."

"얼마나 처참한 몰골인지 당신도 잘 알지 않습니까." 콜베리
가 말했다.

"그야 그렇지만……."

"잠깐만." 멜란데르가 끼어들었다. "인상착의를 더 상세하게
묘사해줄 수는 있지. 나이는 서른다섯에서 마흔 사이, 키는 171센
티미터, 몸무게는 69킬로그램, 신발 사이즈는 260밀리미터, 갈
색 눈동자, 다갈색 머리카락. 맹장 수술 흉터가 있음. 가슴과 배
에 갈색 털이 수북이 나 있음. 발목에 오래된 상처가 있음. 치아
는…… 아냐, 이딴 게 무슨 소용이람."

"그렇게 전하죠." 에크가 방을 나갔다.

남은 사람들은 한동안 묵묵히 서 있었다. 콜베리가 입을 열
었다.

"프레드리크가 알아낸 게 하나 있어. 버스가 유르고르스브론
다리에 도착했을 때, 스텐스트룀은 이미 좌석에 앉아 있었다는
것. 그는 유르고르덴에서 탄 게 틀림없어."

"거기서 대체 뭘 했을까? 밤중에? 그 날씨에?" 군발드 라르
손이 말했다.

"나도 하나 알아낸 게 있어. 스텐스트룀은 아마도 간호사를
몰랐다는 것." 마르틴 베크가 말했다.

"확실한가?" 콜베리가 물었다.

"확실하진 않아."

"좌우간 유르고르스브론 다리에서는 혼자였던 것 같아." 멜란데르가 말했다.

"뢴도 하나 알아냈잖아." 군발드 라르손이 말했다.

"뭘?"

"'든르크'가 '못 알아봤다'라는 뜻이라는 것. 사말손이라는 이름은 말할 것도 없고."

11월 15일 수요일에 그들이 알아낸 것은 그게 전부였다.

밖에서는 큼지막한 눈송이가 떨어지고 있었다. 어둠이 벌써 내려앉았다.

당연히 사말손이라는 사람은 없었다. 적어도 스웨덴에는.

목요일에도 아무런 진전이 없었다.

목요일 밤에 콜베리가 팔란데르가탄 거리의 자기집에 도착했을 때, 시간은 11시가 넘었다. 콜베리의 아내는 거실 등의 동그란 불빛 속에서 책을 읽고 있었다. 단추로 앞을 잠그는 짧은 실내복 차림으로, 맨다리를 의자에 말아 넣고 앉아 있었다.

"안녕. 스페인어 공부는 잘돼?" 콜베리가 말했다.

"당연히 형편없지. 경찰관과 결혼한 주제에 뭔가 할 수 있다고 생각하면 멍청한 거였어."

콜베리는 대꾸하지 않았다. 그는 옷을 벗고 욕실로 들어갔다. 면도를 하고 오랫동안 샤워를 했다. 멍청한 이웃이 오밤중에 옆집에서 물소리가 들린다고 경찰에 신고하는 일이 없기를 바랐다. 가운을 걸치고 거실로 나와서 아내의 맞은편에 앉았다. 그는 아내를 바라보며 곰곰이 생각에 잠겼다.

"자기를 보는 게 얼마 만인지 모르겠네. 일은 잘되어가?" 아내는 눈을 들지 않고 물었다.

"끔찍해."

"안됐네. 시내 한복판 버스에서 아홉 명이 총에 맞아 죽다니, 정말 이상한 일이야. 경찰이 생각해낸 조치라는 게 우스꽝스러운 일제 단속뿐이라는 것도 이상하고."

"그래. 이상해."

"서른여섯 시간 동안 집에 못 간 사람이 자기 말고 또 있어?"

"그럴걸."

그녀는 계속 책을 읽었다. 콜베리는 십 분이나 십오 분쯤 아내에게서 눈을 떼지 않고 묵묵히 바라보기만 했다.

"뭘 그렇게 눈을 희번덕거리는 거야?" 그녀는 여전히 고개를 숙인 채였지만, 목소리에 장난기가 어려 있었다.

콜베리는 대답하지 않았다. 아내는 어느 때보다도 독서에 열중한 듯했다. 그녀는 검은 머리카락에 갈색 눈동자이고, 이목구비가 가지런하고, 눈썹이 짙었다. 콜베리보다 열네 살 아래로, 이제 막 스물아홉 살이 되었다. 그는 늘 그녀가 매우 예쁘다고 생각했다. 이윽고 그가 입을 열었다.

"군?"

그가 집에 온 후 처음으로 그녀가 고개를 들어 그를 보았다. 입가에는 희미한 미소가 걸려 있었고, 눈에는 대담하고 관능적인 반짝임이 담겨 있었다.

"응?"

"일어나봐."

"분부대로 하죠."

그녀는 읽던 책장의 오른쪽 상단 모서리를 접어 의자 팔걸이에 내려놓고 자리에서 일어났다. 두 팔은 편하게 떨어뜨리고 두 발은 넓게 벌리고 섰다. 그리고 그를 똑바로 응시했다.

"좋지 않아."

"내가?"

"아니. 책 모퉁이를 접는 것."

"내 책이야. 내 돈으로 샀다고."

"옷 벗어봐."

그녀는 오른손을 목 언저리로 올려서 단추를 하나씩 천천히 끌렸다. 시선은 여전히 그에게 고정되어 있었다. 그녀는 얇은 면 실내복을 활짝 열어 등뒤로 바닥에 떨어뜨렸다.

"뒤로 돌아봐."

그녀는 그에게 등을 보였다.

"아름답군."

"고마워. 계속 이렇게 서 있을까?"

"아니. 앞이 더 나아."

"오호."

그녀는 반 바퀴 돌아, 아까와 다름없는 표정으로 그를 응시했다.

"물구나무서기 할 줄 알아?"

"응. 적어도 자기를 만나기 전에는 할 줄 알았어. 이후에는 할 기회가 없었지만. 해볼까?"

"번거롭게 그럴 필요까진 없어."

"자기가 좋다면 난 괜찮아."

그녀는 벽으로 걸어가서 손을 바닥에 댔다. 몸을 둥글게 굽혀 위로 끌어올리고 발을 벽에 붙였다. 전혀 힘들어 보이지 않았다.

콜베리는 생각에 잠겨 아내를 바라보았다.

"계속 이렇게 있을까?"

"아니, 됐어."

"자기가 기쁘다면 기꺼이 하겠어. 이러고 오래 있으면 기절한다는 말이 있는데, 그러면 천이든 뭐든 가져다가 나를 덮어줘야 해."

"아니야, 이제 내려와."

그녀는 두 발을 우아하게 바닥에 내려놓고 똑바로 서서 어깨 너머로 돌아보았다.

"내가 그런 모습을 사진으로 찍고 싶다고 하면 자기는 뭐라고 할까?" 콜베리가 물었다.

"그런 모습이라니, 벗은 모습?"

"그래."

"물구나무선 모습?"

"그래, 예를 들면."

"자기는 카메라도 없잖아."

"없지. 하지만 그게 요지가 아니야."

"물론 원한다면 얼마든지 찍어도 좋아. 나를 갖고서 어떤 짓을 해도 좋아. 내가 이 년 전에 이미 그렇게 말했을 텐데."

그는 대답하지 않았다. 그녀는 여전히 벽 가까이 서 있었다.

"사진으로 뭘 하려고?"

"그냥 물어본 거야."

그녀가 몸을 돌려 그에게 걸어왔다. "그러면 이제 내가 물어도 될까? 왜 이런 걸 부탁했어? 사랑을 나누고 싶은 거라면, 저기 편안한 침대가 있잖아. 침대까지 가기도 귀찮다면 여기 이 러그도 최고급이야. 매끈하고 부드러워. 내가 직접 만든 거니까."

"스텐스트룀의 책상 서랍에 그런 사진이 한 뭉치 있더라고."

"사무실?"

"응."

"누구 사진?"

"자기 애인."

"오사?"

"응."

"대단한 눈요깃거리는 아니었겠는데."

"과연 그럴까?" 콜베리가 대꾸했다.

그녀가 그에게 인상을 썼다.

"문제는, 왜냐는 거야." 그가 말했다.

"그게 중요해?"

"나도 몰라. 이해가 안 되더라고."

"그냥 자기가 보려고 했나 보지."

"마르틴도 그렇게 말했어."

"물론 집에 가서 실물을 보는 게 더 합리적인 일이겠지만."

"그렇지. 마르틴이라고 늘 똑똑한 건 아니라고. 예를 들어, 마르틴은 우리가 걱정되는 모양이야. 표정만 봐도 알 수 있어."

"우리를? 왜?"

"금요일 밤에 내가 혼자 산책을 나가서 그런 게 아닐까 싶어."

"그러는 자기도 아내를 두고 나왔으면서."

"뭔가 맘에 걸려. 스텐스트룀의 사진들이."

"왜? 남자들은 다 그렇잖아. 사진에서 오사가 매력적이었어?"

"응."

"아주?"

"아주."

"내가 뭐라고 말할 건지 자기도 알지?"

"그래."

"하지만 난 말하지 않을 거야."

"그래. 그것도 알아."

"어쩌면 스텐스트룀이 동료들에게 보여주려고 그랬는지도 몰라. 자랑하려고."

"그럴 리는 없어. 녀석은 그런 타입이 아니었어."

"그 문제를 왜 그렇게 걱정하는데?"

"나도 모르겠어. 다른 단서가 없어서 그런가."

"이게 단서라고? 그 사진들 때문에 누가 스텐스트룀을 총으로 쐈다고? 그렇다면 여덟 명이나 더 죽일 필요가 뭐가 있었겠어?"

콜베리는 아내를 골똘히 바라보았다.

"그렇군. 좋은 질문이야."

그녀가 몸을 숙여 그의 이마에 가볍게 입을 맞췄다.

"침대로 가자." 콜베리가 말했다.

"훌륭한 생각이야. 우선, 보딜 먹일 이유식 한 병만 만들어놓고. 삼십 초밖에 안 걸려, 포장지의 설명에 따르면. 자기 먼저 침대로 가 있어. 아니면 바닥에 눕거나, 욕조에 들어가거나, 어디든 원하는 곳에 가 있어."

"침대면 됐어."

그녀는 부엌으로 갔다. 콜베리는 일어나서 등을 껐다.

"렌나르트?"

"응?"

"오사는 몇 살이야?"

"스물넷."

"여자의 성적 능력은 스물아홉 살에서 서른두 살 사이가 정점이래. 킨제이 보고서에 그렇게 나왔어."

"그래? 남자는?"

"열여덟."

그녀가 작은 냄비의 이유식을 휘젓는 소리가 들렸다. 그녀가 이어 덧붙였다. "하지만 남자는 개인차가 크대. 위안이 될진 모르겠지만."

콜베리는 반쯤 열린 부엌문을 통해 아내를 보았다. 그녀는 개수대 옆 조리대 앞에 나체로 서서 냄비를 젓고 있었다. 그녀는 다리가 길고, 체격이 보통이고, 관능적인 여성이었다. 그가 꿈꾸던 이상형이었다. 하지만 그는 그녀를 찾아내는 데 이십 년이 넘게 걸렸고, 확실한지 곰곰이 생각해보는 데 또 일 년이 걸렸다.

그녀는 초조한 듯 발을 꼼지락댔다.

"삼십 초라더니, 거짓말쟁이들." 그녀가 혼잣말을 했다.

콜베리는 어둠 속에서 미소 지었다. 곧 그는 스텐스트룀과 빨간 이층 버스 생각을 떨칠 수 있을 것이다. 사흘 만에 처음으로.

마르틴 베크는 아내를 찾는 데 이십 년을 들이지 않았다. 그는 십칠 년 전에 아내를 만났고, 기다렸다는 듯이 임신을 시켰고, 급히 결혼했다.

이후 여유를 찾았을 때 그는 그 결정을 후회했다. 그리고 지금, 실수의 산증인인 아내가 베개에 눌려 붉어진 얼굴과 구겨진 잠옷 차림으로 침실 문간에 서 있었다.

"그렇게 기침하고 코를 풀어대면 온 식구가 다 깨겠어."

"미안."

"그리고 왜 오밤중에 담배를 피우고 그래? 안 그래도 목이 안 좋으면서."

그는 담배를 끄면서 사과했다. "깨웠다면 미안해."

"그게 중요한 게 아냐. 당신이 다시 폐렴에 걸리면 어쩌나 하는 게 문제지. 당신, 내일은 집에서 쉬는 게 좋겠어."

"그럴 수는 없어."

"말도 안 돼. 아프면 출근을 하지 말아야지. 경찰이 당신 혼자는 아니잖아. 그리고 그런 옛날 보고서 따위 읽지 말고 얼른 잠이나 자. 그렇게 매달린다고 이제 와서 그 택시 살인이 해결될 것 같아? 벌써 1시 반이야. 케케묵은 서류는 내려놓고 불 꺼. 잘 자."

"잘 자." 마르틴 베크는 벌써 닫혀버린 침실 문에 대고 기계적으로 대답했다.

그는 눈살을 찌푸리면서 스테이플러로 묶인 보고서를 천천히 내려놓았다. 케케묵은 서류라는 건 잘못 짚은 말이었다. 이것은 엊저녁 퇴근하기 직전에 건네받은 검시 보고서 복사본이었다. 하지만 몇 달 전만 해도 십이 년 전 택시 운전사 살인 사건 수사보고서를 붙들고 밤새 깨어 있곤 한 건 사실이었다.

그는 천장을 바라보며 가만히 누워 있었다. 이윽고 침실에서 아내가 나지막이 코 고는 소리가 들려오자, 잽싸게 일어나서 발 끝으로 복도로 걸어나갔다. 손을 전화기에 얹고 잠시 주저하다 가 수화기를 움켜쥐고 콜베리의 집 번호를 돌렸다.

"콜베리입니다." 군이 헐떡대며 받았다.

"안녕하세요. 렌나르트 있습니까?"

"네. 생각하시는 것보다 가까이 있어요."

"무슨 일이야?" 전화를 받은 콜베리가 내뱉었다.

"내가 방해했나?"

"당연히 방해했지. 이 시각에 대체 무슨 일이야?"

"지난여름 일 생각나? 공원 연쇄살인 직후에?"

"그래, 그때가 왜?"

"당시에 딱히 할 일이 없어서, 국장이 우리더러 장기 미결 사건들을 살펴보라고 했지. 기억해?"

"젠장, 당연히 똑똑히 기억하지. 그게 왜?"

"나는 보로스의 택시 살인을 검토했고, 자네는 칠 년 전에 감쪽같이 실종된 외스테르말름의 노인 사건을 검토했지."

"그래. 그 이야기를 하려고 걸었나?"

"아니야. 그때 스텐스트룀은 뭘 붙들고 있었지? 스텐스트룀은 휴가에서 막 돌아온 참이었는데 말이야."

"나는 눈곱만큼도 모르는데. 스텐스트룀이 자네한테 말하지 않았나?"

"아니야, 나한테는 한마디도 안 했어."

"그렇다면 국장에게 말했겠지."

"맞아, 당연히 그랬겠군. 자네가 옳아. 이만 끊을게. 깨워서 미안해."

"지옥에나 가라고."

마르틴 베크는 콜베리가 전화기를 내던지는 소리를 듣고도 몇 초쯤 귀에 수화기를 대고 있었다. 그러다 자신도 전화기를 내려놓고, 축 늘어져 소파 침대로 돌아왔다.

그는 도로 누워 불을 껐다. 캄캄한 거실에 누워 있자니 방금 자신이 바보짓을 했다는 생각이 들었다.

18.

예상과는 달리, 금요일 오전에는 이것저것 희망찬 소식들이 들려왔다.

마르틴 베크는 전화로 소식을 듣고 이렇게 외쳤다. "뭐라고! 벌써? 정말?"

방안의 다른 사람들은 하던 일을 놓고 마르틴 베크를 지켜보았다. 그가 수화기를 내리면서 말했다. "탄도 검사를 마쳤다는군."

"그래서?"

"무기를 알아낸 것 같대."

"오." 콜베리의 반응은 심드렁했다.

"기관단총이겠지, 뭐. 군이 경비 하나 없는 창고에 버려둔 기관단총이 수천 정은 될걸. 차라리 도둑놈들한테 공짜로 나눠주는 게 낫지. 그러면 적어도 매주 자물쇠를 교체하는 수고는 안 할 것 아냐. 나한테 삼십 분만 시간을 주면 차를 몰고 시내로 나가서 금세 대여섯 정 사 올 수 있어." 군발드 라르손이 말했다.

"자네 생각과는 달라." 마르틴 베크는 방금 통화중에 받아 적었던 메모지를 치켜들었다. "모델 37, 수오미 타입."

"정말?" 멜란데르가 물었다.

"개머리가 나무로 된 오래된 모델이지. 1940년대 이후로는 전혀 못 봤는데." 군발드 라르손이 말했다.

"핀란드제래, 우리 나라에서 만든 거래?" 콜베리가 물었다.

"핀란드제. 전화한 사람이 거의 틀림없다고 하는군. 탄약도 구식이야. 티카코스키 재봉틀 회사에서 만들던 것."

"M37이라. 일흔 발짜리 드럼형 탄창을 쓰는 물건이지. 요새 누가 그런 걸 갖고 있지?" 콜베리가 말했다.

"아무도 없어. 아마 지금은 강바닥에 버려져 있을걸. 삼 미터 아래에." 군발드 라르손이 대답했다.

"그렇겠지. 그렇다면 나흘 전에 누가 그걸 갖고 있었을까?" 마르틴 베크가 물었다.

"웬 미친 핀란드 놈이겠지. 호송차를 끌고 나가서 시내에 있는 미친 핀란드 놈들을 죄다 잡아들여야 해. 거참 재미난 일이겠군." 군발드 라르손이 으르렁거렸다.

"신문에 알려야 할까?" 콜베리가 물었다.

"안 돼. 한마디도 흘려선 안 돼." 마르틴 베크가 대답했다.

다시 침묵이 찾아왔다. 이것이 첫 번째 단서였다. 다음 단서가 나타나기까지 또 얼마나 시간이 걸릴까?

문이 벌컥 열리면서 한 청년이 들어왔다. 청년은 호기심 어린 눈으로 주변을 둘러보았다. 손에 갈색 봉투를 들고 있었다.

"누구를 찾나?" 콜베리가 물었다.

"멜란데르요."

"멜란데르 경위님이겠지." 콜베리가 꾸짖었다. "저기 앉아 계시네."

청년은 걸어가서 멜란데르의 책상에 봉투를 놓았다. 청년이 방을 나서려는 순간, 콜베리가 한마디 덧붙였다. "노크 소리를 못 들었는데."

청년은 손잡이를 쥔 채 우뚝 멈춰 섰으나, 말은 없었다. 방에는 침묵이 흘렀다. 콜베리가 어린아이에게 설명하듯이 조근조근 천천히 말했다. "방에 들어오기 전에는 문에 노크를 하는 거야. 그리고 기다려. 들어오라는 소리가 들리면 문을 열고 들어오는 거야. 알겠나?"

"네." 청년은 콜베리의 발치를 쳐다보며 웅얼거렸다.

"좋아." 콜베리는 홱 등을 돌렸다.

청년은 구부정히 나가면서 조용히 문을 닫았다.

"쟤는 누구야?" 군발드 라르손이 물었다.

콜베리는 어깨를 으쓱했다.

"스텐스트룀이 생각나는군." 군발드 라르손이 말했다.

멜란데르는 파이프를 내려놓고 봉투를 열어 초록 표지로 제본된 타이핑된 용지를 꺼냈다. 두께가 일 센티미터쯤 되는 소책자였다.

"그게 뭔가?" 마르틴 베크가 물었다.

멜란데르는 속을 훑어보았다.

"심리학자들의 보고서 요약본이야. 제본해달라고 했거든."

"아하. 그치들이 어떤 근사한 이론을 제안하셨나? 우리의 불쌍한 대량 살인마는 사춘기에 돈이 없어 요금을 못 내는 바람에 버스에서 쫓겨나는 경험을 했고, 그 때문에 민감한 감수성에 깊은 상처가 새겨져서……." 군발드 라르손이 말했다.

마르틴 베크가 말허리를 자르고 끼어들었다.

"재미없어, 군발드."

콜베리가 마르틴 베크에게 놀란 눈길을 던지고, 이어 멜란데르에게로 시선을 옮겼다. "자, 프레드리크, 그 묵직한 저작에서 자네는 뭘 건졌나?"

멜란데르는 파이프 속을 긁어 종이 위에 비우고, 그 종이를 접어 쓰레기통에 던졌다.

"우리 나라에는 이런 사건의 전례가 없어. 프린스칼 기선汽船에서 벌어졌던 노르들룬드 학살 사건까지 거슬러 올라간다면 또 모를까. 그래서 심리학자들은 지난 몇십 년 동안 미국에서 수행된 연구를 참고 자료로 활용할 수밖에 없었어."

멜란데르는 파이프에 훅 바람을 불어서 속이 깨끗한지 확인한 뒤 다시 재기 시작했다. 그러면서 말을 이었다. "우리와는 달리 미국은 자료가 부족할 일이 없지. 여기 언급된 사례만 해도 보스턴 교살자, 시카고에서 간호사 여덟 명을 살해했던 스펙, 탑에서 열여섯 명을 쏘아 죽이고 부상자를 그 이상 냈던 휘트먼도 있고, 뉴저지 거리를 달려가며 십이 분 만에 열세 명을 쏘아 죽였던 언루도 있어. 그 밖에도 자네들이 한 번쯤 들어봤을 사건이 한두 개 더 소개되어 있어."

멜란데르는 책자를 펄럭펄럭 넘겼다.

"대량 살인은 미국인들의 장기인가 보군." 군발드 라르손이 말했다.

"맞아." 멜란데르는 동의했다. "여기에 그 이유에 대한 그럴싸한 가설도 몇 가지 소개되어 있어."

"폭력 미화, 출세주의 사회, 총기류 통신판매, 참혹한 베트남 전쟁." 콜베리가 줄줄이 늘어놓았다.

웃는 경관

멜란데르는 뻐끔뻐끔 파이프를 빨아 불을 붙이면서 고개를 주억거렸다.

"그런 것들도 있고."

"어디선가 읽었는데 미국인 천 명 중 한두 명은 대량 살인자가 될 잠재성이 있다더군. 어떻게 그런 결론이 나왔는지는 나한테 묻지 마." 콜베리가 말했다.

"시장조사겠지. 시장조사가 또 미국인들의 장기 아닌가. 집집마다 돌아다니면서 '자신이 대량 살인을 저지르는 광경을 상상해본 적이 있습니까' 하고 묻는 거지. 천 명에 두 명은 '그럼요, 그거 멋지겠는데요'라고 대답하는 거야." 군발드 라르손이 말했다.

마르틴 베크는 코를 풀고 충혈된 눈으로 못마땅한 듯 군발드 라르손을 째려보았다.

멜란데르는 의자 등받이에 등을 기대고 다리를 앞으로 쭉 뻗었다.

"자네의 심리학자들은 우리 대량 살인마의 성격이 어떻다고 말하나?" 콜베리가 물었다.

멜란데르는 책자에서 어딘가를 찾아서 펼쳐 읽어 내려갔다.

"'범인은 아마도 서른 살 미만. 수줍음이 많고 과묵한 성격. 주변 사람들은 그를 점잖고 성실한 사람으로 볼 것이다. 술을 마실지도 모르지만 금주자일 가능성이 더 높다. 체구가 작을 것이다. 혹은 신체적으로 이상이 있거나 손상을 겪어서 장애가 있을 수 있다. 사회에서 거의 눈에 띄지 않는 역할을 수행하고 있으며, 궁핍한 환경에서 자랐을 것이다. 부모가 이혼을 했거나 고아일 가능성이 높다. 감정적으로 빈곤한 유년기를 보냈을 것이다. 중범죄를 저지른 전력이 없는 경우가 많다.'"

멜란데르가 고개를 들었다. "이건 미국 대량 살인마들의 취조 내용과 정신분석을 취합하여 도출한 결론이야."

"대량 살인마는 겉으로 보기에도 광기가 넘칠걸. 그런 인간이 거리로 뛰쳐나와서 사람들을 한 무더기 죽이기 전에 주변에서 미리 알아챌 순 없나?" 군발드 라르손이 물었다.

"'사이코패스는 비정상성을 자극하는 순간이 오기 전까지는 정상으로 보인다. 사이코패스란 개인의 한두 가지 성질이 비정상적으로 발달했다는 뜻인데, 그 밖의 면에서는 정상에 가깝다. 가령 재능이나 업무 능력 등은 정상일 수 있다. 특별한 동기가 없는 상황에서 갑자기 무모하게 대량 살인을 저지른 살인범의 경우, 이웃들과 친구들은 그를 사려 깊고, 친절하고, 예의 바르고, 법 없이도 살 사람으로 묘사하는 경우가 많다. 미국의 살인범 중에는 자신이 오래전부터 스스로의 질병을 인식해왔고 파괴적 성향을 억제하려고 노력했으나 끝내 충동에 굴복하고야

말았다고 말한 경우가 더러 있다. 대량 살인마는 피해망상이나 과대망상, 혹은 괴상한 형태의 죄책감을 겪는 경우가 많다. 유명해지고 싶었다거나 대대적으로 보도되는 자신의 이름을 보고 싶었다고 동기를 설명하는 경우도 흔히 있다. 그 이면에는 거의 늘 복수심이나 과시욕이 깔려 있다. 그는 남들이 자신을 얕보고, 오해하고, 부당하게 취급한다고 느낀다. 대부분 심각한 성적 문제가 있다.'"

멜란데르가 낭독을 마치자 방에는 침묵이 깔렸다. 마르틴 베크는 창을 내다보았다. 그의 얼굴은 창백했고, 눈은 퀭했고, 자세는 어느 때보다도 더 구부정했다.

콜베리는 군발드 라르손의 책상에 앉아 종이 클립들을 긴 사슬이 되도록 엮었다. 짜증이 난 군발드 라르손이 클립 통을 자기 쪽으로 끌어당겼다. 콜베리가 침묵을 깼다.

"휘트먼이라는 남자 말이야, 오스틴의 대학 탑에서 길 가는 사람들을 쏴댄 남자. 어제 그 남자에 대한 책을 읽었어. 오스트리아의 어느 심리학 교수에 따르면, 휘트먼은 친모와의 성행위를 원한 것이 문제였다는군. 결국 친모에게 성기 대신에 칼을 쑤셔넣었다는 거야. 나는 프레드리크와 달리 기억력이 좋지 않지만, 책의 마지막 문장은 대강 이런 식이었어. '그리고 그는 직립한 탑으로 올라갔다. 탑은 남근의 직접적인 상징이다. 그곳에서 그는 어머니 지구에게 쏘아 보내는 사랑의 화살인 양 치명적인 씨앗들을 분출했다.'"

때마침 몬손이 들어왔다. 언제나처럼 입가에 이쑤시개가 매달려 있었다.

"대체 무슨 소리들을 하는 겁니까?" 몬손이 물었다.

"어쩌면 버스가 모종의 성적 상징인지도 모르지. 수평적인 물체이기는 하지만." 군발드 라르손이 심사숙고하면서 중얼거렸다.

몬손이 휘둥그레져 그를 보았다.

마르틴 베크는 자리에서 일어나 멜란데르에게 갔다. 초록 소책자를 집어 들고 말했다.

"좀 빌릴게. 평화롭고 조용한 곳에서 찬찬히 읽어봐야겠어. 재치 있는 코멘트가 난무하지 않는 곳에서."

마르틴 베크가 문으로 걸어가는데 몬손이 앞을 막았다. 몬손은 입에서 이쑤시개를 빼고 물었다. "나는 이제 뭘 할까요?"

"모르겠습니다. 콜베리에게 물어요." 마르틴 베크는 퉁명스럽게 대꾸하고 방을 나갔다.

"가서 그 아랍 사람의 집주인을 만나보세요." 콜베리가 말했다.

그리고 메모지에 이름과 주소를 써서 몬손에게 건넸다.

"마르틴한테 무슨 일 있나? 왜 저렇게 찌뿌듯해?" 군발드 라

웃는 경관

르손이 물었다.

콜베리가 어깨를 으쓱했다.

"나름대로 이유가 있겠지."

몬손이 스톡홀름의 끔찍한 교통 상황을 헤치고 노라스타숀스가탄 거리에 도착하는 데는 삼십 분이나 걸렸다. 그는 47번 버스 종점 맞은편에 차를 세웠다. 4시를 갓 넘겼을 뿐인데 밖은 벌써 컴컴했다.

건물에는 칼손이라는 이름의 입주자가 둘 있었으나, 몬손은 어느 쪽이 자신이 찾는 칼손인지를 쉽사리 알아냈다.

문에는 명함 여덟 개가 압정으로 꽂혀 있었다. 두 장은 인쇄된 것이었고, 나머지는 다양한 필체로 손수 쓴 것이었다. 모두 외국 이름이었다. 모하메드 부시라는 이름은 없었다.

몬손은 초인종을 눌렀다. 구겨진 바지에 흰 러닝셔츠를 걸친 가무잡잡한 남자가 문을 열었다.

"칼손 부인 계십니까?"

남자는 흰 치아를 내보이며 함박웃음을 짓고는 팔을 크게 벌렸다.

"집에 칼손 부인 없습니다. 곧 옵니다." 남자는 스웨덴어가 서툴렀다.

"그럼 기다리지요." 몬손은 현관으로 발을 들여놓았다.

코트 단추를 끄르면서, 몬손은 미소 짓는 남자에게 물었다.

"여기에 살았던 모하메드 부시라는 사람을 압니까?"

남자의 얼굴에서 미소가 지워졌다.

"네. 너무 놀랐어요. 끔찍해요. 내 친구예요, 모하메드."

"당신도 아랍 사람입니까?"

"아니요. 터키. 당신도 외국인?"

"아닙니다. 스웨덴 사람입니다." 몬손이 대답했다.

"아, 악센트가 조금 다르다고 생각했어요." 터키인이 말했다.

실제로 몬손은 스코네 사투리가 강했기 때문에 남자가 그를 외국인으로 여긴 것도 놀랄 일은 아니었다.

"나는 경찰입니다." 몬손이 남자를 엄하게 보면서 말했다. "개의치 않는다면 집을 좀 둘러보고 싶은데요. 집에 또 누가 있습니까?"

"아니요. 나만 있습니다. 나는 아픕니다."

몬손은 주변을 둘러보았다. 현관은 좁고 어두웠다. 식탁 의자 하나, 작은 탁자 하나, 금속 우산 꽂이 하나가 있었다. 탁자에는 신문 두 부와 외국 우표가 붙은 편지 몇 통이 놓여 있었다. 대문 외에도 현관 복도로 난 문이 다섯 개 더 있었다. 유달리 작은 문 두 개는 화장실과 벽장으로 통하는 게 아닐까 싶었

다. 쌍여닫이문도 하나 있었다. 몬손은 그리로 걸어가서 한쪽
문을 열었다.

"칼손 부인 방이에요. 들어가는 것 금지예요." 러닝셔츠를
입은 남자가 소리쳐 경고했다.

몬손은 슬쩍 방안을 보았다. 가구가 빼곡하여 복잡했다. 침
실 겸 거실로 쓰는 것 같았다.

그 옆의 문은 부엌으로 이어졌다. 부엌은 크고 신식이었다.

"부엌에 들어가는 것 금지예요." 터키인이 뒤에서 말했다.

"방은 몇 개 있습니까?"

"칼손 부인 방, 부엌, 나머지는 우리 방. 그리고 화장실, 옷장."

몬손은 얼굴을 찌푸렸다.

"그러니까 방 두 개에 부엌 하나란 말이군." 그는 혼잣말로
중얼거렸다.

"우리 방 봐요." 터키인이 이렇게 말하면서 문을 열어주었다.

방은 길이가 칠 미터, 폭이 오 미터쯤 되어 보였다. 길 쪽으
로 창이 두 개 나 있었고, 색 바랜 얄브스름한 커튼이 걸려 있었
다. 모양이 가지각색인 침대들이 벽에 붙어 있었고, 두 창문 사
이에는 폭 좁은 긴 의자가 머리를 벽 쪽으로 두고 놓여 있었다.

세어보니 침대는 여섯 개였다. 그중 세 개는 흐트러진 채였
다. 구두, 옷, 책, 신문 따위가 온 방에 어수선하게 널려 있었

다. 하얗게 래커 칠을 한 둥근 탁자가 방 중앙을 차지했고, 각양각색의 의자 다섯 개가 탁자를 둘러쌌다. 그 외의 가구는 거무튀튀하게 변색된 키 큰 서랍장 하나가 전부였다. 서랍장은 한쪽 창문 옆으로 벽에 붙어 서 있었다.

방에는 문이 두 개 더 있었다. 개중 하나는 침대로 막혀 있었다. 칼손 부인의 방으로 이어지는 문인 듯했다. 틀림없이 잠겨 있을 것이었다. 다른 하나는 작은 붙박이 옷장의 문이었다. 그 속은 옷가지와 여행 가방으로 꽉 차 있었다.

"여기에서 여섯 명이 잡니까?" 몬손이 물었다.

"아니요, 여덟 명." 터키인이 대답했다.

남자는 문 바로 앞의 침대로 가서 그 밑에서 바퀴 달린 간이침대를 꺼냈다. 그러고는 다른 침대들을 가리켰다.

"이런 것 두 개. 모하메드 이것에서 잤어요."

"다른 일곱 명도 다 당신처럼 터키 사람입니까?"

"아니요, 우리 터키 사람 세 명, 아랍 사람 두 명, 아니 한 명, 스페인 사람 두 명, 핀란드 사람 한 명, 그리고 새 사람은 그리스 사람."

"식사도 여기에서 합니까?"

터키인은 미끄러지듯 방을 가로지르더니 한 침대의 베개를 매만졌다. 몬손이 힐끔 보니 베개 밑에 포르노 잡지가 감춰져 있었다.

"미안합니다. 여기가…… 여기가 깨끗하지 않아서요. 식사도 여기에서 하느냐고요? 아니요, 요리 금지예요. 부엌 쓰는 것 금지예요. 방에서 전열기 쓰는 것 금지예요. 요리하면 안 돼요. 커피 만들면 안 돼요."

"방세는 얼마나 냅니까?"

"각각 350크로나."

"한 달에?"

"네. 모두 한 달에 350크로나."

터키인은 고개를 끄덕이며 가슴팍을 긁었다. 깊이 파인 러닝셔츠 위로 말총 같은 검은 털이 무성하게 나 있었다.

"나는 돈 많이 벌어요. 일주일에 170크로나 벌어요. 나는 화물차 운전해요. 전에는 식당에서 일했는데 많이 못 벌었어요."

"모하메드 부시에게 친척이 있다는 소리는 못 들었습니까? 부모나 형제자매는?"

터키인은 고개를 저었다.

"아니요, 몰라요. 우리는 친구이고 친해도 모하메드는 말을 많이 안 했어요. 아주 무서워했어요."

몬손은 창가로 가서 저 아래 버스 종점에서 떨면서 차를 기다리는 사람들을 내다보았다.

그러다가 몸을 돌렸다.

"무서워했다고요?"

"무서워하는 거 아니에요. 내가 뭐라고 했죠? 아, 수줍어했어요."

"수줍어했다, 아하. 그가 여기에서 얼마나 오래 살았는지 압니까?"

터키인은 창문 사이의 긴 의자에 앉아 고개를 흔들었다.

"아니요, 몰라요. 나는 지난달에 왔고 모하메드는 벌써 여기 살았어요."

몬손의 두꺼운 코트 아래에서 갑자기 땀이 났다. 여덟 명의 사내들이 내뿜은 체취로 공기가 혼탁한 것처럼 느껴졌다.

몬손은 말뫼의 깔끔하고 단정한 자기집으로 돌아가고 싶은 마음이 간절했다.

그는 주머니를 뒤져 마지막 이쑤시개를 꺼낸 뒤에 물었다. "칼손 부인은 언제 옵니까?"

터키인은 어깨를 으쓱했다.

"몰라요. 곧."

몬손은 이쑤시개를 입에 물고, 둥근 탁자에 앉아 기다렸다.

삼십 분이 지난 뒤, 그는 다 씹은 이쑤시개 조각을 재떨이에 던졌다. 칼손 부인의 하숙인 중 두 명이 더 귀가했지만, 집주인은 코빼기도 보이지 않았다.

귀가한 사람들은 둘 다 스페인 사람이었다. 그들은 스웨덴어 실력이 빈약했고 몬손은 스페인어를 한마디도 몰랐기에, 그들에게 뭔가를 묻겠다는 생각은 금세 포기했다. 알아낸 정보라고는 그들의 이름이 라몬과 후안이고 둘 다 그릴 식당에서 급사로 일한다는 것뿐이었다.

터키인은 긴 의자에 털썩 늘어져 한가롭게 독일 잡지를 뒤적였다. 두 스페인 남자는 저녁 외출을 위해 옷을 갈아입으면서 활달하게 떠들어댔다. 그들의 외출 계획은 대화에 수시로 등장하는 셰르스틴이라는 아가씨와 관련이 있는 듯했다.

몬손은 줄기차게 시계를 보았다. 5시 30분에서 일 분도 더 기다리지 않기로 다짐했다.

5시 28분에 칼손 부인이 돌아왔다.

그녀는 몬손을 제일 좋은 소파에 앉히고 포트와인을 대접한 뒤, 하숙집 여주인으로 산다는 게 얼마나 고단한 일인가 하는 넋두리를 쏟아내기 시작했다.

"맹세컨대, 딱한 여자 혼자서 남자들로 가득한 집을 돌본다는 게 절대로 쉬운 일이 아니랍니다. 게다가 외국인들이잖아요. 하지만 돈에 쪼들리는 과부가 달리 무슨 일을 하겠어요?" 여자는 징징댔다.

몬손은 대강 계산해보았다. 돈에 쪼들리는 과부는 다달이 방세로 삼천 크로나 가까이 긁어모을 것이다.

여자가 불만스레 입술을 내밀며 말했다. "그 모하메드란 작자는 한 달 방세를 안 냈답니다. 형사님이 어떻게 해결해줄 수 없나요? 그 사람, 분명히 은행에 예금이 있었어요."

몬손이 모하메드에 대한 인상을 묻자, 여자는 대답했다. "글쎄요, 아랍 사람치고는 괜찮았답니다. 보통은 다들 더럽고 못 믿을 족속이잖아요. 하지만 그 사람은 점잖고 조용했어요. 처신도 잘하는 것 같았고. 술도 안 마셨고. 여자를 들이지도 않았어요. 하지만 아까 말했듯이 한 달 치 방세를 안 냈답니다."

그녀는 하숙인들의 사생활을 시시콜콜 잘 아는 것 같았다. 여자는 라몬이 셰르스틴이라는 갈보를 만나고 다니는 게 틀림없다고 했지만, 모하메드에 대해서는 더 말할 게 없다고 했다.

다만 모하메드의 결혼한 누이가 파리에 산다고 했다. 누이가 편지를 보내오곤 했는데 아랍어로 씌어 있어서 자신은 읽을 수 없었다고 했다.

칼손 부인은 편지 뭉치를 가져와서 몬손에게 넘겨주었다. 누이의 이름과 주소가 봉투 뒷면에 적혀 있었다.

모하메드 부시가 이 세상에서 지녔던 소지품들은 캔버스 여행가방 하나에 다 꾸려져 있었다. 몬손은 그 가방도 건네받았다.

칼손 부인은 문을 닫기 전에 마지막으로 한 번 더 밀린 집세를 강조했다.

　"세상에, 저런 몹쓸 노파를 보았나." 몬손은 중얼거리면서 계단을 내려와 차로 향했다.

19.

월요일. 눈이 내렸다. 바람이 불었다. 얼얼하게 추웠다.

"발자국이 멋지군." 뢴이 말했다.

뢴은 창가에 서서 바깥 거리와 지붕들을 멍하니 내다보고 있
었다. 사실 볼 것이라고는 희뿌옇게 부유하는 안개 같은 눈발밖
에 없었다.

군발드 라르손이 수상쩍어하는 눈길로 뢴을 보며 말했다.
"농담이라고 한 말이야?"

"아니. 어릴 때 눈이 오면 어떤 기분이었던지 생각하고 있
었어."

"대단히 건설적이군. 좀더 가치 있는 일을 해야겠다는 생각
은 안 드나? 수사를 도와야겠다는 생각은 안 들어?"

"물론 들지. 하지만……."

"하지만, 뭐?"

"내가 하려던 말이 바로 그거야. '하지만 뭘?'"

"아홉 명이 살해당했어. 그런데 자네는 뭘 하면 좋은지를 스스로 생각하지 못하고 멀뚱히 서 있기만 하는군. 자네도 수사관 아냐?"

"그렇지."

"그러면 수사를 하라고, 제발."

"어디서부터?"

"난들 아나. 뭐든 하라고."

"그러는 그쪽은 뭐하는데?"

"안 보여? 멜란데르하고 의사들이 합작해서 지어낸 심리학적 헛소리를 읽고 있잖아."

"왜?"

"난들 아나. 나라고 모든 걸 다 알 순 없잖아?"

버스에서 유혈 사태가 벌어진 지 일주일이 흘렀다. 수사는 답보 상태였다. 아무도 건설적인 발상을 해내지 못하는 상태라는 사실이 뼈저리게 느껴졌다. 시민들이 줄기차게 제보하던 쓸데없는 단서들도 씨가 마르기 시작했다.

소비사회에서 하루하루 시달리며 살아가는 시민들에게는 다른 고민거리가 많았다. 크리스마스까지는 한 달도 더 남았지만 광고 잔치는 벌써 시작되었다. 한껏 장식된 쇼핑가를 따라 쇼핑 강박증이 흑사병처럼 빠르고 무정하게 번졌다. 그 전염병은 눈앞에 마주치는 모든 것을 휩쓸었다. 피할 길은 없었다. 전염병은 가가호호 방문하여 모두를 전염시키고 무너뜨렸다. 아이들은 벌써부터 기진맥진 울어대며 떼를 썼고, 가장들은 다음 명절까지 빚에 시달릴 형편이었다. 거대하고 합법적인 신용 사기가 도처에서 희생자를 양산했다. 병원은 심근경색, 신경쇠약, 급성위궤양 환자들로 붐볐다.

대가족 잔치를 이끌던 주인공들이 심심찮게 파출소를 방문했다. 산타클로스 복장을 한 그들은 인사불성으로 취해 남의 집 현관이나 공중화장실에 뻗어 있다가 실려오곤 했다. 마리아토리에트 광장에서는 지친 순경 두 명이 만취한 산타클로스를 어느 집 문간에서 끌어내어 택시에 태우려다가 실수로 도랑에 빠뜨리는 일이 있었다.

그러자 난리법석이 벌어졌다. 영문도 모르고 비명을 질러대는 아이들과 성이 나서 상스러운 말을 지껄여대는 술꾼들이 두 순경을 거세게 압박했다. 그러던 중 한 순경이 누군가 던진 얼음 덩어리에 눈언저리를 맞자 성질이 나서 곤봉을 치켜들었다. 그가 마구잡이로 휘두른 곤봉은 호기심에 기웃대던 연금 생활

198   웃는 경관

자 노인을 가격했다. 썩 보기 좋은 광경은 아니었다. 경찰 혐오자들에게 좋은 빌미를 준 격이었다.

"사회의 모든 계층에 경찰을 향한 적대감이 잠재되어 있거든. 사소한 자극에도 금세 튀어나오지." 멜란데르가 말했다.

"그런가. 그렇담 그 이유는 뭐야?" 콜베리는 흥미라곤 없는 말투로 물었다.

"경찰이 필요악이기 때문이야. 누구든 불현듯 경찰의 도움이 필요한 순간이 온다는 사실을 알지. 직업 범죄자들조차 그래. 제아무리 도둑이라도 자기집 지하실에서 뭔가 달각대는 소리가 들려서 밤중에 잠을 깨면 어떻게 할 것 같나? 당연히 경찰을 부르지. 하지만 그런 상황이 벌어지지 않는 이상, 대부분의 사람들은 경찰이 자기 일을 방해하거나 마음의 평화를 어지럽히면 어떤 방식으로든 두려움이나 경멸을 표현하기 마련이야."

"거참, 스스로를 필요악으로 여기는 건 정말이지 못 견딜 일인데." 콜베리는 의기소침했다.

멜란데르는 개의치 않고 말을 이었다. "물론 문제의 핵심은 따로 있어. 경찰 직업 자체는 최고로 지적이며 정신적, 육체적, 도덕적으로 뛰어난 사람들이 수행해야 하는 일이건만, 이 직종에는 그런 자질을 보유한 사람을 끌어들일 매력 요소가 전혀 없다는 점이야."

"자네 너무해." 콜베리가 투덜거렸다.

마르틴 베크는 이런 논쟁을 전에도 수없이 들었던 터라 전혀 흥미가 동하지 않았다.

"사회학 토론은 어디 다른 데 가서 하면 안 되겠나? 생각 좀 하려고." 마르틴 베크는 심술궂게 말했다.

"무슨 생각?" 콜베리가 물었다.

그때 전화가 울렸다.

"여보세요, 베크입니다."

"옐름입니다. 좀 어떻습니까?"

"우리끼리니까 말하자면, 좋지 않습니다."

"얼굴 없는 사내의 신원은 파악했나요?"

마르틴 베크는 옐름을 오래전부터 알고 지냈고, 대단히 신뢰했다. 마르틴 베크만 그런 것이 아니었다. 옐름을 세계적으로 손꼽힐 만큼 명석한 과학수사 전문가로 인정하는 사람이 많았다. 다만 그것은 그를 적절한 방식으로 다룰 때의 이야기였다.

"아뇨. 그를 찾는 사람이 아무도 없군요. 탐문에서도 번번이 소득이 없어요."

마르틴 베크는 말을 잇기 전에 심호흡을 했다.

"설마 뭔가 새로운 걸 알아냈다는 이야기는 아니겠죠?"

옐름은 추어올려줘야 한다. 모두가 아는 기정사실이었다.

옐름이 새치름하게 대답했다. "맞아요. 우리가 그 사람을 철저하게 한 번 더 살펴봤거든요. 좀더 상세한 그림을 그릴 수 있을까 해서 말이죠. 이 사람이 살았을 때 어땠을까 하는 그림을. 그래서 이럭저럭 몇 가지 특징을 알아냈어요."

이 시점에 '설마, 정말입니까?'라고 말해도 될까? 마르틴 베크는 속으로 생각했다.

"설마, 정말입니까?"

"정말이죠. 기대보다 훨씬 더 나은 결과입니다." 옐름이 즐겁게 말했다.

이제는 어떤 말을 얹어주지? '환상적이군요', '끝내주는데요', 아니면 그냥 평이하게 '잘됐네요'라고 할까? 아니면 '훌륭합니다'라고 할까? 마르틴 베크는 아내의 다과회에 참석해서 수련을 좀 쌓아야겠다고 생각했다.

"대단하시네요." 그는 결국 이렇게 말했다.

"고맙습니다." 옐름이 신나서 대답했다.

"천만에요. 아마도 설명하기 쉽지 않은 내용이겠죠……."

"아, 문제없습니다. 그래서 전화한 겁니다. 우리는 먼저 남자의 치아를 살펴봤습니다. 쉽지 않더군요. 상태가 하도 나빠서. 어쨌든 충전재가 허술하게 시술되어 있었어요. 도저히 스웨덴 치과 의사의 작품으로는 보이지 않아요. 치아에 관해서는 그 정도만 이야기하죠."

"그것만 해도 훌륭한 정보예요."

"다음은 남자의 옷. 양복을 추적해봤더니, 할리우드라는 브랜드 옷을 파는 가게 제품이었어요. 그쪽도 아는지 모르겠지만 스톡홀름에는 총 세 곳이 있죠. 바사가탄 거리에 하나, 예트가탄 거리에 하나, 상트에릭스플란 광장에 하나."

"잘됐네요." 마르틴 베크는 간결하게 대꾸했다.

더이상 위선적인 연극은 할 수 없었다.

옐름의 말투가 떨떠름해졌다. "나도 그렇게 생각합니다. 그리고 양복이 더러웠어요. 드라이클리닝을 한 번도 하지 않았을 겁니다. 오랫동안 날이면 날마다 입었을 겁니다."

"얼마나 오래?"

"내 짐작으로는 일 년쯤."

"또 다른 게 있나요?"

잠시 침묵이 흘렀다. 옐름은 늘 가장 좋은 정보를 가장 마지막까지 아껴뒀다. 이것은 수사적인 침묵이었다.

마침내 옐름이 말했다. "있습니다. 재킷의 가슴 주머니에서 대마초 부스러기가 나왔고, 바지의 오른쪽 주머니에서는 프렐루딘 가루가 나왔어요. 검시관이 실시했던 몇 가지 테스트 결과를 볼 때, 이 남자는 틀림없이 중독자였어요."

또 침묵. 마르틴 베크는 아무 말도 하지 않았다.

"그리고 남자는 임질에 걸렸습니다. 꽤 진행된 단계였어요."

마르틴 베크는 마저 메모를 하고, 고맙다고 인사한 뒤에 전화를 끊었다.

"밑바닥 세계의 냄새가 나는걸." 의자 뒤에 서서 엿듣던 콜베리가 말했다.

"그래. 하지만 경찰 파일에 지문이 있는 사람은 아니었어." 마르틴 베크가 말했다.

"외국인인지도 모르지."

"가능해. 하지만 이 정보로 뭘 어쩌겠나? 언론에 공개할 수도 없고."

"안 되지. 하지만 정보원들이나 이름난 중독자들한테 입소문을 내볼 수는 있어. 형사과나 몇몇 주요 관할의 사회복지사들을 통해서." 멜란데르가 말했다.

"으음. 그럼 그렇게 해." 마르틴 베크가 웅얼거렸다.

그는 그래봐야 별 소용은 없을 거라고 생각했다. 하지만 달리 뭘 하겠는가? 지난 며칠 동안 경찰은 이른바 지하 세계에 두 차례 대대적인 급습을 감행했다. 결과는 정확히 예상했던 대로였다. 한마디로 시시했다. 지하 세계에서도 가장 심하게 망가지고 궁핍한 사람들이 아니고서는 다들 단속이 뜰 거라고 짐작하고 있었다. 경찰은 총 백오십 명쯤을 검거했는데, 그들 대부분은 즉각 치료가 필요한 상태라 이런저런 기관으로 이송되었다.

이제껏 수사에서는 아무런 성과가 없었다. 밑바닥 세계와의 접촉을 담당하는 형사들도 정보원들이 정말로 아는 바가 없는 것 같다고 말했다.

모든 정황을 따져볼 때, 그 말은 사실일 것이었다. 살인자를 숨겨줌으로써 이득을 볼 사람이 있을 리 없었다.

"그 자신을 제외하고는 말이지." 불필요한 발언을 좋아하는 군발드 라르손이 첨언했다.

그들이 할 수 있는 일은 기존의 자료를 계속 파보는 것뿐이었다. 무기를 추적하고, 희생자들과 관련이 있는 사람들을 일일이 취조했다. 관련자 면담은 보강 인원이 맡아서 수행했다. 말뫼에서 온 몬손과 순스발에서 온 노르딘이었다. 군나르 알베리는 일상 업무가 많아서 차출되지 못했다. 상관없었다. 관련자 면담에서 돌파구가 열릴 것이라고 믿는 사람은 아무도 없었으니까.

시간은 줄기차게 흘러갔고, 아무 일도 벌어지지 않았다. 하루 또 하루가 지나갔다. 하루가 일주일이 되었고, 일주일이 또 지나갔다. 다시 월요일이 되었다. 12월 4일, 바르브로 성인의 성명축일이었다. 날은 춥고 바람은 거셌으며, 크리스마스 분위기가 갈수록 더 정신 사납게 고조되었다. 보강 인원들은 향수에 울적해졌다. 몬손은 남부의 푸근한 날씨를 그리워했고, 노르딘은 북부 겨울의 청명한 추위를 그리워했다. 둘 다 대도시에 익숙하지 않은지라 스톡홀름에서 지내는 게 끔찍할 뿐이었다. 온갖 것이 그들의 신경을 건드렸다. 번잡한 소음, 마구 밀쳐대는 행인들, 불친절한 사람들. 또한 경찰관으로서 그들은 만연한 소란 행위와 경범죄에 짜증이 났다.

"당신들이 어떻게 이 도시에서 참고 지내는지 도무지 모르겠군요." 노르딘이 말했다.

그는 딱 바라진 체격에, 대머리에, 숱 많은 눈썹에, 찌푸린 갈색 눈을 가진 남자였다.

"우리는 여기서 태어났으니까요. 애당초 다른 곳을 모릅니다." 콜베리가 말했다.

"내가 방금 지하철로 왔는데 말입니다. 고작 알비크에서 프리드헴스플란 광장까지 오는 동안 여기가 순스발이라면 당장 경찰에 덜미를 잡혔을 인간을 최소한 열다섯 명은 봤지 뭡니까."

"우리는 일손이 부족합니다." 마르틴 베크가 말했다.

"그야 나도 압니다. 하지만……."

"하지만?"

"이런 생각은 안 해봤습니까? 여기 사람들은 겁에 질려 있어요. 다들 평범하고 점잖은 사람들인데 말입니다. 내가 길을 묻거나 담뱃불을 빌리려고 하면, 여기 사람들은 말 그대로 냉큼 꽁무니를 빼더군요. 무서운 거죠. 안전하다고 느끼지 않는 겁니다."

"누구나 그러지 않습니까?" 콜베리가 말했다.

"나는 안 그래요. 적어도 늘 그렇지는 않습니다. 하기야 나도 여기에 살면 오래지 않아 그렇게 되겠지요. 자, 내가 할 일이 또 뭐가 있습니까?"

"수상한 정보가 하나 들어왔습니다." 멜란데르가 말했다.

"어떤 내용요?"

"신원 미상 피해자에 관한 겁니다. 헤게르스텐에 사는 여자가 전화로 제보한 내용인데, 자기집 옆에 외국인들이 수시로 드나드는 차고가 있다는군요."

"으흠. 그래서?"

"그곳이 늘 난장판인 모양입니다. 여자는 그렇게 말하지 않고 그냥 '시끄럽다'고만 했지만요. 특히 시끄럽게 구는 사람들 중에 작고 가무잡잡하고 서른다섯 살쯤 된 남자가 있었답니다. 그 남자 행색이 신문에 공개된 인상착의와 얼추 비슷한데, 최근에 그치가 코빼기도 안 보인답니다."

"그런 옷차림을 한 사람은 수만 명일 텐데요." 노르딘이 회의적으로 말했다.

"그렇죠. 아마도 구십구 퍼센트 허탕일 겁니다. 하도 막연한 단서라 구체적으로 뭘 확인해야 좋을지도 모르겠고. 그 여자도 확신하는 것 같지는 않았어요. 그래도 달리 할 일이 없다면……."

멜란데르는 말을 멈춘 뒤 메모지에 여자의 이름과 주소를 써서 뜯어냈다. 마침 전화가 울렸다. 멜란데르는 수화기를 들면서 메모를 노르딘에게 건넸다.

"여기 있습니다."

"못 읽겠어요." 노르딘이 웅얼거렸다.

멜란데르의 글씨는 판독이 불가능할 정도로 괴발개발이었다. 적어도 외부인의 눈에는 그렇게 보였다. 옆에 있던 콜베리가 메모지를 가져갔다.

"상형문자죠. 아니면 고대 히브리어. 사해의 문서를 쓴 사람이 바로 이 프레드리크일걸요. 하긴 프레드리크에게는 그런 유머 감각이 없지. 내가 그의 통역자랍니다."

콜베리는 이름과 주소를 다시 써주었다. "여기, 평범한 글씨로 썼습니다."

"오케이. 되든 안 되든 가보죠. 차가 있습니까?" 노르딘이 물었다.

"네. 하지만 도로 상황을 감안하면, 대중교통을 이용하는 게 낫습니다. 13번이나 23번으로 남쪽으로 내려간 뒤에 악셀스베리에서 내리세요."

"그럼 이만." 노르딘이 방을 나갔다.

"오늘은 별로 흥이 안 나나 보군." 콜베리가 말했다.

"그런다고 비난할 수 있나?" 마르틴 베크가 코를 풀면서 대꾸했다.

"없지." 콜베리는 한숨을 쉬었다. "왜 저 친구들을 집으로 돌려보내지 않는 거야?"

"우리 소관이 아니니까. 저 사람들은 스웨덴 역사상 가장 대대적인 범죄자 추적에 참가하고 있거든." 마르틴 베크가 말했다.

"우리가 뭘 추적해야 할지 안다면 얼마나⋯⋯." 콜베리는 더 말해봐야 입만 아플 것 같아서 말을 멎었다. 사실은 자신들이 추적하는 대상이 누구인지, 어디에서부터 추적해야 할지 안다면 얼마나 좋겠느냐는 말을 하고 싶었다.

"난 법무장관의 표현을 인용할 뿐이야. '경찰에서 최고로 예리한 두뇌들이', 이건 물론 몬손과 노르딘을 가리키는 말이겠지. '미치광이 대량 살인자를 색출하고 잡아내기 위해서 총력을 기울이고 있습니다. 사회 전체는 물론이고 범죄자 개인을 위해서라도 당장 범인을 무력하게 만들어야 합니다.'" 마르틴 베크가 자못 천진하게 읊었다.

"언제 그런 말을 했는데?"

"처음 말한 건 십칠 일 전. 어제도 말했는데 그건 몇 번째인지도 모르겠어. 어제 발언은 신문 22면에 고작 네 줄로 보도되었지. 장담하건대 꽤나 쓰려려하고 있을걸. 내년이 선거잖아."

통화를 마친 멜란데르가 반듯하게 펼친 클립으로 파이프를 쑤시면서 온순하게 말했다. "이제 우리가 미치광이 대량 살인마를 처치할 때가 된 것 같은데, 안 그래?"

십오 초 뒤에 콜베리가 말했다. "그래, 맞는 말이야. 문을 잠그고 전화를 뽑을 때가 됐어."

"군발드 안에 있나?" 마르틴 베크가 물었다.

"암. 라르손 씨는 저 방에서 종이칼로 이빨을 쑤시고 계시지."

"전화를 전부 군발드에게 연결하라고 일러." 마르틴 베크가 말했다.

멜란데르가 전화기로 손을 뻗었다.

"커피도 올려 보내라고 해. 페이스트리 세 개하고, 나는 마자랭 케이크도 하나 부탁해." 콜베리가 말했다.

십 분 뒤에 커피가 왔다. 콜베리가 문을 잠갔다.

그들은 자리에 앉았다. 콜베리는 커피를 후루룩 마시고 페이스트리를 먹기 시작했다. 그가 입안 가득 우물거리면서 말문을 열었다.

"상황은 이래. 경찰청장의 벽장에는 사회에 물의를 일으키고 싶어 하는 미치광이 살인마가 가련하게 갇혀 있지. 필요하다면 언제든 그를 끄집어내서 먼지를 떨어 쓰면 돼. 그러니까 현재의 가설은 이렇단 말씀. 수오미 모델 37 기관단총으로 무장한 한 사람이 버스에서 아홉 사람을 쏘아 죽였다. 피해자들은 서로 아무런 관련이 없다. 어쩌다가 같은 시각에 같은 장소에 있었을 뿐이다."

"범인에게는 동기가 있을 거야." 마르틴 베크가 말했다.

"그래. 나도 줄곧 그 생각을 해봤어. 우연히 한데 모인 사람들을 모두 죽여야 할 동기는 없을 테니까, 진짜 의도는 그중 한 명을 제거하려는 것이었겠지." 콜베리가 마자랭 케이크로 손을 뻗으면서 말했다.

"꼼꼼하게 계획된 살인이었어." 마르틴 베크가 말했다.

"아홉 명 중 한 명이라. 누구? 프레드리크, 명단 갖고 있나?" 콜베리가 물었다.

"필요 없어." 멜란데르가 대답했다.

"아, 물론 그렇겠지. 내가 헛소리를 지껄였군. 그럼 어디 한 번 훑어볼까."

마르틴 베크가 고개를 끄덕였다. 이후의 대화는 콜베리와 멜란데르가 말을 주고받으며 진행되었다.

"구스타브 벵트손. 버스 운전사. 그가 버스에 있었던 것은 당연하다고 봐도 되겠지." 멜란데르가 말했다.

"두말하면 잔소리."

"그 사람은 평범하고 정상적인 생활을 했던 것 같아. 결혼 생활에도 문제가 없었고. 전과도 없고. 일도 양심적으로 하고. 동료들도 다 그를 좋아했어. 친구도 몇 명 면담했는데, 다들 벵트손은 성실하고 존경할 만한 사람이라고 증언했어. 술도 안 마셨고. 나이는 마흔여덟. 스톡홀름에서 태어났고."

"적? 없음. 영향력? 없음. 돈? 없음. 그를 살해할 동기? 없음. 다음."

"나는 뢴이 매긴 번호에 따라 이야기하는 건 아니야. 다음은 힐두르 요한손, 과부, 예순여덟. 베스트만나가탄 거리의 딸네 집에서 노라스타숀스가탄 거리의 자기집으로 가던 중이었어. 에스브로 출신. 딸을 면담한 사람은 라르손, 몬손, 그리고…… 뭐, 이거야 중요한 문제가 아니지. 여자는 노령연금으로 조용히 살았어. 여자에 대해서는 이야기할 것도 별로 없어."

"음, 여자가 오덴가탄 거리에서 버스를 탔을 테고 여섯 정거장만 가다 내릴 계획이었다는 것 정도? 그리고 여자가 그 시각에 그 버스를 탄다는 건 딸과 사위만 아는 사실이었다는 것. 계속하지."

"요한 셀스트룀, 쉰둘이고 베스테로스 출신. 시빌레가탄 거리에 있는 그렌 정비소의 십장. 잔업을 마치고 귀가하던 중이었던 게 확실해. 그도 행복한 결혼 생활을 하고 있었고. 주된 관심사는 자기 자동차와 여름 별장이었다는군. 전과 없음. 돈을 제법 잘 벌었지만 뭐, 고만고만한 정도야. 주변 사람들에 따르면, 그는 아마 외스테르말름스토리에서 센트랄렌까지 지하철로 간 다음에 그곳에서 버스로 갈아탔을 거야. 그렇다면 올렌스 백화점 앞에서 밖으로 나와 버스를 탔다는 거지. 상사의 평가는 솜씨 좋은 일꾼이자 괜찮은 십장이었다는 것. 기계공들의 평가는……."

"……약자를 노예처럼 부려먹으면서 상사에게는 알랑방귀를 뀌는 작자였다는 것. 내가 직접 면담했어. 다음."

"알폰스 슈베린, 마흔셋, 미국 미니애폴리스에서 스웨덴계 미국인 부모에게서 태어났음. 전쟁 직후에 스웨덴으로 와서 죽 머물렀음. 작은 회사를 차려서 공명판으로 쓰이는 카르파티아 산맥의 전나무를 수입했는데, 십 년 전에 망했어. 슈베린은 술을 마셨지. 베콤베리아 알코올의존증 치료소에 두 번 입원했고, 음주운전으로 보게순드에서 석 달 형을 살았어. 그게 삼 년 전 일이야. 파산한 뒤에는 일용 노동자로 일했지. 지방정부에 고용되어서 일했어. 문제의 그날 저녁에는 브뤼가르가탄 거리의 필렌 식당에 있다가 집에 가는 길이었어. 술은 많이 마시지 않았는데, 아마도 돈이 없어서였을 거야. 초라하고 꾀죄죄한 하숙집에 살았던 것으로 봐서는. 그는 식당에서 나와서 바사가탄 거리의 정류장까지 걸어갔을 거야. 독신이었고 스웨덴에는 친척이 없어. 동료들은 그를 좋아했어. 쾌활하고 성격 좋은 사내였다고들 말하더군. 술도 잘 참았고. 세상에 적이라고는 없는 사람이었대."

"또한 그는 살인자를 목격했지. 그리고 죽기 전에 뢴에게 알아듣지 못할 말을 남겼지. 그 테이프에 대한 전문가 보고서는 아직인가?"

"아직이야. 모하메드 부시, 알제리 출신, 식당에서 일했고, 나이는 서른여섯. 출생지가 어딘지 들었는데, 발음하기 어려운 복잡한 이름이라 잊어버렸어."

"쯧쯧, 그렇게 부주의해서야."

"스웨덴에는 육 년 살았고 그전에는 파리에 살았어. 정치 활동에는 전혀 참여하지 않았어. 은행에 예금이 있더군. 주변 사람들에 따르면 수줍음이 많고 과묵한 성격이었대. 그날 10시 반에 일을 마치고 귀가하던 중이었어. 바르지만 인색하고 지루한 성격."

"자네 지금 자기 자신을 묘사하고 있는데."

"브리트 다니엘손, 간호사, 1940년 에슬뢰브 출생. 스텐스트룀의 옆자리에 앉아 있었지만 그를 알았다는 증거는 없음. 그녀와 사귀었던 의사는 그날 밤에 남부 병원에서 근무중이었음. 여자는 아마도 오덴가탄 거리에서 요한손 부인이라는 과부하고 같이 버스에 타서 집으로 가던 중이었을 거야. 시간적으로 틈이 없어. 퇴근하고 곧장 버스에 탔던 것 같아. 물론 스텐스트룀과 만나기로 약속한 게 아니라고 확실히 단정지을 수는 없지만."

콜베리가 고개를 저었다.

"가능성 없어. 스텐스트룀이 왜 그 창백하고 자그마한 아가씨에게 관심을 뒀겠나? 원하는 여자가 제집에 있는데."

멜란데르는 멍하니 콜베리를 쳐다보았지만 질문은 던지지 않았다.

"그리고 아사르손. 겉으로는 점잖은 사업가이지만 속으로는 그렇지 않아."

멜란데르는 잠시 파이프를 만지작거리다가 말을 이었다.

"그 인간은 좀 수상쩍어. 두 번의 탈세 전과가 있고, 1950년대 초에 성범죄로도 유죄 선고를 받았어. 열네 살짜리 심부름하는 여자아이를 성적으로 학대했다는군. 세 번 다 형을 살았어. 돈은 아주 많아. 사업에서든 다른 일에서든 가차없는 성격이었대. 미워할 만한 사람이 많은 셈이지. 아내나 동생조차도 몹쓸 사람이었다고 생각하던걸. 하지만 한 가지 분명한 점은, 버스에 탄 이유가 있었다는 거야. 나르바베겐 거리에서 모종의 모임에 참석한 다음에 올손이라는 애인에게 가던 중이었어. 그의 사무

웃는 경관

실에서 일하는 여자인데, 칼베리스베겐 거리에 살아. 여자에게 전화를 걸어서 지금 간다고 말했대. 그 여자는 벌써 여러 번 신문했어."

"누가 면담했지?"

"군발드랑 몬손. 각자 따로. 여자에 따르면……."

"잠깐. 그는 왜 버스를 탔지?"

"술을 너무 마셔서 차를 몰 엄두가 안 났겠지. 비 때문에 택시도 못 잡았을 테고. 택시 회사 전화교환기에 과부하가 걸린데다가 어차피 도시 전체에 빈 택시라고는 한 대도 없었으니까."

"좋아. 그 정부라는 아가씨는 뭐라고 했는데?"

"아사르손은 추잡한 늙은이였다. 성적으로 거의 불능이었다. 자기는 돈 때문에, 그리고 직장에서 잘리지 않으려고 만난 것뿐이었다. 군발드의 말로는 그 여자도 행실이 헤프고 남자가 많은 것 같은 인상이래. 머리도 좀 떨어지고."

"라르손 씨와 여인들. 내가 소설을 쓰면 그런 제목을 달 거야."

"또한 몬손이 밝혀낸 바에 따르면, 여자는 아사르손의 강요에 따라서 아사르손의 사업상 지인들을 접대하는 일도 했다. 사업상 지인이라는 건 그 여자의 표현이야. 아사르손은 예테보리에서 태어났고, 버스를 탄 지점은 유르고르스브론 다리였어."

"고마워, 친구. 소설의 첫 문장은 그걸로 해야겠어. '그는 예

테보리에서 태어났고, 버스를 탄 지점은 유르고르스브론 다리
였다.' 훌륭해."

"시간도 들어맞아." 멜란데르는 개의치 않고 계속 이야기했다.

마르틴 베크가 처음으로 대화에 끼었다.

"그러면 이제 스텐스트룀하고 신원 미상의 남자만 남았나?"

"응. 우리가 스텐스트룀에 대해서 아는 사실은 유르고르덴에
서 버스에 탔다는 것뿐이야. 왜인지는 모르지만. 그리고 무장을
했다는 것. 신원 미상의 남자에 대해서는, 마약중독자였고 나이
는 서른다섯에서 마흔 사이라는 것. 그게 다야."

"나머지 사람들은 버스에 있을 이유가 있었다는 거지?" 마르
틴 베크가 물었다.

"그래."

"왜 거기에 탔는지 다 알아냈다는 거지?"

"그래."

"이제 고전이 되어버린 질문을 던질 때가 됐군. 스텐스트룀
은 왜 그 버스에 있었을까?" 콜베리가 말했다.

"여자하고 얘기해봐야 해." 마르틴 베크가 말했다.

멜란데르가 입에서 파이프를 뺐다.

"오사 토렐? 자네들이 벌써 면담했잖아. 그 뒤에도 한 번 더
했고."

"누가?" 마르틴 베크가 물었다.

"뢴이. 일주일쯤 전에."

"안 돼, 뢴은 안 돼." 마르틴 베크가 혼자 중얼거렸다.

"무슨 뜻이야?" 멜란데르가 물었다.

"뢴은 나름대로 괜찮은 친구이지만, 이 사건에서는 전혀 갈 피를 못 잡고 있어. 스텐스트룀과도 별 교유가 없었고."

콜베리와 마르틴 베크는 한참 서로 바라보았다. 둘 다 말은 없었다. 이윽고 멜란데르가 침묵을 깼다.

"그래서? 스텐스트룀은 왜 그 버스에 있었을까?"

"여자를 만나려고 그랬겠지. 아니면 다른 친구를." 콜베리가 자신 없이 말했다.

이런 대화에서 콜베리의 역할은 늘 반박하는 것이었지만, 이 번에는 자신도 스스로의 말을 믿지 않는 듯했다.

"자네들이 잊고 있는 사실 하나. 우리가 열흘간 일대를 탐문 했는데 말이야, 스텐스트룀을 안다는 사람은 한 명도 못 찾았 어." 멜란데르가 말했다.

"그건 아무런 의미가 없어. 그 동네는 희한한 은신처와 허름 한 하숙집으로 가득한 곳이니까. 그런 동네에서는 원래 경찰이 인기가 없지."

"그래도 스텐스트룀이 여자를 만나려 했다는 가설은 기각해도 될 것 같은데." 마르틴 베크가 말했다.

"무슨 근거로?" 콜베리가 잽싸게 물었다.

"내가 못 믿겠어."

"하지만 가능성이 아예 없진 않다는 건 인정하지?"

"그래."

"오케이. 그렇다면 당분간은 기각하자고."

"따라서 중요한 질문은 이거야. 스텐스트룀은 왜 그 버스에 있었을까?" 마르틴 베크가 말했다.

"잠깐만. 신원 미상의 남자는 왜 버스에 있었는데?" 콜베리가 반문했다.

"그 남자는 당분간 접어두자고."

"왜? 그 사람의 존재도 스텐스트룀의 존재만큼이나 주목할 만해. 게다가 우리는 그가 누구인지, 그곳에 무슨 볼일이 있었는지 몰라."

"그냥 탔을지도 모르지."

"그냥 탔다고?"

"그래. 노숙자들은 더러 그래. 일 크로나면 두 번 탈 수 있으니까 두 시간을 때울 수 있거든."

"하지만 지하철이 더 따뜻한걸. 더구나 지하철은 개찰구를 나오지 않고 열차만 계속 갈아탄다면 언제까지라도 탈 수 있다고." 콜베리가 반박했다.

"그건 그렇지만……."

"그리고 자네는 중요한 사실을 하나 놓치고 있어. 신원 미상의 남자는 호주머니에 대마초랑 알약 부스러기만 갖고 있었던 게 아니야. 다른 승객들의 현금을 모두 합친 것보다 더 많은 돈을 갖고 있었어."

"말이 났으니 말인데, 덕분에 강도 살인의 가능성은 배제돼." 멜란데르가 끼어들었다.

"더군다나 자네 입으로도 이야기했지만, 그 동네는 은신처나 허름한 하숙집이 가득해. 어쩌면 남자가 그런 지저분한 소굴에서 살았을지도 모르지. 아, 아니야, 처음 질문으로 돌아가지. 스텐스트룀은 왜 그 버스에 있었을까?"

그들은 족히 일 분쯤 잠자코 있었다. 옆방에서는 끊임없이 전화가 울렸다. 간간이 군발드 라르손이나 뢴의 목소리가 들렸다. 마침내 멜란데르가 말했다. "스텐스트룀은 뭘 할 줄 알았지?"

그 질문의 대답은 세 사람 다 알았다. 멜란데르가 천천히 고개를 끄덕이면서 스스로 답했다.

"스텐스트룀은 미행을 잘했지."

"맞아. 그게 녀석의 장기였지. 요령 있고 집요하고. 몇 주라도 들키지 않고 미행할 수 있었어." 마르틴 베크가 말했다.

콜베리가 목덜미를 긁적이며 말했다. "사 년 전에 스텐스트 룀이 예타운하의 강간 살인범을 미행해서 범인을 거의 미칠 지 경으로 만들었지."

"결국 우리가 미끼를 써서 유인했고." 마르틴 베크가 말했다.

아무도 더이상 이야기하지 않았다.

"스텐스트룀은 그때부터 재주가 있었거니와, 이후에 부쩍 더 늘었지." 마르틴 베크가 말했다.

"참, 국장에게 그건 물어봤나? 여름에 우리가 미결 사건들을 뒤졌을 때 스텐스트룀이 뭘 선택했느냐 하는 것 말이야." 콜베 리가 물었다.

"물어봤지만 성과는 없었어. 스텐스트룀이 국장에게 그 문제 를 의논하러 갔고, 국장이 한두 가지 제안을 하긴 했던 모양이 야. 어떤 것들이었는지는 기억이 안 나지만 죄다 오래된 것들이 라 스텐스트룀이 거절했다더군. 사건이 낡은 게 문제가 아니라 스텐스트룀이 너무 어리니까. 스텐스트룀은 자기가 할스타함마 르에서 도둑잡기 놀이나 하면서 뛰어다녔던 열 살 무렵에 일어 난 사건을 파헤치긴 싫다고 했대. 그래서 결국 자네가 살펴보던 실종 사건으로 정했대."

"나한테는 한마디도 없었는데."

"그냥 문서만 훑어봤던 게 아닐까."

"그럴지도."

침묵. 이번에도 입을 연 것은 멜란데르였다. 멜란데르가 일어나면서 말했다. "흠, 그래서 결론이 뭐지?"

"모르겠는데." 마르틴 베크가 대답했다.

"실례." 멜란데르는 화장실로 갔다.

멜란데르가 문을 닫고 나가자, 콜베리가 마르틴 베크에게 물었다. "오사를 누가 만나지?"

"자네가. 이건 한 사람이 할 일이고 우리 둘 중에서는 자네가 더 적합해."

콜베리는 대답이 없었다.

"싫나?"

"그래, 싫어. 그래도 하긴 할 거야."

"오늘 저녁에?"

"먼저 처리할 일이 두 가지 있어. 베스트베리아에서 하나, 집에서 하나. 오사에게 전화를 걸어서 내가 7시 반에 갈 거라고 말해줘."

한 시간 뒤, 콜베리는 팔란데르가탄 거리의 집에 들어섰다. 5시 밖에 안 됐지만 밖은 두 시간 전부터 캄캄했다.

콜베리의 아내는 색 바랜 청바지에 체크무늬 플란넬 셔츠를 입고 한창 부엌 의자를 페인트칠하는 중이었다. 콜베리가 오래 전에 내팽개친 셔츠였다. 소매를 말아 걷고, 옷자락을 허리춤에서 되는대로 묶은 모습이었다. 손, 팔, 다리, 이마에까지 페인트가 묻어 있었다.

"벗어봐." 콜베리가 말했다.

아내는 붓을 쳐든 채 가만히 서서 탐색하는 눈길로 그를 보았다.

"급해?" 장난기 어린 말투였다.

"응."

아내는 단박에 진지해졌다.

"다시 나가야 돼?"

"응. 면담이 있어."

그녀는 고개를 끄덕이고 붓을 페인트 통에 담갔다. 손을 닦았다.

"오사를 만나야 해. 이만저만 까다로운 일이 아닐 것 같아."

"예방접종이 필요하구나?"

"그래."

"몸에 페인트 묻지 않게 조심해." 그녀가 셔츠 단추를 풀면서 말했다.

20.

헤게르스텐 구역의 클루바켄 거리에 있는 어느 집 앞에서 한
사내가 눈을 뒤집어쓴 채 메모지를 골똘히 들여다보고 있었다.
종이는 축축하게 젖어 곧 뭉그러질 것 같았다. 흩날리는 눈발과
침침한 가로등 불빛 때문에 글씨가 쉬이 눈에 들어오지 않았다.
어쨌거나 제대로 찾아온 것 같았다. 남자는 젖은 강아지처럼 몸
을 흔들어 물을 털고 계단을 올라갔다. 현관 앞에서 힘차게 발
을 구르고 초인종을 울렸다. 모자를 벗어 수북한 눈을 털어냈
다. 모자를 손에 가만히 든 채로 누군가 나오기를 기다렸다.

문은 겨우 십 센티미터쯤 열렸고, 그 사이로 중년 여자가 빼
꼼히 내다보았다. 여자는 실내복 위에 앞치마를 둘렀고, 손에는
밀가루가 묻어 있었다.

"경찰입니다." 남자는 쉰 목소리로 이렇게 말하고는, 목청을 가다듬고 다시 말했다. "노르딘 경위라고 합니다."

여자가 불안한 눈길로 그를 훑었다.

"증명할 수 있나요? 내 말은……." 한참 뒤에 여자가 한 말이었다.

그는 깊게 한숨을 쉬었다. 모자를 왼손으로 옮긴 뒤에 코트와 재킷의 단추를 풀었다. 지갑을 꺼내 신분증을 보여주었다.

여자는 그가 폭탄이나 기관총이나 콘돔을 꺼낼지도 모른다는 듯 시종 경계하는 눈길로 그의 행동을 지켜보았다.

그는 신분증을 한참 쳐들고 있었다. 여자는 문틈 사이로 눈을 바싹 가져다 대고 살펴보았다.

"형사들은 배지를 갖고 다니는 줄 알았는데요." 여자가 미심쩍은 듯이 말했다.

"네, 배지도 있습니다." 그는 침울하게 대답했다.

그의 배지는 엉덩이 쪽 주머니에 들어 있었다. 모자를 땅에 내리거나 머리에 도로 쓰지 않고서 어떻게 그것을 꺼낼까?

"아, 이거면 됐어요. 순스발? 저랑 이야기를 하시려고 그 북쪽에서 여기까지 오셨어요?" 여자가 마지못한 기색으로 말했다.

"다른 볼일도 있었습니다."

"죄송해요, 하지만 아시다시피…… 그게……." 여자가 더듬거렸다.

"네?"

"그게, 요즘은 아무리 조심해도 지나치지 않잖아요. 어떤 일이 닥칠지 알 수가 없으니⋯⋯."

노르딘은 모자를 어째야 좋을지 알 수 없었다. 눈은 짙게 내렸고, 눈송이들이 그의 대머리에 닿아 녹아내렸다. 한 손에 신분증을, 다른 손에 모자를 들고 언제까지 이렇게 서 있을 순 없었다. 뭔가 적어야 할 일이 있을지도 몰랐다. 모자를 도로 쓰는 게 가장 현실적인 방안이었으나, 그러면 무례해 보일지도 모른다. 계단에 내려놓으면 우스워 보일 것이다. 들어가도 되느냐고 물어야 할까? 그러면 여자에게 결단을 내리라고 하는 꼴이 된다. 그가 여자를 제대로 파악했다면, 여자는 된다 안 된다 결정하는 데 무진장 오래 시간을 끌 사람이 분명했다.

노르딘이 사는 시골에서는 낯선 사람이라도 손님은 무조건 부엌으로 들여서 커피를 대접하고 불가에서 몸을 덥히도록 하는 게 관례였다. 친절하고 실용적인 풍습이지, 속으로 생각했다. 대도시에는 어울리지 않겠지만. 그는 생각을 가다듬고 물었다. "부인이 전화해서, 웬 남자와 차고 이야기를 하셨다고요?"

"귀찮게 했다면 죄송해요⋯⋯."

"아, 우리가 고맙지요."

여자가 고개를 돌려 집안을 보았다. 그러느라 문이 거의 닫혔다. 오븐에 넣어둔 생강 쿠키가 염려되는 모양이었다.

"이것참 즐겁군. 즐거워 미치겠군. 정말 못 참겠어." 노르딘은 혼잣말로 투덜거렸다.

여자가 다시 문을 열고 물었다. "뭐라고 하셨어요?"

"에, 차고가……."

"저쪽이에요."

여자의 시선을 따라가 보았다. "아무것도 안 보입니다만."

"위층에서는 보여요."

"남자는?"

"그게, 좀 이상한 사람이었어요. 그런데 요 두 주 동안은 통 못 봤어요. 키가 작고 가무잡잡한 남자예요."

"차고를 지속적으로 관찰하셨습니까?"

"그게, 침실 창에서 잘 보이거든요."

여자가 얼굴을 붉혔다. 내가 뭘 잘못했나, 노르딘은 의아했다.

"어떤 외국인이 소유한 차고예요. 별의별 희한한 인간들이 다 나타나서 어슬렁거려요. 내가 알고 싶은 건……."

여자가 이야기를 중단한 것인지, 너무 낮은 목소리로 말해서 안 들리는 것인지 구분하기 힘들었다.

"작고 가무잡잡한 남자는 어디가 이상했습니까?"

"그게…… 늘 웃었어요."

"웃었다고요?"

"네. 끔찍하게 큰 소리로."

"지금 차고에 사람이 있는지 없는지 혹시 아십니까?"

"얼마 전까지 불이 켜져 있었어요. 아까 올라갔을 때 봤어요."

노르딘은 한숨을 쉬고 모자를 썼다.

"뭐, 제가 가서 물어보겠습니다. 고맙습니다, 부인."

"저기…… 잠시 들어오시겠어요?"

"고맙지만 됐습니다."

여자는 문을 십 센티미터쯤 더 열고 그에게 매달리는 시선을 던지며 물었다. "보상금은 없나요?"

"뭐에 대해서 말입니까?"

"음…… 모르겠어요."

"안녕히 계십시오."

노르딘은 여자가 가리켰던 방향으로 터덜터덜 걸었다. 누가 자신의 머리에 습포를 붙인 기분이었다. 여자는 지체 없이 문을 닫았다. 지금쯤 아마 침실 창문가에 섰을 것이다.

차고는 외딴 독채였다. 석면 시멘트로 벽을 세우고 골함석 지붕을 댔다. 기껏해야 자동차 두 대쯤 세울 공간이었다. 출입문 위에 전등이 달려 있었다.

그는 쌍여닫이문의 한 짝을 열고 들어갔다.

안에는 슈코다사[註]의 1959년형 초록색 옥타비아 자동차가 있었다. 엔진이 심하게 마모되지 않았다면 사백 크로나쯤 부를 테지, 노르딘은 생각했다. 그는 오랫동안 도난 자동차 밀거래 적발을 담당했기 때문에 잘 알았다. 자동차는 낮은 가대에 올라가 있었고, 보닛이 열려 있었다. 웬 남자가 차대 밑에 꼼짝 않고 누워 있었다. 노르딘에게 보이는 것은 남자의 푸른 작업복 다리뿐이었다.

죽었나. 노르딘은 가까이 다가가서 오른발로 남자를 쿡 찔렀다.

차 밑의 사람은 감전된 듯 움찔하더니 얼른 기어나와 일어섰다. 오른손에 손전등을 들고서 깜짝 놀란 표정으로 방문객을 바라보았다.

"경찰입니다."

"서류는 다 있습니다." 남자가 잽싸게 말했다.

"그걸 의심해서 온 건 아닙니다." 노르딘이 대꾸했다.

차고 주인은 서른 살쯤 된 날씬한 남자였다. 갈색 눈동자에, 검은 곱슬머리에, 잘 손질된 구레나룻을 길렀다.

"이탈리아 사람입니까?" 노르딘은 핀란드어를 제외하고는 외국어 억양에 조예가 깊지 않았다.

웃는 경관

"스위스 사람입니다. 그라우뷘덴 주라고, 독일어를 쓰는 지역에서 왔습니다."

"스웨덴어를 잘하시네요."

"육 년이나 살았으니까요. 무슨 일이죠?"

"당신 친구와 연락할 수 있을까 해서 왔습니다."

"누구요?"

"이름은 모릅니다."

노르딘은 전신 작업복을 입은 남자의 체구를 가늠하면서 말했다. "당신보다 키는 좀 작지만 더 통통합니다. 머리는 검은색이고, 길쭉하게 길렀고, 눈은 갈색입니다. 나이는 서른다섯 정도."

남자가 고개를 저었다.

"그렇게 생긴 친구는 없는데요. 사람이 많이 만나지도 않고요."

"'사람을 많이'라고 해야지요." 노르딘이 다정하게 고쳐주었다.

"아, 그렇죠. '사람을 많이'."

"하지만 이 차고에 들락거리는 사람이 꽤 많다는 소리를 들었는데요."

"자기 차를 끌고 오는 남자들입니다. 차에 이상이 생기면 나한테 고쳐달라고 가져와요."

남자는 골똘히 생각하다가, 설명이 되는 말을 덧붙였다.

"나는 기계공입니다. 링웨…… 링베겐 거리의 정비소에서 일해요. 요즘은 오전에만. 독일 사람들도 오스트리아 사람들도 내가 여기 차고를 갖고 있는 걸 알아요. 그래서 공짜로 수리해 달라고 와요. 모르는 사람도 많이 와요. 스톡홀름에는 외국인이 많거든요."

"음, 우리가 찾는 사람은 검정 나일론 코트에 베이지색 양복을 입고 다닐지도 모릅니다."

"그래도 모르겠는데요. 그런 사람은 기억이 안 나요. 전혀."

"당신이 어울려 다니는 동료들은 누굽니까?"

"친구요? 독일 사람, 오스트리아 사람 몇 명요."

"오늘 여기에 온 사람은 없습니까?"

"없어요. 내가 바쁜 걸 알거든요. 밤이고 낮이고 이놈을 붙들고 있느라."

남자는 기름때 묻은 엄지손가락으로 차를 가리켰다. "크리스마스까지는 다 고쳐서 집으로 몰고 갈 거예요. 가서 부모님을 만날 거예요."

"스위스로?"

"네."

"제법 먼 길이군요."

"네. 나는 이 차에 백 크로나밖에 안 줬어요. 하지만 고칠 수 있어요. 나는 기술이 좋아요."

"당신은 이름이 뭡니까?"

"호르슈트. 호르슈트 디케."

"나는 울프 노르딘입니다."

스위스인이 미소를 지으니 하얗고 고른 이가 드러났다. 밝고 착실한 청년인 것 같았다.

"그러니까 호르슈트, 내가 말하는 사람을 모르겠다는 거지요?"

디케는 고개를 저었다.

"모르겠습니다. 미안해요."

노르딘은 전혀 실망하지 않았다. 누구나 예상했던 실패를 거둔 것뿐이었다. 단서가 이토록 부족하지만 않았다면 이런 제보는 애초에 확인도 안 했을 것이다. 하지만 노르딘은 단박에 포기할 마음은 없었다. 축축한 옷을 입은 불친절한 사람들이 가득한 지하철로 한시바삐 돌아가고 싶은 마음도 없었다. 게다가 이 스위스인은 도와주려 애쓰는 것 같았다. 청년이 물었다. "그 남자에 대해서 다른 정보는 없습니까?"

노르딘은 잠시 고민하다가 말했다. "잘 웃는답니다. 크게."

청년의 얼굴이 순식간에 환해졌다.

"아, 알 것 같아요. 이렇게 웃죠."

그러고는 입을 벌리더니 도요새의 울음처럼 높고 거칠게 떨리는 소리를 내뱉었다.

너무나 뜻밖의 일이었기에, 노르딘은 십 초쯤 지나고서야 겨우 대답했다. "네, 아마도."

"맞아요, 맞아요. 누구를 말하는지 알겠어요. 작고 까만 남자."

노르딘은 기대에 차서 기다렸다.

"여기에 네 번인가 다섯 번 왔어요. 더 왔을지도 몰라요. 하지만 이름은, 나는 몰라요. 남는 부품을 나한테 팔려고 한 스페인 사람을 따라왔어요. 여러 번 찾아왔지만 안 사줬죠."

"왜요?"

"너무 싸서요. 훔친 물건 같았어요."

"스페인 사람은 이름이 뭡니까?"

디케가 어깨를 으쓱했다.

"몰라요. 파코. 파블로. 파키토. 그 비슷한 거였는데."

"어떤 차를 몰고 왔습니까?"

"좋은 차요. 흰색 볼보 아마존."

"잘 웃는 남자는?"

"전혀 몰라요. 그냥 차에 앉아 있었어요. 좀 취한 것 같았어요. 물론 그는 운전을 하지 않았어요."

"그도 스페인 사람이었나요?"

"아닐걸요. 스웨덴 사람 같았어요. 하지만 몰라요."

"얼마 전에 마지막으로 그가 왔습니까?"

문장이 엉성했다. 노르딘은 마음을 가다듬고 다시 물었다.

"그가 마지막으로 온 게 언제였습니까?"

"삼 주 전. 이 주 전인지도 몰라요. 정확하게는 모르겠어요."

"이후에 스페인 사람은 다시 만났나요? 파코인지 뭔지 하는 사람은?"

"아니요. 아마 스페인으로 돌아갔을걸요. 부품을 팔려고 했던 것도 돈이 필요해서였거든요. 자기 말로는 그랬어요."

노르딘은 잠시 생각해보았다.

"그 남자가 약간 취했다고 했지요. 마약을 했을 가능성도 있을까요?"

으쓱하는 반응.

"몰라요. 나는 술에 취했다고 생각했지만…… . 마약? 뭐, 그럴 수도 있죠. 여기에서는 누구나 마약을 하니까요. 다들 밖에서 물건을 훔치지 않으면 어디 중독자 소굴에 드러누워 있죠. 안 그래요?"

"그의 이름이나, 사람들이 그를 뭐라고 불렀는지는 모르겠습니까?"

"네. 하지만 두 번쯤 웬 여자가 차에 앉아 있었어요. 그 남자

하고 같이 왔다고 생각했죠. 덩치가 크고 긴 금발머리 여자."

"여자의 이름은?"

"몰라요. 하지만 주변 사람들은 그 여자를……."

"네? 뭐라고요?"

"금발의 말린이라고 불렀던 것 같아요."

"어떻게 압니까?"

"전에 본 적이 있었거든요. 시내에서."

"시내 어디쯤?"

"텡네르가탄 거리의 카페에서요. 스베아베겐 거리에서 가까운 쪽에. 외국인들이 가는 카페예요. 스웨덴 여자지만."

"금발의 말린이?"

"네."

노르딘은 더 물을 말이 떠오르지 않았다. 그는 초록색 차를 걱정스레 바라보면서 말했다. "고향까지 잘 돌아가길 바랍니다."

디케가 전염성이 강한 미소를 날렸다.

"아, 네."

"언제 돌아옵니까?"

"안 와요."

"안 온다고요?"

"네. 스웨덴은 나쁜 나라예요. 스톡홀름은 나쁜 도시예요. 폭력, 마약, 도둑, 술."

노르딘은 대꾸하지 않았다. 청년의 마지막 말에 대해서는 그
도 기꺼이 동의하고 싶었다.

스위스인은 이렇게 요약했다. "끔찍해요. 하지만 외국인이
돈을 벌기는 쉬워요. 그것 말고는 다 한심해요. 나는 친구 세 명
하고 같이 방을 써요. 한 달에 사백 크로나씩 내고요. 그걸 뭐라
고 그러죠? 착취? 더러운 짓이죠. 하숙집이 모자라니까 그러는
거예요. 부자나 범죄자만 식당에 갈 수 있죠. 나는 돈을 꽤 모았
어요. 고향으로 돌아가서 작은 정비소를 내고 결혼할 거예요."

"여기서는 여자친구를 못 사귀었습니까?"

"스웨덴 아가씨들은 사귈 가치가 없어요. 학생이나 뭐 그런
사람들은 괜찮은 아가씨를 만날지도 모르지만. 노동자들이 만나
는 여자는 종류가 정해져 있어요. 금발의 말린 같은 종류."

"그게 어떤 종류인가요?"

"창녀요."

"당신은 돈을 주고 여자를 만나기는 싫다는 뜻인가요?"

호르슈트 디케는 토라진 표정을 지었다.

"공짜도 많아요. 그래도 다들 창녀들이에요. 공짜 창녀들."

노르딘은 고개를 저었다.

"당신은 스톡홀름만 봤잖아요, 불행하게도."

"다른 데는 더 나은가요?"

노르딘은 단호하게 고개를 끄덕였다. "그래서, 그 남자에 대해서는 더 기억나는 게 없고요?"

"네. 이렇게 웃었다는 것만."

디케는 입을 열어 다시 새되게 떨리는 웃음소리를 냈다.

노르딘은 고개를 끄덕이고 나왔다.

그리고 가까운 가로등 아래 서서 수첩을 꺼냈다.

"금발의 말린이라. 중독자 소굴. 공짜 창녀들. 난 대체 무슨 직업을 고른 건지."

그는 웅얼거리다 말고 속으로 생각했다. 내 잘못은 아니야, 우리 아버지가 억지로 시킨 거지.

앞에서 한 남자가 인도를 걸어오고 있었다. 노르딘은 벌써 눈에 뒤덮인 티롤리언해트를 살짝 들며 말을 걸었다. "죄송합니다만……."

남자는 수상하게 보는 눈길을 힐끔 던지고는 어깨를 웅크리고 발길을 재촉했다.

"……지하철역이 어느 쪽인가요?" 노르딘은 휘몰아치며 떨어지는 축축한 눈송이들에 대고 맥없이 중얼거렸다.

그는 머리를 털고 수첩에 몇 자 갈겨 적었다. 파블로, 아니면 파코. 흰색 아마존. 텡네르가탄과 스베아베겐 거리의 카페. 웃음소리. 금발의 말린. 공짜 창녀.

그는 펜과 종이를 주머니에 넣고, 한숨을 쉬면서 터덜터덜 동그란 불빛 아래를 벗어났다.

21.

콜베리는 셰르호브스가탄 거리의 오사 토렐 집 대문 앞에 서 있었다. 벌써 저녁 8시였다. 그는 걱정스러운 기분을 떨칠 수 없었다. 어쩐지 얼빠진 느낌이었다. 오른손에는 베스트베리아의 서랍에서 마르틴 베크와 함께 발견했던 봉투가 들려 있었다.

대문의 청동 명판 위에는 스텐스트룀의 이름이 적힌 흰 명함이 여태 붙어 있었다.

초인종이 작동하지 않는 듯하여, 그는 습관대로 주먹으로 문을 두들겼다. 오사 토렐이 금세 문을 열었다. 그리고 그를 노려보며 말했다. "알았어요, 알았어요, 여기 나왔어요. 제발 문을 부수지 마세요."

"미안합니다." 콜베리는 웅얼거렸다.

집안은 어두웠다. 콜베리는 코트를 벗고 현관의 불을 켰다. 모자 선반에는 예전에 왔을 때와 다름없이 오래된 경찰모가 놓여 있었다. 초인종 전선이 쑥 뽑힌 채 문설주에 대롱대롱 매달려 있었다.

오사 토렐이 콜베리의 시선을 좇으며 웅얼거렸다. "멍청한 인간들이 자꾸 귀찮게 해서요. 기자들이니 사진사들이니 하는 족속요. 초인종이 끝도 없이 울렸어요."

콜베리는 묵묵히 거실로 들어가서 사파리 의자에 앉았다.

"불을 켜면 안 됩니까? 서로 얼굴이라도 보게."

"나는 지금도 잘 보이는데요. 하지만 괜찮아요, 그게 좋다면, 그게 좋다면, 그러세요, 켤게요."

그녀는 스위치를 올렸지만, 자리에는 앉지 않았다. 초조하게 오락가락 걸어 다녔다. 우리에 갇혀 탈출하고 싶어 하는 동물 같았다.

실내는 퀴퀴하고 텁텁했다. 재떨이는 며칠째 비우지 않은 듯했다. 거실 전체가 너저분했는데, 청소를 전혀 하지 않은 모양이었다. 열린 문으로 침실이 들여다보였다. 그곳 역시 난장판이었고 침대는 정돈되어 있지 않았다. 아까 복도에서 힐끔 들여다봤던 부엌도 개수대에 더러운 접시며 냄비 등이 켜켜이 쌓여 있었다.

콜베리는 젊은 여자를 바라보았다. 여자는 창가로 갔다가, 뒤로 돌아서, 침실 쪽으로 걸어왔다. 침대를 응시하며 잠시 서 있다가, 다시 뒤로 돌아서, 창가로 갔다. 몇 번이고 반복했다.

콜베리는 그녀의 움직임을 좇기 위해서 고개를 이리저리 돌려야 했다. 마치 테니스 시합을 보는 것 같았다.

오사 토렐은 콜베리가 마지막으로 만났던 19일 전 이래 완전히 변했다. 발에는 여전히 그때 그 두꺼운 회색 스키 양말을 신고 있었다. 같은 게 아닐지라도 좌우간 비슷했다. 바지도 그때의 검정 바지였지만, 지금은 여기저기 담뱃재가 묻어 있었다. 머리카락은 빗질 한번 안 한 듯 엉켜 있었고. 시선은 불안했고, 눈 밑이 칙칙했다. 입술은 말라서 갈라졌다. 그녀는 손을 가만히 놔두지 못했다. 왼손 집게손가락과 가운뎃손가락 안쪽은 니코틴 때문에 해로워 보이는 누런색으로 물들었다. 탁자에는 개봉한 담뱃갑이 다섯 개 놓여 있었다. 그녀는 세실이라는 덴마크 담배를 피웠다. 오케 스텐스트룀은 담배를 안 피웠다.

"뭘 알고 싶으세요?" 그녀가 퉁명스레 물었다.

그녀는 탁자로 다가왔다. 담뱃갑 하나에서 담배 한 개비를 흔들어 뽑고 떨리는 손으로 불을 붙였다. 다 탄 성냥은 바닥에 그냥 떨어뜨렸다. 그리고 말했다. "물론 별 용무 없으시겠죠. 천치 같은 뢴처럼. 그 사람은 두 시간 동안 여기 앉아서 중얼중

웃는 경관

얼 고개만 갸웃거리다가 갔어요."

콜베리는 대답하지 않았다.

"전화도 꺼놔야겠어요." 그녀가 갑자기 선언했다.

"일은 안 합니까?"

"병가 냈어요."

콜베리는 끄덕였다.

"멍청하게도. 회사에 전담 의사가 있는데, 그 의사가 나한테 시골이나 가급적 해외로 나가서 한 달쯤 쉬라고 하면서 집까지 태워다줬어요."

그녀는 담배를 깊이 빨고 재를 떨었다. 재는 대부분 재떨이 밖에 떨어졌다.

"그게 삼 주 전이에요. 차라리 평소처럼 일을 했으면 훨씬 나았을 거예요."

그녀는 뒤로 돌아 창가로 가서 커튼을 만지작거리며 거리를 내다보았다.

"평소처럼." 혼잣말 같았다.

콜베리는 거북한 기분으로 의자에서 몸을 꿈틀거렸다. 예상보다 더 어려운 면담이 될 것 같았다.

"뭘 알고 싶으세요." 그녀가 고개를 돌리지 않고 재차 물었다. "제발 대답 좀 하세요. 뭐든 말 좀 하세요."

콜베리는 어떻게든 그녀의 고립을 깨뜨려야 했다. 하지만 어떻게?

그는 일어나서 장식이 된 거대한 책장으로 다가갔다. 죽 훑어보다가 한 권을 꺼냈다. 제법 오래된 책이었다. 1949년에 출간된 오토 벤델과 아르네 스벤손의 『범죄 수사 매뉴얼』이었다. 그는 표지를 넘기고 읽어보았다.

'이 책은 일련번호가 매겨진 한정판입니다. No. 2080인 이 책은 렌나르트 콜베리 경사의 소장품입니다. 이 책은 범죄 현장에서 까다롭고 책임감이 요구되는 임무를 수행하는 경찰관들을 위한 지침서입니다. 이 책의 내용은 기밀입니다. 따라서 이 책이 위험한 사람들의 손에 넘어가지 않도록 살펴주십시오.'

'렌나르트 콜베리 경사'라는 문구는 콜베리가 오래전에 손수 써넣은 것이었다. 좋은 책이었고, 예전에 콜베리도 유용하게 활용했다.

"이건 내 책이었습니다." 콜베리가 말했다.

"그럼 가져가세요."

"아닙니다. 내가 몇 년 전에 오케에게 줬습니다."

"아. 그럼 적어도 그이가 훔친 건 아니네요."

콜베리는 무슨 말을 할까, 무슨 행동을 해야 하나 궁리하면서 책으로 얼굴을 숙였다. 여기저기 단락들에 밑줄이 그어져 있었다. 여백에 볼펜으로 메모가 된 부분이 두 군데쯤 있었다. 둘다 '치정 살인' 장에 해당했다.

'치정 살인자는 (즉 가학성 변태성욕자는) 불능인 경우가 많다. 그 경우에 그의 폭력적인 범죄는 성적 만족감을 느끼기 위한 비정상적인 행위인 셈이다.'

누가 그 문장에 밑줄을 그어두었다. 틀림없이 스텐스트룀이었을 것이다. 그 옆에 느낌표와 함께 '혹은 그 반대'라는 말도 적혀 있었다.

같은 페이지에서 좀더 아래쪽에는 '치정 살인에서 피해자가 살해되는 상황'이라는 말로 시작하는 문장이 있었다. 스텐스트룀은 그 대목에서 두 군데에 밑줄을 그어두었다. '4) 성행위 이후에 피해자의 고발을 막기 위해서, 5) 어떤 충격 때문에.'

여백에 이런 코멘트가 적혀 있었다. '6) 피해자를 떨쳐버리기 위해서, 하지만 그 경우에 치정 살인이라고 볼 수 있을까?'

"오사." 콜베리가 불렀다.

"왜요?"

"오케가 언제 이 글을 썼는지 압니까?"

그녀가 다가와서 얼른 책을 들여다보고는 말했다. "전혀 몰라요."

"오사." 콜베리가 재차 불렀다.

그녀는 반쯤 태운 담배를 꽁초가 그득한 재떨이에 버리고 손을 배 앞에서 느슨하게 깍지 낀 채 탁자 옆에 서 있었다.

"왜요, 대체 왜요?" 그녀가 성마르게 대꾸했다.

콜베리는 그녀를 꼼꼼히 뜯어보았다. 그녀는 작고 비참해 보였다. 오늘은 니트 스웨터 대신 푸른 반팔 블라우스를 입었다. 팔에는 소름이 돋았다. 헐렁한 블라우스가 그녀의 가냘픈 몸에 늘어뜨려졌고 그 아래로 큼직한 젖꼭지가 두드러졌다.

"앉아요." 콜베리가 명령했다.

그녀는 어깨를 으쓱하고, 새로 담배를 뽑아 침실로 걸어간 다음, 라이터를 만지작거렸다.

"앉아요!" 콜베리가 호통쳤다.

그녀가 펄쩍 뛰며 그를 보았다. 갈색 눈동자는 미움에 가까운 감정으로 번들거렸다. 그래도 군말 없이 안락의자로 와서 콜베리의 맞은편에 앉았다. 부지깽이처럼 뻣뻣한 자세로 손을 허벅지에 얹고 앉았다. 오른손에는 라이터를 들었고, 왼손에는 불붙이지 않은 담배를 들었다.

"서로의 패를 있는 그대로 공개하도록 하죠." 콜베리가 갈색 봉투로 난처한 시선을 던지면서 말했다.

"근사하네요. 나한테는 공개할 패가 없는 게 문제지만." 그녀가 서늘하고 명료하게 말했다.

"나한테는 있습니다."

"오?"

"지난번에 찾아왔을 때, 나는 솔직하게 다 말하지 못했습니다."

그녀가 인상을 썼다.

"어떤 면에서요?"

"여러 면에서. 우선, 먼저 물어봅시다. 오케가 버스에서 뭘 하고 있었는지 압니까?"

"몰라요, 몰라요, 몰라요, 전혀 몰라요. 아무것도 모른다고요."

"우리도 모릅니다."

콜베리는 심호흡을 한 뒤에 말을 이었다.

"오케가 당신에게 거짓말을 했습니다."

그녀의 반응은 격렬했다. 두 눈이 번뜩였다. 주먹을 움켜쥐었다. 담배가 손가락에 눌려 부스러졌고, 담뱃가루가 그녀의 바지에 흩어졌다.

"감히 어떻게 나한테 그런 말을 해요!"

"사실이니까요. 오케는 근무중이 아니었습니다. 살해당한 월요일에도, 전주 토요일에도. 오케는 시월 내내, 그리고 십일월 첫 두 주에 평소보다 더 많이 쉬었습니다."

그녀는 잠자코 그를 노려보았다.

"사실입니다. 내가 또 묻고 싶은 것은, 오케가 비번일 때도 권총을 소지하고 다녔나 하는 겁니다."

얼마간 시간이 흐른 다음에 그녀가 말했다.

"그런 취조 전술로 나를 괴롭히지 말고 꺼져요. 왜, 위대한 신문관 본인이 오지 그랬어요? 마르틴 베크가?"

콜베리는 아랫입술을 깨물었다.

"많이 울었습니까?"

"아니요. 나는 그런 타입이 아니에요."

"그렇다면 제발 대답 좀 해요. 우리는 서로 도와야 합니다."

"뭘 도와요?"

"오케와 다른 사람들을 죽인 범인을 잡는 것."

"왜요?"

그녀는 한참 조용히 앉아 있었다. 그러다가 콜베리에게 잘 들리지 않을 정도로 나지막이 속삭였다. "복수. 물론, 복수해야죠."

"오케가 늘 권총을 휴대했습니까?"

"네. 항상은 아니라도 자주."

"왜요?"

"왜 안 되나요? 결국 그게 필요한 상황을 맞았잖아요, 안 그래요?"

콜베리는 대답하지 않았다.

"그래봐야 별 도움이 안 됐지만."

콜베리는 이번에도 대꾸하지 않았다.

"나는 오케를 사랑했어요."

그녀의 목소리는 분명하고 건조했다. 그녀의 시선은 콜베리 뒤의 어딘가에 고정되어 있었다.

"오사?"

"네?"

"오케가 자주 총을 지녔다는 거죠. 그가 뭘 했는지는 당신도 모르고, 우리도 모릅니다. 오케가 다른 사람을 만났을 가능성이 있을까요? 그러니까, 다른 여자를?"

"아니요."

"그렇게는 생각하지 않는다?"

"생각하는 게 아니라 그냥 알아요."

"어떻게 압니까?"

"그건 내 문제죠. 그리고 나는 그냥 알아요."

그녀가 갑자기 콜베리의 눈을 정면으로 응시하면서 물었다. "당신 머리에는 오케에게 따로 애인이 있었을지도 모른다는 생각이 들어 있나요?"

"아직 그 가능성도 완전히 배제하지는 않았습니다."

"그렇다면 이제 지우세요. 그건 말도 안 되는 소리예요."

"왜요?"

"말했잖아요, 당신 알 바 아니라고."

콜베리는 손가락으로 탁자를 두드렸다.

"하지만 당신은 분명히 안다?"

"네. 분명히 알아요."

콜베리는 용기를 북돋우려는 듯 또 한 번 심호흡했다.

"오케가 사진에 관심이 있었습니까?"

"네. 축구를 그만둔 뒤로는 그게 거의 유일한 취미였어요. 카메라가 세 대 있어요. 화장실에는 확대 도구 같은 것들이 있고요. 화장실을 암실로 썼거든요."

그녀가 문득 놀라서 콜베리를 보았다.

"그건 왜 물어요?"

그가 봉투를 탁자 건너편으로 밀었다. 그녀는 라이터를 내려놓고 떨리는 손으로 사진을 꺼냈다. 맨 위의 한 장을 보고는 대번 얼굴이 새빨개졌다.

"이게…… 이게 어디서 났어요?"

"베스트베리아의 책상에 있었습니다."

"뭐라고요? 그이의 책상에?"

그녀는 질끈 눈을 감았다 뜨고는, 뜻밖에 이렇게 물었다. "얼마나 많은 사람이 이걸 봤어요? 경찰 전체가?"

"세 명뿐입니다."

"누구?"

"마르틴, 나, 그리고 내 아내."

"군?"

"그래요."

"왜 군에게 보여줬죠?"

"이리로 오던 중에 집에 들렀거든요. 아내에게 당신이 어떤 사람인지 보여주고 싶었습니다."

"내가 어떤 사람인지? 우리가 어떤 사람인지? 오케하고……."

"오케는 죽었습니다." 콜베리가 무미건조하게 말했다.

그녀의 얼굴은 아직도 달아올라 있었다. 목과 팔도 그랬다. 머리카락 선 바로 밑에 작은 땀방울이 송송 맺혔다.

"사진은 여기에서 찍었습니까?" 콜베리가 물었다.

그녀는 끄덕였다.

"언제?"

여자는 아랫입술을 신경질적으로 깨물었다.

"한 석 달 전에요."

"오케가 직접 찍었겠죠?"

"당연하죠. 그이는…… 온갖 촬영 도구를 다 갖고 있었어요. 타이머, 삼각대, 별의별 것을 다."

"사진을 왜 찍었습니까?"

그녀는 여전히 상기된 얼굴로 땀을 흘렸으나 목소리는 한결 차분해졌다.

"재미있다고 생각해서요."

"오케가 왜 이걸 사무실에 뒀을까요?"

콜베리는 말을 잠시 멎었다가 얼른 이어 설명했다.

"알겠지만, 오케는 사무실에 개인적인 물건은 하나도 두지 않았습니다. 이 사진들 외에는."

긴 침묵. 이윽고 그녀가 천천히 도리질했다. "몰라요, 모르겠어요."

콜베리는 화제를 바꿀 시점이라고 판단했다. 그는 큰 소리로 물었다. "오케가 늘 총을 차고 다녔나요?"

"거의 언제나요."

"왜요?"

"그냥 좋아했어요. 최근에는 특히 더. 그이는 총포류에 흥미가 있었어요."

그녀는 뭔가 열심히 생각하는 듯하다가 갑자기 성큼 일어나서 잰걸음으로 거실을 나갔다. 그녀가 침실로 들어가 침대로 다가가는 모습이 짧은 복도를 통해서 콜베리에게도 보였다. 그녀는 구깃구깃한 베개 밑에 손을 넣더니 떠듬떠듬 말했다. "여기도 하나 있어요……. 권총이……."

콜베리는 비만한 몸에 늘 무기력한 태도인지라 모르는 사람들에게 잘못된 인상을 주기 일쑤였지만, 사실 그의 몸은 지극히 잘 정비되어 있었다. 그의 반응은 감탄스러울 만큼 빨랐다.

오사 토렐이 아직 침대로 몸을 숙인 동안, 어느새 콜베리가 다가와 그녀의 손을 비틀어 무기를 빼앗았다.

"이건 그냥 권총이 아닙니다. 미국식 연발 권총이에요. 총신이 긴 콜트 45구경이군요. 피스메이커(조정자)라고도 부르는데, 말도 안 되는 이름이죠. 게다가 장전되어 있군요. 공이치기도 당겨져 있고."

"나도 그쯤은 알아요." 그녀가 우물거렸다.

콜베리는 약실을 열고 탄약을 꺼냈다.

"심지어 십자로 줄질한 총알이군요. 미국에서조차 금지된 겁니다. 소형 총포류로는 세상에서 가장 위험한 종류입니다. 코끼리도 죽일 수 있을 거예요. 이걸로 오 미터 거리에서 사람을 쏜다면, 총알을 맞은 자리에 수프 접시만 한 구멍이 날 테고, 몸뚱이는 십 미터 밖으로 날아갈 겁니다. 대체 어디서 이런 게 났죠?"

그녀는 당황하여 어깨를 으쓱했다.

"오케요. 그이가 늘 지니고 있었어요."

"침대에?"

그녀는 도리질을 하며 차분히 말했다. "아니요, 아니요. 침대에 둔 건 저예요……. 이제……."

콜베리는 총알을 바지 주머니에 넣고, 연발 권총을 바닥으로 겨누어 방아쇠를 당겼다. 조용한 아파트에 달각 소리가 울려퍼졌다.

"방아쇠까지 줄질이 되어 있군요. 더 빠르고 민감하게 만들려는 겁니다. 무시무시하게 위험한 물건이에요. 자다가 돌아눕기만 해도……."

그는 입을 닫았다.

"요즘은 잠을 별로 안 잤어요." 그녀가 말했다.

"흠. 무기류 단속 시에 압수품을 슬쩍했나 보군. 훔친 거나 마찬가지야." 콜베리가 혼잣말을 했다.

그는 커다랗고 묵직한 연발 권총을 내려다보면서 손바닥으로 무게를 가늠했다. 그리고 여자의 오른손 손목을 흘깃 보았다. 아이의 손목처럼 가늘었다.

"뭐, 이해가 안 가는 건 아닙니다. 총에 빠지다 보면……."

콜베리는 갑자기 목소리를 높였다.

"하지만 나는 총 따위에 빠지지 않습니다. 나는 이런 물건을 혐오합니다. 알겠어요? 이런 건 세상에 존재하지 말아야 하는 몹쓸 물건이에요. 총은 모조리 사라져야 해요. 총이 지금도 만들어진다는 사실, 이런저런 사람들이 그걸 서랍에 넣어두거나 밖에 들고 다닌다는 사실이야말로 그 사회가 얼마나 비뚤어졌고 미쳤는지 보여주는 겁니다. 마약이나 치명적인 약물을 제조해서 두둑이 돈을 버는 인간들과 마찬가지로 총을 만들고 판매해서 돈을 버는 인간들도 말종입니다. 알겠어요?"

그녀는 지금까지와는 전혀 다른 표정으로 그를 보았다. 똑똑하고 분명한 눈으로 그에게 집중했다.

"가서 앉아요. 이야기를 해야 합니다. 심각한 일이에요." 콜베리가 퉁명스럽게 말했다.

오사 토렐은 아무 말 없이 곧장 거실로 나가서 안락의자에 앉았다.

콜베리는 현관으로 나가서 권총을 모자 선반에 올려놓았다. 재킷과 넥타이를 벗었다. 칼라 단추를 풀고, 소매를 걷었다. 그리고 부엌으로 갔다. 물을 끓이고, 차를 만들었다. 찻잔을 들고 와서 탁자에 놓았다. 재떨이를 비웠다. 창을 열었다. 자리에 앉았다.

"우선 '최근에'라는 말을 정확하게 알고 싶습니다. 오케가 최근에는 더 무장을 즐겼다고 했지요?"

"쉿." 오사가 말했다.

십 초 뒤에 그녀가 덧붙였다. "기다려주세요."

그녀는 다리를 접어 헐렁한 회색 스키 양말을 신은 발을 안락의자 가장자리에 걸쳤다. 두 팔로 정강이를 감싸고, 꼼짝 않고 가만히 있었다.

콜베리는 기다렸다.

정확하게 말하자면 십오 분을 기다렸다. 그동안 그녀는 한 번도 그를 보지 않았다. 둘 다 말이 없었다. 이윽고 그녀가 시선을 들어 그를 보며 말했다. "자."

"기분이 어때요?"

"나아지진 않았어요. 하지만 달라졌어요. 이제 뭐든 물어보세요. 전부 대답할게요. 뭐든 물어도 괜찮아요. 하지만 먼저, 알고 싶은 게 하나 있어요."

"뭡니까?"

"나한테 아무것도 숨기지 않고 다 말했나요?"

"아닙니다. 하지만 지금부터 이야기하죠. 내가 찾아온 것은 공식적인 가설을 믿지 않기 때문입니다. 오케 스텐스트룀이 우연히 미치광이 대량 살인마의 희생양이 됐다는 가설 말입니다. 그리고 당신은 오케가 당신에게 충실하지 않았을 리가 없다고 말했는데, 뭐, 표현은 아무래도 좋습니다만, 당신이 생각하는 근거가 무엇이든 그와는 별개로 나도 오케가 뭔가 쾌락에 목적을 두고 버스에 탄 건 아니라고 믿습니다."

웃는 경관

"그럼 어떻게 생각하는데요?"

"당신이 처음에 했던 말이 옳다고 봅니다. 오케가 일하는 중이었다는 말. 오케는 경찰 신분으로 뭔가 일을 하고 있었는데, 왜인지 아무에게도 알리지 않았던 겁니다. 당신에게도, 우리에게도. 가령 이랬을 가능성도 있죠. 오케가 누군가를 오랫동안 미행했는데, 그 사람이 끝내 다급해져서 오케를 죽였다. 개인적으로 그게 유력한 가설이라고 본다는 말은 아닙니다만."

콜베리는 잠시 숨을 골랐다.

"오케는 미행에 능했습니다. 미행이 재미있다고 했습니다."

"나도 알아요."

"미행에는 두 가지 방법이 있습니다. 가급적 눈에 띄지 않게 따라다니면서 대상자가 뭘 하는지 알아보는 것. 혹은, 공공연히 쫓아다녀서 그 인물을 절박한 구석으로 몰아넣음으로써 뭔가 성급한 실수를 저질러 약점이 잡히길 기다리는 것. 오케는 내가 아는 누구보다도 두 가지 방식의 미행 기술에 통달했습니다."

"이 가설을 믿는 사람이 당신 외에도 있나요?" 오사 토렐이 물었다.

"적어도 베크하고 멜란데르는 믿습니다."

콜베리는 목덜미를 긁었다.

"하지만 이 가설에는 약점도 몇 가지 있습니다. 지금 그걸 일

일이 말할 필요는 없겠지만."

그녀가 고개를 끄덕였다.

"뭘 알고 싶으세요?"

"사실 나도 잘 모릅니다. 함께 차근차근 짚어봐야죠. 당신이 했던 말도 이해가 잘되지 않습니다. 가령 오케가 최근 들어 부쩍 자주 총을 소지했다고 했죠? 그걸 재미있어했다고요?"

"사 년 전에 처음 오케를 만났을 때 그이는 어린 소년 같았어요." 그녀가 차분하게 말을 꺼냈다.

"어떤 면에서?"

"수줍음을 탔고 유치했어요. 하지만 석 주 전에 누군가에게 살해당했을 때, 그이는 어엿한 어른이었어요. 그건 당신과 베크와 함께 일하면서 이룬 성장이라기보다 여기 우리집에서 이룬 성장이었어요. 우리가 처음 함께 잔 것은 저 방의 저 침대였는데, 당시 그이가 몸에서 맨 마지막으로 벗어놓은 것이 권총이었어요."

콜베리는 눈썹을 치켜 올렸다.

"셔츠는 계속 입고 있었고요. 권총은 침대 머리맡 협탁에 내려놓았어요. 나는 망연자실했죠. 솔직히 그때는 그이가 경찰이라는 것도 몰랐거든요. 내가 웬 미친놈을 침대에 끌어들였구나 하고 생각했죠."

그녀가 진지하게 콜베리를 보았다.

"우리는 첫 만남에서 사랑에 빠지진 않았어요. 두 번째 만나서야 그랬죠. 그때 이런 생각이 스치더군요. 당시에 오케는 스물다섯 살이었고 나는 갓 스무 살이 되었지만 둘 중에서 어른답고 성숙한 사람을 고르라면 그건 바로 나라고. 그이가 총을 차고 다녔던 건, 그러면 자신이 터프가이처럼 느껴지기 때문이었어요. 말했듯이 그이는 유치했거든요. 벌거벗고 누운 내가 셔츠에 권총집을 걸친 남자를 바보처럼 올려다보는 게 몹시 즐거웠던 거예요. 곧 그런 태도에서 벗어나긴 했지만, 그땐 이미 습관이 되어버렸죠. 게다가 그이는 원래 총에 관심이 있었으니까요……."

그녀가 말을 끊고 물었다. "당신은 용감한가요? 육체적으로 용감한가요?"

"별로 그렇지 않습니다."

"오케는 육체적으로 겁쟁이였어요. 그걸 극복하려고 갖은 애를 썼죠. 권총에서 안전함을 느꼈던 거예요."

콜베리가 반론을 제기했다.

"당신은 오케가 성장했다고 했죠. 그러나 직업 경찰로서 뒤를 밟던 사람에게 등뒤에서 총에 맞을 정도로 무방비했다는 건 성숙한 게 아닙니다. 아까도 말했듯이 나는 그 가설을 못 믿겠습니다."

"바로 그거예요. 나도 믿기 힘들어요. 뭔가 꺼림칙한 데가 있어요." 오사 토렐이 동의했다.

콜베리는 곰곰이 생각하다가 한참 뒤에 말했다. "그래도 우리가 아는 사실이 있습니다. 오케는 뭔가를 수사하고 있었고, 그게 뭔지 아무도 모릅니다. 나도 모르고, 당신도 모르고. 그렇죠?"

"네."

"오케가 좀 변하지 않았나요? 그 일이 있기 전에?"

대답이 없었다. 그녀는 왼손을 들어 손가락으로 짧고 검은 머리카락을 쓸었다.

"맞아요." 이윽고 나온 답이었다.

"어떻게?"

"설명하기 어려워요."

"이 사진들이 그 변화와 관계있습니까?"

"네. 그렇다고 봐야 할 거예요."

그녀가 손을 뻗어 사진들을 뒤집고 다시 들여다보았다.

"남에게 이런 이야기를 하려면 상당한 신뢰가 있어야 하는데 내가 당신을 그만큼 믿는지는 잘 모르겠어요. 하지만 최선을 다해보죠."

콜베리의 손바닥에 땀이 나기 시작했다. 그는 바짓자락에 손바닥을 문질러 닦았다. 상황이 역전되었다. 이제 그녀가 차분했고, 그가 초조했다.

"나는 처음부터 오케를 사랑했어요. 하지만 우리는 성적으로는 잘 맞지 않았어요. 속도도 기질도 달랐거든요. 서로 요구하는 것도 달랐고요."

그녀가 살피는 눈으로 콜베리를 보았다.

"그래도 행복할 수 있어요. 배우면 되거든요. 당신도 알죠?"

"몰랐습니다."

"우리가 바로 그 증거예요. 우리는 서로 배웠어요. 무슨 말인지는 이해하시리라 생각해요."

콜베리는 고개를 끄덕였다.

"베크는 아마 이해를 못 할 거예요. 묀도 절대 못 하고요. 내가 아는 한 다른 사람들은 전부 못 해요."

그녀는 어깨를 으쓱했다.

"어쨌든 우리는 배웠어요. 점차 서로에게 적응했고, 훌륭한 관계를 이루었어요."

콜베리는 잠깐 그녀에게 귀기울이는 것을 잊었다. 이것은 생각지도 못한 전개였다.

"이런 이야기를 하기가 어렵지만, 하지 않을 수 없어요. 이걸 말하지 않으면 오케가 어떻게 변했는지를 설명할 수 없거든요.

사생활에 관한 내용이라 아무리 자세히 설명해도 당신이 얼마나 이해할지는 미지수이지만, 그래주기를 바랄 수밖에요."

그녀가 기침을 하더니 무덤덤하게 말했다. "한두 주 동안 담배를 너무 많이 피웠어요."

콜베리는 뭔가 바뀌려는 기미를 느꼈다. 그가 갑자기 미소를 지었다. 그러자 오사 토렐도 미소를 지었다. 약간 씁쓸한 기색이 담겨 있었지만, 그래도 미소였다.

"좌우간 얼른 해치우죠. 빨리 끝낼수록 좋으니까. 안타깝게도 나는 수줍음을 타는 편이에요. 이상하게 들리겠지만."

"전혀 이상하지 않습니다. 나도 무지하게 수줍음을 탑니다. 그건 당연한 감정입니다." 콜베리가 말했다.

"오케를 만나기 전에, 나는 내가 색정증 환자나 뭐 그런 게 아닌가 생각하던 참이었어요." 그녀가 빠르게 말을 이었다. "그러다 그이와 사랑에 빠졌고, 서로 적응했죠. 나도 오케도 정말 열심히 노력했기 때문에 우리는 성공했어요. 우리는 잘 지냈어요. 내가 바랐던 것보다 훨씬 더. 그이보다 내가 성욕이 훨씬 더 강하다는 사실을 잊을 정도로. 우리는 처음에 한두 번 성적인 문제에 관해서 대화를 나눴을 뿐 이후에는 전혀 말을 꺼내지 않았어요. 말할 필요가 없었던 거죠. 그가 내켜하면 사랑을 나눴어요. 일주일에 한두 번, 많아야 세 번이었지만 좋았어요. 그

이상 바랄 것이 없었어요. 당신이 아까 썼던 재치 있는 표현에 따르면 우리는 서로 충실했어요. 그랬는데……."

"……지난여름에 갑자기." 콜베리가 거들었다.

그녀가 시인하는 눈빛을 던졌다.

"맞아요. 여름에 우리는 마요르카로 휴가를 떠났죠. 우리가 거기 있는 동안 여러분은 여기에서 무척 까다롭고 지저분한 사건을 수사했다고 들었어요."

"공원 연쇄살인이었죠."

"우리가 돌아왔을 때는 사건이 모두 해결되었더군요. 오케는 그 일로 상당히 화가 났어요."

그녀는 잠시 뜸을 들였다가, 다시 빠르고 유창하게 말을 이었다. "썩 유쾌한 이야기는 아니지만, 뭐, 지금까지 했던 이야기도 앞으로 할 이야기도 다 그러니까요. 오케는 수사를 놓쳤다면서 심란해했어요. 오케는 야망이 컸죠. 단점으로 느껴질 정도로. 그이의 꿈은 남들이 간과하고 넘어간 중요한 사실을 스스로 찾아내는 것이었어요. 그이는 여러분보다 한참 어렸고, 나중에는 어땠을지 몰라도 적어도 처음에는 동료들에게 괴롭힘을 당한다고 느꼈거든요. 특히 당신이 자기를 제일 못살게 군다고 생각했어요."

"미안하지만, 맞습니다."

"그이는 당신을 그다지 좋아하지 않았어요. 베크나 멜란데르를 더 좋아했죠. 나는 다르지만, 그거야 아무 상관없는 이야기고요. 아무튼 칠월 말인가 팔월 초쯤에 그이가 갑자기 변했어요. 우리 둘의 생활이 완전히 뒤집힐 정도로. 이 사진들은 그때 찍은 거예요. 사실은 이것보다 더 많아요. 수십 장 더 있어요. 아까 말했듯이 우리의 성생활에는 나름대로 정해진 일과가 있었고, 그걸로도 충분히 좋았는데 단숨에 망가졌어요. 그걸 망가뜨린 사람은 내가 아니라 그이였고요. 우리는…… 우리는……."

"사랑을 나눴다는 거죠." 콜베리가 거들었다.

"네, 예전에는 한 달에 걸쳐 했을 횟수를 하루에 해치울 정도로 틈만 나면 사랑을 나눴어요. 어떤 때는 그이가 나를 직장에 보내주지 않으려고 할 정도였죠. 솔직히 말해서 내게는 놀랍고 유쾌한 사건이었어요. 기분 좋았죠. 동거한 지 사 년이나 되었는데도……."

"계속 말해요." 콜베리가 재촉했다.

그녀가 심호흡을 했다.

"그래요, 나는 정말 멋지다고 생각했어요. 그이가 나를 수레처럼 이리저리 휘두르는 것, 새벽 4시에 깨우는 것, 잠을 안 재우고, 옷을 입지 말라고 하고, 출근하지 말라고 하는 것. 내가 부엌에 있을 때도 그냥 내버려두지 않고 개수대에서, 욕조에

웃는 경관

서, 앞으로, 뒤로, 거꾸로, 집에 있는 의자란 의자마다. 하지만 그이 본인은 별로 변하지 않은 것 같았기 때문에 점차 그이가 나를 대상으로 뭔가 실험을 하는 게 아닌가 하는 생각이 들더군요. 그래서 그렇게 물었어요. 그냥 웃더군요."

"웃었다고요?"

"네. 그이는 내내 기분이 좋았어요. 그러니까…… 죽기 전까지."

"왜요?"

"나도 그걸 모르겠어요. 하지만 충격에서 좀 벗어난 순간, 깨달은 게 하나 있긴 해요."

"그게 뭡니까?"

"그이가 나를 모르모트처럼 썼다는 거예요. 그이는 나에 대해서 모르는 게 없었어요. 전혀. 자신이 약간만 노력을 들이면 내가 우스울 만큼 쉽게 몸이 달아오른다는 것을 잘 알았죠. 나도 그이에 대해서 모르는 게 없었고요. 이를테면 그이는 간간이 예외는 있어도 기본적으로는 딱히 이런 일에 흥미가 없는 사람이란 걸 잘 알죠."

"그런 일이 언제까지 있었습니까?"

"구월 중순까지요. 그때부터 그이가 일이 많아져서 자주 나가야 했어요."

"전혀 안 맞는군요."

콜베리가 그녀를 똑바로 응시하다가 덧붙였다. "고맙습니다. 당신은 좋은 사람이에요. 당신이 맘에 듭니다."

그녀는 깜짝 놀라면서 다소 미심쩍어하는 눈길을 보냈다.

"그렇지만 오케가 당시에 하던 일에 대해서는 당신에게 말하지 않았다는 거죠?"

그녀는 고개를 저었다.

"단서라도?"

또 고개를 저었다.

"특별히 눈치챈 사실은 없었습니까?"

"외출이 잦았어요. 그러니까, 밤을 돌아다닐 때가 많았어요. 그건 싫어도 눈치채게 되죠. 싸늘하게 젖은 몸으로 돌아오곤 했으니까요."

콜베리가 고개를 끄덕였다.

"그이가 오밤중에 귀가해서 고드름처럼 차가운 몸으로 침대에 들어오는 바람에 내가 깬 게 한두 번이 아니에요. 나한테 마지막으로 사건 이야기를 했던 건 구월 초였어요. 자기 아내를 죽인 남자 얘기였는데, 이름이 비르게르손이었던가 그래요."

"기억합니다. 비극적인 가정 문제였죠. 왜 우리가 호출되었는지 의아할 정도로 단순하고 평범한 사연이었어요. 교과서에 실릴 법한 전형적인 사건이었죠. 불행한 결혼 생활, 신경과민, 말다툼, 돈 문제. 결국 남자가 아내를 죽였는데, 사고에 가까웠습니다. 남자는 자살할 용기가 안 나서 경찰에 자수했고요. 당신 말이 옳습니다. 오케가 그 사건을 담당했어요. 취조도 맡았습니다."

"잠깐만요, 취조 도중에 무슨 일이 있었다고 했는데."

"무슨?"

"모르겠어요. 하지만 어느 날 저녁에 오케가 무척 들떠서 돌아왔어요."

"들뜰 일은 없었을 텐데요. 지루한 이야기였을 텐데. 전형적인 복지국가형 범죄였죠. 아내가 사회적지위에 집착하는 사람이라 돈 못 버는 남편에게 타박이 이만저만이 아니었던 모양입니다. 이웃들처럼 모터보트, 여름 별장, 고급 자동차를 구입할 여유가 없다면서 말입니다."

"하지만 취조중에 남자가 오케에게 무슨 소리를 한 것 같았어요."

"무슨?"

"모르겠어요. 하지만 그이가 볼 때 중요한 이야기였던 모양이에요. 당신처럼 나도 무슨 이야기냐고 물었지만, 두고 보라면서 웃기만 했어요."

"정확히 그렇게 말했습니까?"

"'자기는 두고 보면 알아.' 정확히 그렇게 말했어요. 낙천적이었죠."

"이상하군요."

두 사람은 한동안 잠자코 있었다. 이윽고 콜베리가 몸을 부르르 털고, 탁자에 펼쳐진 책을 집어들어 여자에게 물었다. "이 코멘트의 내용을 이해하겠습니까?"

오사 토렐은 자리에서 일어나 탁자를 빙 돌아왔다. 한 손으로 그의 어깨를 짚고 책을 들여다보았다.

"치정 살인자는 불능일 때가 많아서 폭력적인 범죄를 저지르는 과정에서 비정상적인 성적 만족을 얻는다. 이게 저자들의 주장입니다. 그 옆에 오케가 '혹은 그 반대'라고 적어뒀죠."

콜베리는 어깨를 으쓱했다. "즉 성범죄자가 성욕 과잉일지도 모른다는 뜻이겠죠."

그녀가 얼른 손을 치웠다. 콜베리가 올려보니, 놀랍게도 그녀는 다시 얼굴이 빨개져 있었다.

"아니요, 그런 뜻이 아니에요." 그녀가 말했다.

"그러면 무슨 뜻입니까?"

"정반대예요. 여자가, 그러니까 희생자가 성욕 과잉이라서 목숨을 잃었을지도 모른다는 뜻이에요."

"왜 그렇게 생각합니까?"

"함께 그 문제를 이야기한 적이 있거든요. 예타운하에서 살해된 미국 여자 이야기를 하다가."

"로재나." 콜베리가 말했다.

그리고 잠시 생각한 뒤에 이어 말했다. "하지만 그건 내가 이 책을 주기 전이었습니다. 왜 그걸 기억하느냐 하면, 우리가 크리스티네베리에서 이사할 때 내가 서랍을 비우다가 이 책을 발견했거든요. 사건이 일어난 지 한참 뒤인데."

"다른 코멘트들도 좀 논리적이지 않아 보이네요." 그녀가 말했다.

"그러게요. 오케가 기록을 하는 메모장이나 일기장 같은 게 있었습니까?"

"그이 소지품에 수첩이 있지 않던가요?"

"네. 그건 살펴봤지만, 이렇다 할 내용은 없더군요."

"아파트는 내가 뒤져봤어요."

"뭐 찾은 것 있습니까?"

"별로요. 그이는 물건을 숨겨두는 버릇은 없었어요. 게다가 무척 깔끔했거든요. 물론 여분의 수첩은 있었어요. 저기 책상에."

콜베리가 수첩을 가지러 갔다. 스텐스트룀이 주머니에 갖고 다니던 것과 같은 종류였다.

"거기에는 거의 아무것도 안 적혀 있던데요." 오사 토렐이 말했다.

그녀는 오른발만 스키 양말을 벗고, 발등 아래쪽을 긁었다.

좁고 얇은 발은 우아하게 아치가 져 있었고, 발가락은 길고 곧았다. 콜베리는 수첩 안을 살폈다. 그녀가 옳았다. 거의 아무것도 없었다. 첫 페이지에는 아내를 죽인 비르게르손이라는 가련한 남자에 관한 메모가 가득 적혀 있었다.

두 번째 페이지에는 맨 위에 단어 하나가 적혀 있을 뿐이었다. 이름이었다. 모리스.

오사 토렐이 수첩을 넘겨다보면서 어깨를 으쓱했다.

"자동차 이름이죠." 그녀가 말했다.

"뉴욕의 출판 대리인일지도 모르고요." 콜베리가 응수했다.

그녀는 탁자 옆에 서 있었다. 눈길이 문제의 사진들을 향했다. 그녀가 갑자기 주먹으로 탁자를 내리치며 소리쳤다. "임신이라도 했다면!"

그리고 목소리를 낮췄다.

"그이는 시간이 많다고 했어요. 자기가 승진할 때까지 기다리자고."

콜베리는 서둘러 현관으로 향했다.

"시간이 많다니." 그녀가 중얼거렸다. 그리고 물었다. "이제 나는 어쩌죠?"

콜베리가 몸을 돌렸다. "이래서는 안 되겠군요. 오사, 이리 와요."

그녀가 빙그르르 돌아 그를 보며 사납게 말했다. "오라고요? 어디로요? 침대로? 아, 그러죠."

콜베리는 가만히 그녀를 보았다.

남자 천 명 중 구백구십구 명에게 그녀는 파리하고, 가냘프고, 발육이 덜 된 듯한 아가씨로 보일 것이다. 자신을 추스르지 못하는 여자. 섬세한 몸매에, 니코틴이 찌든 가느다란 손가락에, 일그러진 얼굴을 한 여자. 더럽고 펑퍼짐한 옷을 칠칠맞지 못하게 걸치고, 발에 비해 지나치게 큰 스키 양말을 한쪽 발에만 신은 여자.

렌나르트 콜베리는 달랐다. 그에게 그녀는 육체적, 정신적으로 복잡한 젊은 여자로 보였다. 이글이글 불타는 눈동자를 가진 여자. 어쩌면 저 다리 사이에 자신을 받아줄지도 모르는 여자. 도발적이고 흥미로운 여자. 더 알고 싶은 여자.

스텐스트룀도 이걸 보았을까? 아니면, 구백구십구 명 중 하나에 지나지 않았던 그가 그저 운이 좋았던 것일까?

운이라.

"그런 말이 아닙니다. 나하고 같이 우리집으로 갑시다. 방은 많아요. 당신은 너무 오래 혼자 있었어요." 콜베리가 말했다.

그녀는 차에 타자마자 울기 시작했다.

22.

스베아베겐 거리와 로드만스가탄 거리가 만나는 지점의 지하철 출구로 나오자 에는 듯한 바람이 노르딘을 맞았다. 그는 뒤에서 불어오는 바람을 맞으며 스베아베겐 거리를 따라 씩씩하게 남쪽으로 걸어갔다. 텡네르가탄 거리로 접어들자 바람이 좀 덜했다. 그는 걸음을 늦췄다. 모퉁이에서 이십 미터쯤 걸으니 카페가 있었다. 창문 앞에 서서 안을 들여다보았다.

피스타치오색 유니폼을 입은 빨강 머리 여자가 카운터 뒤에 앉아서 통화하고 있었다. 손님은 없었다.

노르딘은 계속 걸었다. 룬트마카르가탄 거리를 건넌 뒤 헌책방의 유리문 안쪽에 걸린 유화를 구경했다. 무스 두 마리와 순록 두 마리를 그린 것인지 무스 한 마리와 순록 한 마리를 그린 것인지 갸우뚱거리며 고민하는 동안, 뒤에서 웬 남자가 독일어로 말했다.

"아버 멘슈, 비스트 두 도흐 간츠 페뤼크트?(이봐, 자네 제정신이야?)"

돌아보니 남자 둘이 길을 건너고 있었다. 그들이 건너편 보도에 다다른 뒤에야 그들이 향하는 카페가 노르딘의 눈에 들어왔다. 노르딘도 뒤따라 카페로 들어섰다. 남자들은 카운터 너머의 나선형 층계로 내려갔다. 그는 남자들을 따라갔다.

젊은이들이 가득하고 음악과 대화 소음이 귀를 멍멍하게 만드는 공간이었다. 빈자리를 찾아보았지만 하나도 없었다. 노르딘은 모자와 코트를 벗어야 하나 잠시 고민했지만, 위험을 무릅쓰지 않기로 했다. 그는 스톡홀름에서는 아무도 믿어서는 안 된다고 믿었다.

노르딘은 여자 손님들을 살펴보았다. 금발머리가 여러 명 있었지만, '금발의 말린'에 어울리는 인상착의를 지닌 사람은 없었다.

주로 들리는 언어는 독일어였다. 분명 스웨덴 사람인 듯한 갈색 머리의 야윈 여자 옆에 의자가 비었다. 노르딘은 코트 단추를 끄르고 그 자리에 앉았다. 모자는 허벅지에 올려두었다. 자신이 로든 천으로 된 코트와 티롤리언해트를 썼으니 숱한 독일인들 중 한 명으로 보일 것이라고 생각했다.

십오 분을 기다려서야 종업원이 다가왔다. 그동안 그는 주변을 둘러보았다. 탁자 맞은편에는 갈색 머리 여자의 친구가 앉아 있었는데, 이따금 그에게 경계하는 눈길을 보냈다.

그는 커피를 저으면서 옆에 앉은 여자를 흘깃 살폈다. 어쩌면 단골로 보일지도 모른다는 실낱같은 희망을 품고서 짐짓 스톡홀름 억양을 꾸며 말을 걸었다. "금발의 말린이 오늘밤에 어디 있는지 압니까?"

갈색 머리 여자가 노르딘을 응시했다. 그러더니 웃음 띤 얼굴로 탁자로 몸을 숙여 친구에게 말했다. "헤이 에바, 북쪽에서 오신 신사분이 금발의 말린을 찾는데, 걔 어디 있는지 알아?"

친구는 노르딘을 쳐다본 다음, 저멀리 앉은 다른 사람들에게 물었다. "여기 경찰 양반이 금발의 말린을 찾는데, 누구 아는 사람?"

"아아니." 건너편 탁자에서 합창이 들려왔다.

어떻게 내가 경찰인 것을 꿰뚫어 보았을까? 노르딘은 울적하게 커피를 홀짝였다. 스톡홀름 사람들은 도무지 알 수가 없어.

그가 계단을 올라가서 페이스트리를 파는 1층으로 들어서자 커피를 가져다줬던 종업원이 불쑥 다가왔다.

"금발의 말린을 찾는다면서요. 당신 정말 경찰이에요?" 그녀가 물었다.

노르딘은 잠시 망설였으나, 침울하게 고개를 끄덕였다.

"무슨 핑계로든 그 매춘부 년을 잡아간다면, 나야 너무 좋죠. 걔 어딨는지 알아요. 여기 없으면 엥엘브렉트스플란 광장의 카페에 있을 거예요."

노르딘은 고맙다고 인사하고 밖으로 나왔다.

금발의 말린은 그 카페에도 없었다. 단골손님들이 모두 카페를 버리고 떠난 것처럼 휑했다. 노르딘은 금방 포기하기는 싫었기 때문에 홀로 손때 묻은 더러운 잡지를 읽고 있는 여자에게 다가갔다. 여자는 금발의 말린이 누군지는 모르겠지만 아무튼 쿵스가탄 거리의 와인바를 찾아가보라고 조언했다.

노르딘은 순스발의 자기집에 있었으면 좋겠다고 다시금 간절히 바라면서 지긋지긋한 스톡홀름의 거리를 터벅터벅 걸었다.

이번에는 고생한 보람이 있었다.

그는 코트를 받으러 온 직원에게 고개를 젓고 문간에 서서 안을 둘러보았다. 당장 그 여자가 눈에 들어왔다.

그녀는 덩치가 컸지만 뚱뚱한 것 같진 않았다. 탈색한 것으로 보이는 금발 머리카락이 정수리에 높게 틀어 올려져 있었다.

노르딘은 추호의 의심도 없이 그녀가 금발의 말린이라고 판단했다.

그녀는 와인잔을 앞에 두고 벽 쪽 좌석에 앉아 있었다. 곁에는 그녀보다 훨씬 더 나이가 많은 여자가 있었다. 어깨까지 풀어 내린 길고 꾸불꾸불한 검은 머리카락은 젊어 보이는 데 전혀 도움이 되지 않았다. 창녀들이겠지, 노르딘은 생각했다.

그는 한동안 두 여자를 관찰했다. 여자들은 대화가 없었다. 금발의 말린은 손가락으로 빙빙 잔을 돌리면서 가만히 잔을 응시했다. 검정 머리 여자는 노상 가게를 둘러보면서 간간이 교태 어린 태도로 머리를 까딱여 긴 머리카락을 넘겼다.

노르딘은 코트 보관하는 곳의 직원에게 물었다.

"실례합니다만, 저기 벽 쪽에 앉아 있는 금발 아가씨의 이름을 압니까?"

남자가 건너편을 바라보고 콧방귀를 뀌었다.

"아가씨라니요! 저 여자가! 이름은 모릅니다만 다들 말린이라고 부릅니다. 뚱뚱한 말린이라나 뭐라나."

노르딘은 모자와 코트를 맡겼다.

검정 머리 여자가 자신들의 탁자로 걸어오는 노르딘을 기대에 찬 눈길로 바라보았다.

"방해해서 죄송합니다만, 말린 양과 이야기를 나누고 싶습니다."

금발의 말린이 그를 보면서 와인을 한 모금 마셨다.

"무슨 이야기요?"

"당신 친구에 대해서요. 딴 자리로 옮겨서 조용히 이야기할 수 있을까요?"

금발의 말린이 동행을 쳐다보기에, 그는 얼른 덧붙였다. "물론 친구분이 개의치 않으신다면."

검정 머리 여자는 탁자에 놓인 유리병을 따라 잔을 채운 다음에 일어났다.

"방해꾼은 사라져드리죠." 여자가 골이 나서 말했다.

금발의 말린은 대꾸하지 않았다.

"저기 토라한테 가 있을게. 안녕, 말린."

검정 머리 여자는 잔을 집어들고 저멀리 다른 탁자를 향해 걸어갔다.

노르딘은 의자를 꺼내 앉았다. 금발의 말린이 기대 어린 눈길로 쳐다보았다.

"울프 노르딘 경위라고 합니다. 당신이 우리를 도와줄 수 있을 것 같아서 왔습니다."

"그래요? 어떤 일인데요? 내 친구에 대한 일이라고 하지 않았나요?"

"맞습니다. 당신이 아는 어떤 남자에 대한 정보를 얻고 싶습니다."

금발의 말린이 경멸하는 눈으로 보았다.

"나는 남을 일러바치고 그러는 사람이 아니에요."

노르딘이 담뱃갑을 꺼내 권했다. 그녀가 한 개비를 뽑자 그가 불을 붙여주었다.

"밀고하라는 게 아닙니다. 몇 주 전에 남자 두 명과 함께 흰색 볼보 아마존을 타고 헤게르스텐의 어느 차고에 갔었지요? 클루바켄에 있는 차고 말입니다. 호르슈트라는 스위스 사람이 주인이죠. 운전한 사람은 스페인 사람이었고요. 기억납니까?"

"기억하면요? 그게 뭐 어때서요? 니세가 파코인가 하는 사람한테 차고 가는 길을 가르쳐준다고 해서 따라갔었어요. 어차피 그 사람은 지금쯤 스페인으로 돌아갔을걸요."

"파코?"

"네."

여자는 잔을 비우고 유리병에 있던 와인을 마저 따랐다.

"뭘 좀 더 하시겠습니까? 와인이라도?" 노르딘이 물었다.

여자가 고개를 끄덕였다. 노르딘은 종업원에게 손짓하여 와인 한 병과 맥주 한 잔을 시켰다.

"니세가 누굽니까?"

"당연히 나랑 같이 차에 있었던 사람이죠. 방금 당신이 그렇게 말했잖아요."

"그렇죠. 니세 말고 성이 뭐냐는 말입니다. 뭐하는 사람입니까?"

"닐스 에리크 예란손이에요. 뭐하는지는 모르겠네요. 못 본 지 두 주쯤 됐거든요."

"왜요?" 노르딘이 물었다.

"에?"

"왜 두 주쯤 못 만났느냐는 말입니다. 그전에는 자주 만나던 사이 아닙니까?"

"결혼한 사이도 아닌걸요. 사귀는 사이도 아니고. 그냥 가끔 만나는 거라고요. 다른 여자가 생겼나 보죠. 내가 어떻게 알아요. 아무튼 한동안 못 봤어요."

종업원이 여자의 와인과 노르딘의 맥주를 가져왔다. 금발의 말린은 당장 잔을 채웠다.

"어디 사는지 압니까?"

"니세요? 아니요. 그이는, 뭐랄까, 지낼 데가 없어요. 나랑도 한참 살다가, 남쪽에 있는 어느 친구 집에서 지내다가 했는데, 지금은 거기도 나왔을걸요. 나도 잘 몰라요. 알아도 짭새한테 얘기할 것 같아요? 밀고는 안 해요."

노르딘은 맥주를 쭉 들이켠 뒤 앞에 앉은 거구의 금발 여자를 다정하게 바라보았다.

"그럴 필요 없습니다. 말린…… 미안한데, 이름이 정확하게 말린 뭐죠?"

"내 이름은 말린이 아니에요. 마그달레나 로센이에요. 머릿결이 하도 금발이라서 사람들이 금발의 말린이라고 부르는 것뿐이에요."

여자가 자기 머리카락을 쓰다듬었다.

"그런데 니세를 왜 찾아요? 뭘 잘못했어요? 왜 찾는지 모르고서는 질문에 대답하고 앉아 있을 맘 없어요."

"물론 그렇겠죠. 당신이 어떻게 우리를 도울 수 있는지 말해드리죠." 노르딘이 말했다.

그는 맥주를 다 마시고 입을 닦았다.

"그전에 하나 더 물어도 됩니까?"

그녀가 끄덕였다.

"니세는 보통 어떤 옷을 입고 다녔습니까?"

그녀가 인상을 쓰며 잠시 생각했다.

"대개는 양복을 입었어요. 밝은 베이지색에 단추가 속으로 숨어 있는 양복이 있었어요. 그리고 셔츠, 구두, 속옷은 다른 남자들이랑 비슷하게 입었죠."

"코트는 없었습니까?"

"글쎄요, 그걸 코트라고 불러야 하나. 얇고 검은 천, 나일론이라고 하나요, 그걸로 된 게 하나 있었죠. 왜요?"

그녀는 궁금한 듯 노르딘을 보았다.

"그게, 로센 씨, 그가 죽었을지도 모릅니다."

"죽어요? 니세가? 하지만…… 왜…… 왜 죽었을지도 모른다고 말하는 건데요? 니세가 죽은 걸 당신이 어떻게 알아요?"

울프 노르딘은 손수건을 꺼내어 목덜미를 닦았다. 바 안은 후텁지근했고, 온몸이 끈적했다.

"사실은, 시체 보관소에 신원 파악이 안 된 시체가 하나 있습니다. 그 사람이 닐스 에리크 예란손 씨가 아닐까 짐작하고 있습니다."

"어떻게 죽은 사람인데요?" 금발의 말린이 의심스러운 듯이 물었다.

"틀림없이 당신도 버스 살인 사건 이야기를 들었겠죠. 그 희생자 중 한 명입니다. 머리에 총을 맞아서 즉사했습니다. 우리가 여태까지 찾아낸 바로는 예란손 씨를 아는 사람이 당신밖에 없습니다. 그러니 내일 시체 보관소로 와서 그 사람이 맞는지 확인해주시면 고맙겠습니다."

그녀가 공포에 질린 얼굴로 노르딘을 보았다.

"내가요? 시체 보관소에 오라고요? 눈에 흙이 들어가기 전엔 안 돼요!"

수요일 오전 9시, 노르딘과 금발의 말린은 톰테보다베겐 거리의 법의학 연구소 앞에서 택시를 내렸다. 마르틴 베크가 십오 분 전부터 기다리고 있었다. 세 사람은 시체 보관소로 들어갔다.

금발의 말린은 무성의하게 찍어 바른 화장 아래 낯빛이 창백했다. 얼굴은 부어 있었고, 머리카락은 간밤과 달리 단정하게 다듬어지지 않았다.

노르딘은 그녀가 단장을 마칠 때까지 그녀의 집 현관에서 기다렸다. 이윽고 거리로 나서니, 흐릿한 아침 햇살을 받을 때보다 바의 침침한 어둠에 묻혀 있을 때 그녀의 외모가 훨씬 좋아 보였다는 사실을 알 수 있었다.

시체 보관소의 직원들은 준비를 마쳐두었다. 마르틴 베크가 그들을 냉동실로 안내했다.

총탄에 산산조각 난 시체의 얼굴에는 천이 덮여 있었지만 머리카락은 가려 있지 않았다.

금발의 말린이 노르딘의 팔을 쥐면서 속삭였다. "하느님 맙소사."

노르딘은 그녀의 넓은 등판에 팔을 두르고 그녀를 시체 가까이 이끌며 조용히 말했다.

"잘 한번 보세요. 알아보겠는지 아닌지."

그녀는 손으로 입을 가린 채 헐벗은 시체를 바라보았다.

"얼굴은 왜 가렸어요? 얼굴을 보면 안 되나요?"

"안 보는 편이 나을 겁니다. 그래도 알아볼 수는 있으시겠죠." 마르틴 베크가 말했다.

금발의 말린은 고개를 끄덕거렸다. 입에 댔던 손을 치운 뒤 또 끄덕거렸다.

"맞아요. 니세예요. 저 흉터들하고……. 맞아요, 니세 맞아요."

"고맙습니다, 로센 씨. 이제 경찰서로 가서 커피 한잔 어떻습니까?" 마르틴 베크가 권했다.

금발의 말린은 택시 뒷좌석에서 노르딘 옆에 앉아 창백한 얼굴로 잠자코 있었다. 그러다 간간이 중얼거렸다. "하느님 맙소사, 이게 웬일이야."

마르틴 베크와 울프 노르딘은 그녀에게 커피와 페이스트리를 대접했다. 한참 후에 콜베리, 멜란데르, 뢴도 합류했다.

그녀는 곧 기운을 차렸다. 커피뿐만이 아니라 자신에게 쏟아지는 관심이 마음에 드는 듯했다. 그녀는 질문에 고분고분 답했고, 떠날 때는 그들의 손을 꽉 쥐면서 말했다. "있잖아요, 나는 짭…… 경찰이 이렇게 멋진 분들일 줄은 꿈에도 몰랐어요."

문이 닫혔다. 그들은 그녀의 말에 대해서 한참 생각했다. 이윽고 콜베리가 입을 열었다. "자, 멋진 분들? 요약해보실까요?"

그들은 정황을 간추렸다.

닐스 에리크 예란손.

나이는 38세 혹은 39세.

1965년 혹은 그전부터 안정된 직장이 없었음.

1967년 3월부터 1967년 8월까지 스톡홀름 K구의 아르베타르가탄 거리 3번지에서 마그달레나 로센(금발의 말린)과 함께 살았음. 이후 쇠데르 지역의 수네 비에르크의 집으로 옮겨 10월 어느 무렵까지 함께 살았음.

사망 전 몇 주간의 행적은 모름.

마약중독자. 피우거나, 삼키거나, 주사를 놓거나, 하여간 닥치는 대로 다 했음.

아마도 마약 암매상이었을 것.

임질에 걸렸음.

마그달레나 로센이 마지막으로 본 것은 11월 3일 아니면 4일, 담베리 식당 앞이었음. 11월 13일에 입었던 것과 동일한 양복에 코트 차림.

늘 돈이 많았음.

23.

버스 살인 사건을 수사하는 사람들 중에서 노르딘이 제일 먼저 뭔가 밝혀낸 셈이었다. 건설적인 성과라고 호의적으로 평가하지 못할 것도 없었다. 그러나 그 점에 대해서조차 의견이 엇갈렸다.

"자, 부랑자의 이름은 알아냈어. 그래서 뭘?" 군발드 라르손이 말했다.

"음…… 에…… 음야…….." 멜란데르가 생각에 잠겨 중얼거렸다.

"뭐라고 중얼거리는 거야?"

"예란손이라는 남자, 경찰에 잡힌 적은 없는 것 같지만 이름이 왠지 낯익어."

"오?"

"언젠가 수사에서 참고인으로 거명되었던 것 같아."

"자네가 면담한 적이 있다는 말인가?"

"아니. 그랬다면 기억했겠지. 이야기는 나눈 적 없어. 아마 본 적도 없을걸. 하지만 그 이름, 닐스 에리크 예란손, 언젠가 분명 그 이름을 봤단 말이야."

멜란데르는 멍하니 허공을 응시하며 파이프를 뻐끔거렸다.

군발드 라르손이 솥뚜껑만 한 손을 얼굴 앞에서 휘저었다. 그는 흡연을 반대했고 담배 연기에 자주 짜증을 냈다.

"나는 아사르손이라는 돼지 같은 놈한테 더 흥미가 가는데." 군발드 라르손이 말했다.

"아마도 내가 기억해낼 수 있을 거야." 멜란데르가 말했다.

"여부가 있나. 자네가 폐암으로 죽지 않는다면 말이야."

군발드 라르손은 자리에서 일어나 마르틴 베크의 방으로 갔다.

"아사르손이란 작자는 뭘로 돈을 벌었지?" 군발드 라르손이 물었다.

"몰라."

"그치의 회사는 뭘 하는 곳이래?"

"잡다한 것들을 수입하는 회사라더군. 돈 되는 거라면 뭐든 들여왔겠지. 기중기부터 플라스틱 크리스마스트리까지."

"플라스틱 크리스마스트리?"

"그래. 안타깝게도 요즘은 그런 걸 많이 팔아."

"그 형제하고 회사가 지난 몇 년 동안 세금을 얼마나 냈는지 내가 직접 조사해봤는데 말이야."

"그랬더니?"

"자네나 내가 마지못해 빼앗기는 금액의 3분의 1쯤 되더군. 더불어 과부를 만났을 때 받은 인상에 따라서……."

"따라서?"

"사무실 수색 허가를 받아볼까 하는데."

"무슨 근거로?"

"모르겠어."

마르틴 베크는 어깨를 으쓱했다. 군발드 라르손은 문을 향해 걸어가다가 문간에서 말했다. "아사르손은 골치 아픈 인간이야. 동생도 막상막하일걸."

잠시 후에 콜베리가 문간에 나타났다. 지친데다가 우울해 보였고 눈이 벌겠다.

"자네는 무슨 일을 하고 있지?" 마르틴 베크가 물었다.

"스텐스트룀이 비르게르손을 취조했던 내용을 테이프로 들어봤어. 자기 아내를 죽인 남자 말이야. 꼬박 밤을 새웠어."

"그런데?"

"아무것도 없어. 아무것도 못 건졌어. 내가 뭔가를 놓쳤다면 모르겠지만."

"그럴 가능성이야 늘 존재하지."

"알려줘서 고맙군." 콜베리는 홱 쏘아붙인 뒤 문을 쾅 닫고 가버렸다.

마르틴 베크는 책상에 팔꿈치를 대고 두 손에 고개를 묻었다.

벌써 금요일이었다. 12월 8일이었다. 이십오 일이 흘렀지만 수사는 오리무중이었다. 오히려 산산이 해체될 조짐마저 보였다. 모두가 각자 선호하는 시각을 고집했기 때문이다.

멜란데르는 닐스 에리크 예란손이라는 이름을 언제 어디에서 보거나 들었는지 생각해내려고 애썼다.

군발드 라르손은 아사르손 형제가 어떻게 재산을 모았는지 궁금해했다.

콜베리는 불안정한 정신 상태로 아내를 살해했던 비르게르손이라는 남자가 어떻게 스텐스트룀을 즐겁게 해주었는지 알아내려 애썼다.

노르딘은 예란손과 대량 살인마와 헤게르스텐의 차고 사이에 무슨 관계가 있는지 밝혀내려고 애썼다.

에크는 빨간 이층 버스의 기술적인 측면을 꼬치꼬치 파헤치는 중이라, 요즘 그의 입에서 나오는 말이라고는 전기회로나 와

이퍼 조작기에 관한 것뿐이었다.

몬손은 모하메드 부시가 알제리 사람이었던 만큼 모종의 은밀한 역할을 수행했을지도 모른다는 군발드 라르손의 막연한 발상에 경도되어, 스톡홀름의 아랍인 공동체를 샅샅이 뒤지고 다녔다.

한편 마르틴 베크 자신은 스텐스트룀에 대한 생각을 떨칠 수가 없었다. 그는 무엇을 하고 있었을까? 그가 누군가를 미행했을까? 그 사람이 그를 쐈을까? 설득력 있는 가설이라고는 할수 없었다. 숙련된 경찰관이 자신이 뒤를 밟던 사람에게 무방비로 총을 맞는다는 게 가능한 일일까? 그것도 버스에서?

그리고 뢴은 슈베린이 병원에서 숨을 거두기 직전에 읊조린 말에 대한 생각뿐이었다.

금요일 오후인 오늘, 뢴은 드디어 '스웨덴라디오'의 음향 전문가와 통화했다. 테이프를 분석해달라고 맡긴 사람이었다.

분석에 꽤 시간이 걸린 셈으로, 이제 얼추 보고서가 마무리된 듯했다.

"분석할 자료가 풍부한 편은 아니지만, 모종의 결론을 내릴수 있었습니다. 지금 말씀드릴까요?" 남자가 물었다.

"부탁합니다."

뢴은 수화기를 왼손으로 옮기고 메모지를 가까이 당겼다.

웃는 경관

"당신은 북쪽 지방 출신이죠?"

"네."

"뭐, 질문이 아니라 대답이 중요하긴 합니다만. 나는 우선 윙윙, 똑똑, 그런 배경 소음을 제거해봤습니다."

뢴은 펜을 쥐고 대기했다.

"누가 총을 쐈느냐는 첫 질문에 대한 대답에서는, 자음 네 개가 뚜렷이 분별됩니다. d, n, r, k."

"네."

"좀더 자세히 분석해보면, 자음들 사이나 끝에 모음 혹은 복모음이 들립니다. 가령 d와 n 사이에는 e나 i가 들립니다."

"딘르크." 뢴이 말했다.

"네. 훈련되지 않은 귀에는 그렇게 들릴지도 모르겠네요. 제 귀에는 또 k 뒤에 희미하게 '아이(aj)'라는 발음이 들렸습니다."

"딘르크 아이."

"비슷합니다. 그렇게 뚜렷하게 '아이'라고 한 건 아니지만."

전문가가 잠시 말을 멎었다가 뭔가 생각이 있는 듯이 물었다. "이 남자는 상태가 나빴죠?"

"네."

"아마도 통증을 심하게 느꼈을 테고요."

"그랬을 가능성이 크죠."

"그렇다면 그걸로 '아이'*가 설명될지도 모르겠군요." 전문가가 말했다.

뢴은 고개를 끄덕이며 메모를 했다. 그리고 펜으로 코끝을 찌르면서 계속 들었다.

"하지만 내 생각에는 전부 분명 한 문장에서 나온 소리일 겁니다. 여러 단어로 이루어진 한 문장을 구성하는 소리라는 거죠."

"어떤 문장입니까?" 뢴은 종이에 펜을 댔다.

"꼬집어 말하기는 어렵습니다. 아주 어렵습니다. 굳이 예를 들면 '덴 리카, 아이(부자, 아야)'나 '딘 레카, 아이(너의 새우, 아야)' 정도일까요."

"딘 레카, 아이?" 뢴이 놀라서 물었다.

"예를 들면 그렇다는 겁니다. 두 번째 대답에 관해서는……."

"'사말손'요?"

"아, 그렇게 들렸습니까? 흥미롭네요. 나는 다르게 들었거든요. 나는 두 단어로 들었습니다. 처음에는 삼, 다음에는 알손이라고요."

"그게 무슨 뜻입니까?"

"뭐, 이름일 수도 있고요. 알손, 아니면 최대한 달리 생각해

---

* 스웨덴어 'aj'는 우리나라의 '아야'와 비슷한 말로, 아픔을 느낄 때 쓰는 감탄사다.

봐야 올손.″

"삼 알손? 삼 올손?"

"네, 그렇죠. 아마도 그럴 겁니다. 이 남자도 당신처럼 '알손'
에서 l을 두드러지게 발음합니다. 비슷한 쪽 사투리일지도 모르
겠습니다."

음향 전문가는 몇 초쯤 말을 않다가 덧붙였다. "이게 답니다.
물론, 문서로 된 보고서를 보내드리지요. 청구서도 함께 보내겠
습니다. 급하실지도 몰라서 먼저 전화드린 겁니다."

"고맙습니다."

뢴은 수화기를 내려놓고 골똘히 메모를 바라보았다.

신중하게 따져본 끝에, 그는 이 내용을 수사 책임자들에게
알리지 않기로 했다. 적어도 지금은.

콜베리가 롱홀멘에 도착한 시각은 오후 2시 45분이었지만
사방은 벌써 칠흑같이 캄캄했다. 춥고 처량했다. 감옥에는 그의
기운을 돋울 만한 것이 전혀 없었다. 장식 하나 없는 방문객 대
기실은 누추하고 황량했다. 콜베리는 면담을 신청해둔 죄수가
오기를 기다리면서 침울하게 왔다갔다 걸었다. 비르게르손, 자
기 아내를 죽인 이 죄수는 법정신의학 전문가로부터 철저한 정
신감정을 받았다. 보나마나 책임능력이 없다고 인정되어 조만

간 다른 기관으로 옮겨질 것이다.

십오 분 후에 문이 열렸다. 진청색 제복을 입은 간수가 예순 살쯤 된 남자를 데리고 들어왔다. 남자는 키가 작았고, 머리숱이 적었다. 남자는 문을 넘어오자마자 멈춰 서서 웃는 얼굴로 정중하게 허리 숙여 인사했다. 콜베리는 다가가 악수를 청했다.

"콜베리입니다."

"비르게르손입니다."

남자는 대화하기 편하고 호감 가는 상대였다.

"스텐스트룀 형사님요? 기억하다마다요. 그 좋은 분을. 꼭 인사 전해주십시오."

"죽었습니다."

"죽어요? 세상에나…… 아직 어린애나 마찬가지였는데. 어쩌다 그랬습니까?"

"내가 찾아온 게 그 때문입니다."

콜베리는 방문 이유를 상세히게 설명했다.

"테이프를 전부 들어봤습니다. 한 단어도 놓치지 않고 꼼꼼하게 들었습니다. 하지만 두 분이 커피를 마시면서 잡담하는 동안에는 녹음기가 돌아가지 않은 것 같더군요."

"맞습니다."

"하지만 그동안에도 이야기를 나눴지요?"

"그럼요. 내내 이야기를 했으니까요."

"무슨 이야기를 했습니까?"

"글쎄요, 별의별 소리를 다 했습니다."

"스텐스트룀이 특히 흥미를 보인 내용이 있었습니까?"

남자는 열심히 생각하더니 고개를 저었다.

"그냥 평범한 대화였습니다. 이것저것. 특별한 것? 글쎄요, 어떤 걸까요?"

"나도 모르니까 묻는 겁니다."

콜베리는 오사의 아파트에서 가져온 수첩을 꺼내어 비르게 르손에게 보여주었다.

"여기서 뭔가 떠오르는 것이 없습니까? 그가 왜 '모리스'라고 썼을까요?"

남자의 얼굴이 단박에 환해졌다.

"자동차에 대해서 이야기했었나 보군요. 내 차가 모리스 8이었습니다. 그 큰 차 아시죠. 내가 차 이야기를 꺼냈었나 봅니다."

"그렇군요. 달리 생각나는 게 있으면 당장 전화 주십시오. 언제든."

"내 모리스는 낡은데다가 근사하지도 않았지만, 잘 굴러갔지요. 그런데…… 아내는 그걸 부끄러워했어요. 이웃 사람들은 죄다 새 차를 몰고 다니는데 자기는 그렇게 후지고 녹슨 고물차에 타는 게 창피하다나……."

남자가 눈을 빠르게 깜박거리면서 말을 멈추었다.

콜베리는 얼른 대화를 마무리했다. 간수가 죄수를 데리고 나가자 흰 가운을 입은 젊은 의사가 들어왔다.

"저 사람, 어때 보입니까?" 의사가 물었다.

"괜찮은 사람 같군요."

"맞아요. 저 사람은 문제가 없습니다. 저 사람한테는 마누라라는 년이 사라지기만 하면 되는 거였어요."

콜베리는 의사를 무섭게 노려본 다음, 수첩을 주머니에 넣고 떠났다.

토요일 밤 11시 30분이었다. 군발드 라르손은 두꺼운 겨울 외투, 털모자, 스키 바지, 스키 부츠까지 입었는데도 추웠다. 그는 텡네르가탄 거리 53번지의 현관 앞에 오로지 경찰들만이 할 수 있는 방식으로 미동 없이 서 있었다. 어쩌다 그 앞을 지나게 된 것이 아니었다. 어둠 속에서 그의 모습은 눈에 잘 띄지 않았다. 그는 벌써 네 시간째 그곳에 서 있었다. 이번이 처음도 아니었다. 열 번째인가 열한 번째인가 그랬다.

그는 예의 주시하는 창문들에 불이 꺼지면 즉시 집안으로 들어갈 작정이었다. 그런데 자정 직전, 외국 번호판을 단 회색 메르세데스 한 대가 굴러와서 도로 건너편에 섰다. 웬 남자가 내렸다. 남자는 트렁크를 열어 여행 가방을 꺼냈다. 그리고 보도를 건너 문을 열쇠로 열고 안으로 들어갔다. 이 분 뒤, 캄캄하던 1층의 두 창문에서 베니션블라인드 아래로 불빛이 새어 나왔다.

군발드 라르손은 신속히 길을 건넜다. 그는 이미 두 주 전에 대문에 맞는 열쇠를 마련해두었다. 그는 현관에 들어선 뒤 외투를 벗었다. 벗은 외투를 깔끔하게 접어서 대리석 난간에 걸쳐놓고, 그 위에 털모자를 얹었다. 재킷을 열고 허리띠에 매달린 권총을 움켜쥐었다.

그는 방문이 안쪽으로 열린다는 것을 오래전부터 알고 있었다. 오 초쯤 문을 바라보면서 생각했다. 합당한 사유 없이 이 문을 박차고 들어가면 직권남용으로 정직을 먹거나 잘리겠지.

그리고 그는 문을 박차고 들어갔다.

투레 아사르손과 외국 번호판 달린 차에서 내린 남자는 책상을 사이에 두고 서 있었다. 진부한 표현이지만, 두 사람은 정말 벼락에 맞은 듯한 표정이었다. 책상 위에는 막 뚜껑을 연 여행 가방이 있었다.

군발드 라르손은 권총 든 손을 휘저어 그들을 물리치면서 현관에서 했던 생각을 이어갔다. 하지만 상관없어. 나야 언제든 다시 바다로 나가면 되니까.

군발드 라르손은 전화기를 들고 90000번*을 돌렸다. 물론 왼손을 썼다. 오른손은 권총을 치켜들고 있었다. 그는 말이 없었다. 두 남자도 말이 없었다. 그들은 할말이 없었다.

여행 가방에는 리탈리나라고 불리는 마약이 이십오만 알 들어 있었다. 암시장에 내놓으면 백만 크로나는 나갈 물건이었다.

군발드 라르손은 일요일 새벽 3시쯤에 볼모라 지역의 집으로 돌아왔다. 그는 독신이고 혼자 살았다. 언제나처럼 욕실에서 이십 분을 소비한 뒤 잠옷을 입고 침대로 들어갔다. 읽다가 놔둔 외브레 리크테르프리크의 소설을 집어 들었으나, 잠시 후에 도로 내려놓고 전화기로 손을 뻗었다.

하얀 코브라 전화기였다. 그는 전화기를 뒤집어** 마르틴 베크의 집 번호를 돌렸다.

군발드 라르손의 철칙은 집에 있을 때는 절대 일 생각을 하지 않는다는 것이었다. 침대에 누운 다음에 일로 통화를 하는 것은 그가 기억하기로 이번이 난생처음 같았다.

벨이 겨우 두 번 울렸을 때 마르틴 베크가 받았다.

---

* 1996년까지 사용되었던 스웨덴의 응급 전화번호.
** 생김새가 코브라 머리 같다 하여 이런 별명이 붙은 이른바 '코브라 전화기'는 바닥에 다이얼이 있다.

"여보세요. 아사르손 이야기는 들었나?"

"들었어."

"내가 갑자기 무슨 생각이 나서."

"무슨?"

"우리가 착각하고 있었던 건지도 몰라. 스텐스트룀은 당연히 예스타 아사르손을 미행했겠지. 그래서 살인자가 일석이조를 거둔 거야. 아사르손을 죽이고, 아사르손을 미행하던 사람도 죽이고."

"그래. 자네 말에 일리가 있군." 마르틴 베크는 동의했다.

사실 군발드 라르손의 생각은 틀렸다. 그러나 그 틀린 말이 수사를 바른 궤도로 돌려놓았다.

24.

울프 노르딘은 사흘째 저녁마다 시내를 휘젓고 다녔다. 금발의 말린이 예란손의 근거지였다고 알려준 맥줏집, 커피집, 식당, 댄스홀 등을 들락거리며 스톡홀름의 지하 세계와 접촉하려 애쓰는 중이었다.

차를 이용할 때도 있었다. 가령 금요일 저녁에는 차에 앉아서 마리아토리에트 광장을 관찰했다. 볼 것이라고는 자신처럼 차에 앉아서 광장을 내다보는 두 남자뿐이었다. 노르딘은 모르는 얼굴들이었지만, 그 구역의 순경이거나 사복 경찰이거나 마약단속반이겠거니 짐작했다.

그렇게 밤새 발품을 팔아도 노르딘은 닐스 에리크 예란손이라는 남자에 대해서 무엇 하나 더 알아내지 못했다. 하지만 낮에는 성과가 있었다. 그는 통계청, 교구 기록부, 선원 직업소개소, 남자의 전부인에게 조회한 정보를 금발의 말린이 준 정보에 보탰다. 지금 보로스에 산다는 남자의 전부인은 헤어진 남편을 까맣게 잊었다고, 못 본 지 이십 년 가까이 된다고 했다.

토요일 오전에 노르딘은 빈약한 성과를 마르틴 베크에게 보고했다. 그러고는 자리에 앉아 순스발의 아내에게 우수와 동경이 가득한 편지를 길게 써 내려갔다. 타자기로 바삐 뭔가를 두드리는 뢴과 콜베리에게 간간이 죄책감 섞인 눈길을 던지면서.

노르딘이 편지를 채 다 쓰지 못했을 때, 마르틴 베크가 들어왔다.

"어떤 바보가 당신을 시내로 보냈습니까?" 마르틴 베크가 대뜸 신경질을 부렸다.

노르딘은 보고서 사본으로 얼른 편지를 덮었다. 방금 '그리고 마르틴 베크는 하루하루 지날수록 더 괴팍해지고, 퉁명스러워져'라고 쓴 참이었다.

콜베리가 타자기에서 종이를 뽑으면서 말했다. "자네가."

"뭐? 내가?"

"그래, 자네가 시켰어. 지난 수요일에. 금발의 말린이 왔다 간 다음에."

마르틴 베크는 못 믿겠다는 표정으로 콜베리를 보았다.

"이상하네, 나는 기억에 없는데. 좌우간 스투레플란 광장까지 가는 길도 못 찾는 북쪽 지방 출신에게 그런 임무를 맡긴 건 바보 같은 짓이야."

노르딘은 자못 기분이 상했지만 마르틴 베크의 말이 옳다고 인정할 수밖에 없었다.

"뢴, 예란손이 어디에 출입했고, 누구랑 어울렸고, 무슨 일을 했는지는 자네가 알아보는 게 좋겠어. 그자와 함께 살았다는 비에르크라는 사내를 찾아내." 마르틴 베크가 말했다.

"알았어."

지금 뢴은 슈베린의 마지막 말에 대한 그럴듯한 해석을 목록으로 작성해보느라 바빴다. 그가 붙잡은 종이의 맨 위에는 이렇게 적혀 있었다. '딘 레카 아이(너의 새우 아야).' 맨 밑에는 방금 막 생각해낸 해석이 적혀 있었다. '덴 인레 카이(안쪽 부두).'

그들은 각자 자신이 중요하다고 생각하는 일을 하느라 어느 때보다 바빴다.

마르틴 베크는 월요일 아침 6시 30분에 일어났다. 간밤은 유달리 잠이 안 왔다. 속이 약간 거북했다. 부엌에서 딸과 함께 마신 코코아도 상태 개선에 도움이 되지 않았다. 다른 가족은 기척이 없었다. 아내는 아침잠이 많아 세상모르고 잠들어 있었고, 아들도 엄마를 닮은 게 분명했다. 아들은 거의 매일 지각을 했다. 반면에 딸 잉리드는 6시 30분에 일어나서 7시 45분이면 대문을 닫고 나섰다. 하루도 변함없이. 아내는 잉리드를 보고 시계를 맞춰도 되겠다고 말하곤 했다.

아내는 진부한 표현을 좋아했다. 그녀가 매일 쓰는 진부한 표현들을 모아서 일상용어집을 만들어도 될 정도였다. 기자 지망생들에게 어휘 참고서처럼 팔면 될 것이다. 제목은 당연히 '말할 수 있으면 쓸 수도 있다'라고 지어야 하리라. 마르틴 베크는 이런 생각에 빠져 있었다.

"아빠, 무슨 생각해?"

"아무것도." 그는 기계적으로 대꾸했다.

"지난봄 이후로 아빠가 웃는 걸 못 봤어."

마르틴 베크는 방수 테이블보에 줄줄이 인쇄된 춤추는 산타들에게서 시선을 들어 딸에게 미소를 지어 보였다. 잉리드는 좋은 딸이었지만 그것만으로는 웃을 일이 많지 않았다. 아이가 식탁에서 일어나 가방을 가지러 갔다. 그가 모자와 코트와 덧신을 다 착용했을 때, 아이는 벌써 대문 손잡이에 손을 얹고 그를 기다리고 있었다. 그는 딸에게서 레바논 가죽으로 만들어진 책가방을 받아들었다. 색깔이 화려한 FNL 딱지가 덕지덕지 붙어 있는 오래되고 낡은 가방이었다.

이것도 정해진 일상이었다. 구 년 전에 잉리드가 처음 등교하던 날 아이의 가방을 들어주었던 것이 지금까지 이어졌다. 당시에는 아이의 손도 잡았다. 조막만 한 손, 따스하고 축축하고 흥분과 기대로 떨리는 손이었다. 언제부터 손을 안 잡게 되었더라? 기억나지 않았다.

"크리스마스이브에는 아빠도 웃게 될 거예요."

"정말?"

"네. 제가 드리는 크리스마스 선물을 받으면요."

아이는 인상을 썼다. "그 외의 반응은 있을 수 없어요."

"그건 그렇고, 너는 뭘 받고 싶니?"

"말요."

"말을 어디에서 키우려고?"

"몰라요. 어쨌든 갖고 싶어요."

"말이 얼마나 하는지 아니?"

"네, 안타깝게도."

부녀는 헤어졌다.

쿵스홀름스가탄의 사무실에는 군발드 라르손이 기다리고 있었다. 그리고 '때려 맞히기 놀이'라고도 부르기 민망한 수사 활동이 기다리고 있었다. 이틀 전에 함마르가 친절하게도 몸소 지적한 표현이었다.

"투레 아사르손의 알리바이는 어떤가?" 라르손이 물었다.

"투레 아사르손의 알리바이는 범죄 역사상 가장 물샐틈없는 것이더군. 문제의 시각에 그는 쇠데르텔리에의 시티 호텔에서 스물다섯 명의 손님을 앞에 두고 식후 연설을 하고 있었어." 마르틴 베크가 말했다.

"흐음." 군발드 라르손이 신음했다.

"게다가, 말해봐야 군소리겠지만, 자기 동생이 외투 속에 기관단총을 숨기고 버스에 탔는데도 예스타 아사르손이 알아차리지 못했다는 건 그다지 논리적이지 않아."

"외투라. 물론 M37을 숨기려면 품이 넉넉한 외투여야 했겠지. 가방에 넣어 운반하지 않았다면 말이지만."

"그건 자네 말이 옳아."

"나도 가끔은 옳을 때가 있다고."

"다행이군. 만에 하나 그저께 밤에 자네가 틀렸다면 우리가 지금 이렇게 여유롭게 앉아 있을 수 없었을걸."

마르틴 베크는 담배로 상대를 가리키면서 덧붙였다. "군발드, 자네 조만간 큰코다칠지도 몰라."

"아닐걸."

군발드 라르손은 쿵쿵 방을 나가버렸다. 문간에서 그와 마주친 콜베리가 냉큼 옆으로 비키면서 그의 널찍한 등판을 쳐다보았다. "우리의 걸어 다니는 공성포에게 무슨 일이 있나? 뭐가 언짢은 모양이지?"

마르틴 베크는 그저 고개를 끄덕였다. 콜베리는 창문으로 가서 밖을 보았다.

"제기랄." 콜베리가 투덜댔다.

"오사는 아직 자네 집에 있나?"

"응. 제발 '집에 하렘을 만들었나?'라고는 묻지 마. 라르손 씨가 벌써 물었으니까."

마르틴 베크가 재채기를 했다.

"감기 조심해. 아무튼 그래서 내가 군발드를 창문으로 내던질 뻔했어."

하기야 그럴 수 있는 사람은 콜베리뿐이지, 마르틴 베크는 속으로 그렇게 생각했지만 겉으로는 이렇게만 말했다. "고마워."

"뭐가 고마워?"

"감기 조심하라고 말해줘서."

"아, 응. 요즘은 고맙다고 인사하는 예의범절을 갖춘 사람이 드물지. 그 때문에 벌어진 사건도 있었어. 어느 신문사 사진기자가 자기 마누라를 시퍼렇게 멍이 들도록 때려서 알몸으로 눈길에 내쫓았다지. 자기가 '감기 조심해'라고 말했을 때 아내가 '고마워'라고 대답하지 않았다는 게 이유였어. 그것도 섣달그

믐에 말이야. 물론 남자가 취한 상태였지만."

콜베리는 한참 동안 묵묵히 있다가 자신 없이 말했다. "오사에게서 뭘 더 끌어낼 수 있을 것 같진 않아."

"뭐, 상관 말아. 스텐스트룀이 무슨 사건을 뒤지고 다녔는지는 벌써 아니까."

콜베리가 눈을 동그랗게 뜨고 마르틴 베크를 보았다. "정말이야?"

"그럼. 테레자 살인 사건이야. 안 봐도 뻔해."

"테레자 살인 사건?"

"그래. 자네는 몰랐단 말이야?"

"몰랐어. 그것도 모르고 나는 십 년간 벌어진 사건들을 일일이 되짚어보고 있었지. 자네는 왜 알면서 아무 말도 안 했어?"

마르틴 베크는 콜베리를 쳐다보면서 곰곰이 생각에 잠긴 표정으로 볼펜 끝을 씹었다. 두 사람은 같은 생각을 하고 있었다. 콜베리가 그 생각을 말로 꺼냈다.

"사람이 텔레파시만으로는 소통할 수 없다고."

"없지. 그리고 보니 테레자 사건은 십육 년 전 일이었고, 자네는 수사에 일절 관여하지 않았지. 스톡홀름 경찰이 처음부터 끝까지 도맡았으니까. 관계자들 중에서 지금까지 있는 사람은 에크뿐일걸."

"그래서 자네는 사건 보고서를 벌써 다 살펴봤다는 거야?"

"그럴 리가. 대충 훑어봤을 뿐이야. 수천 쪽이나 되거든. 서류는 모두 베스트베리아에 있어. 함께 가서 보겠어?"

"그러자고. 나는 기억을 되살릴 필요가 있어."

차에서 마르틴 베크가 말했다. "지금 기억하는 것만으로도 왜 스텐스트룀이 테레자 사건을 골랐는지는 알 수 있을 텐데?"

콜베리가 고개를 끄덕였다.

"응. 그가 도전할 만한 사건들 중에서 가장 까다로운 것이라 그랬겠지."

"바로 그거야. 세상에 둘도 없는 불가능 범죄였지. 스텐스트룀은 자기 능력을 유감없이 보여주고 싶었던 거야."

"그렇게 나대다가 총에 맞아 죽었고. 맙소사, 얼마나 멍청한 짓인지. 대체 이 사건과의 연관성은 뭐지?"

마르틴 베크는 대답이 없었다. 그들이 탄 차가 이런저런 장애와 정체를 뚫고 간신히 베스트베리아의 남부 경찰서에 도착하여 진눈깨비 속에 주차할 때까지, 더이상 아무 말이 없었다. 콜베리가 도착해서야 물었다. "지금 와서 테레자 사건을 해결할 수 있을까?"

"그런 착각은 한순간도 하면 안 되겠지." 마르틴 베크는 대답했다.

25.

콜베리는 눈앞에 산더미로 쌓인 보고서들을 보는 둥 마는 둥 넘기면서 불만의 한숨을 쉬었다.

"이걸 다 살펴보려면 일주일은 걸릴 거야."

"최소한 그렇지. 사건 정황은 알고 있나?"

"아니, 대략적인 개요도 몰라."

"여기 어딘가 개요서가 있을 텐데. 아니면 내가 대강 말로 설명해주지."

콜베리가 고개를 끄덕였다. 마르틴 베크는 종이를 두어 장 집어 들고 말했다. "사실관계는 뚜렷해. 아주 단순해. 거기에 어려움이 도사리고 있지."

"본론으로 들어가라고." 콜베리가 재촉했다.

"지금으로부터 십육 년도 더 된 1951년 6월 10일 오전, 쿵스홀멘의 스타스하겐 경기장 근처에서 한 남자가 자기집 고양이를 찾다가 풀숲에서 여자 시신을 발견했어. 여자는 알몸이었고 팔을 옆구리에 붙인 채 엎드려 있었어. 검시 결과는 교살로, 사망한 지 닷새쯤 됐다고 했지. 시신의 보존 상태가 좋은 것으로 보아 틀림없이 무슨 냉동실이나 그 비슷한 곳에 보관되었던 것 같아. 모든 정황증거가 성범죄를 암시했지만, 시간이 꽤 흘렀기 때문에 검시관이 구체적인 성폭행 흔적을 찾아내지는 못했어."

"전반적인 느낌상 성범죄로군."

"응. 현장을 조사한 결과, 시신이 그곳에 뉘어 있었던 건 길어 봐야 열두 시간이라는 게 밝혀졌어. 나중에 목격자들의 증언을 청취한 결과도 그랬지. 전날 이른 저녁에 풀숲 근처를 지나갔던 사람들은 시신을 못 봤거든. 그때부터 시신이 있었다면 눈에 안 띌 수는 없었어. 게다가 현장에서 채취된 섬유 입자를 볼 때, 여자는 회색 담요에 싸여서 그곳으로 운반된 것 같아. 따라서 시신 발견 장소에서 범행이 저질러진 게 아니라 사후에 시신만 그곳에 버려진 게 분명해. 이끼나 나뭇가지로 시신을 가리려는 시도는 거의 없었어. 이게 다야……. 아니다, 빼먹은 게 있군. 두 가지 더. 여자는 죽기 전 몇 시간 동안 아무것도 안 먹었어. 그리고 발자국이든 뭐든 살인자의 흔적은 전혀 없었어."

마르틴 베크는 종이를 넘긴 뒤, 타이핑된 글자를 슥 훑었다.

"시신의 신원은 발견 당일에 밝혀졌어. 테레자 카마랑. 스물여섯 살이었고, 포르투갈 태생. 1945년에 스웨덴으로 와서 같은 해에 엔히크 카마랑이라는 동향 사람하고 결혼했어. 남자는 여자보다 두 살 연상이고, 원래 무전 담당 선원으로 배에 탔지만 뭍에 정착해서 라디오 기사로 일했지. 테레자 카마랑은 1925년에 리스본에서 태어났어. 포르투갈 경찰에 따르면, 점잖은 집안 출신이라는군. 중산층 가정. 스웨덴에는 유학차 왔어. 전쟁 때문에 시기가 좀 늦었지. 학업은 계속하지 못했어. 바로 엔히크 카마랑을 만나서 결혼했으니까. 아이는 없었어. 꽤 잘 살았고. 토르스가탄 거리에 살았어."

"신원 확인은 누가 했지?"

"경찰이. 정확하게 말하면 강력반이. 여자는 사망 전 이 년 동안 일대에서 꽤 알려진 인물이었대. 여자는 1949년 5월 15일부터 완전히 다른 삶을 살기 시작했어. 놀랍게도 날짜까지 정확히 말할 수 있는 까닭은 그날이 여자가 가출한 날이기 때문이야. 여기 그렇게 적혀 있군. 이후 밑바닥 세계를 전전했지. 요컨대 테레자 카마랑은 창녀가 됐어. 이 색광 같은 여자는 이 년 동안 남자를 수백 명이나 만났다지."

"그래, 나도 기억나."

"이제부터가 핵심이야. 경찰은 사흘 만에 목격자를 세 명이나 찾아냈어. 전날 밤 11시 30분에 시체 발견 장소에서 가까운 오솔길 옆에 어떤 차가 서 있는 걸 봤다는 목격자들이었지. 셋다 남자였어. 두 명은 차로 근처를 지나갔고, 한 명은 걸어서 지나갔어. 차로 지나쳤던 목격자들은 주차된 차 옆에 서 있는 남자를 봤어. 바로 옆 땅바닥에는 사람만 한 물체가 회색 담요 비슷한 것에 둘둘 말려 놓여 있었다더군. 세 번째 목격자는 그로부터 몇 분 지난 후에 현장을 지나갔는데, 이 사람은 자동차만 봤어. 문제의 남자에 대한 묘사는 막연했어. 비가 내린데다가 남자가 그늘에 서 있었다니까. 확실한 점은 그게 남자였다는 것, 그리고 상당히 키가 컸다는 것뿐이었지. 키가 크다는 게 무슨 뜻이냐고 따져 물었더니 174센티미터에서 185센티미터 사이로 증언이 엇갈렸어. 그렇다면 스웨덴 남성 인구의 구십 퍼센트가 포함되는 셈이지. 하지만……."

"하지만?"

"차량에 관해서는 세 목격자의 진술이 일치했어. 프랑스에서 제조된 르노 CV-4라고 입을 모았지. 그 모델은 1947년부터 시판되기 시작해서 이후에도 매년 별다른 모양 변화 없이 판매되었어."

"르노 CV-4라. 포르쉐가 프랑스에서 전범으로 갇혀 있을 때

설계한 차라지. 사람들이 공장 수위실에 그를 가뒀거든. 거기 앉아서 그 차를 설계한 거야. 그 뒤에 아마 무죄방면되었을걸. 덕분에 프랑스 사람들은 그 차로 떼돈을 벌게 되었고."

"자네는 참으로 폭넓은 사안들에 관해서 놀랍도록 풍부한 지식을 갖고 있군. 스텐스트룀이 사 주 전에 버스에서 대량 살인마에게 살해당했다는 사실과 테레자 사건 사이에 어떤 관련이 있는지도 부디 알려주지 않겠나?" 마르틴 베크가 무덤덤하게 말했다.

"잠시만, 그다음에는 어떻게 됐지?"

"스톡홀름 경찰은 역사상 가장 철저한 수사를 실시했지. 수사는 어마어마한 규모로 불어났어. 그건 자네가 서류를 보면 알 거야. 경찰은 테레자 카마랑을 알았거나 접촉했던 사람들을 수백 명이나 불러다가 취조했지만, 그녀를 마지막으로 본 사람이 누군지 확정 짓지 못했어. 여자의 자취는 시신으로 발견된 때로부터 정확하게 일주일 전에 느닷없이 끊어졌어. 그때 여자는 뉘브로가탄 거리의 한 호텔에서 한 남자와 밤을 보내고, 이튿날 12시 30분에 메스테르사무엘스가탄 거리의 어느 와인바 앞에서 남자와 헤어졌어. 끝. 경찰은 다음으로 르노 CV-4 차량을 한 대도 빼놓지 않고 모조리 추적했지. A로 시작하는 스톡홀름 번호판을 단 차였다는 게 목격자들의 증언이었기 때문에 처음엔 스톡홀름에서만 뒤졌고, 다음엔 전국으로 확장해서 동일 차종을 모조리 뒤졌어. 가짜 번호판일지도 모른다고 생각한 거지. 그러는 데 일 년 가까이 걸렸는데, 끝내 입증된 사실은 그 차들 중에는 1951년 6월 9일 저녁 11시 30분에 스타스하겐에서 있었던 차는 없다는 것뿐이었어."

"흠. 그래서 그 시점에⋯⋯." 콜베리가 말했다.

"맞아. 수사가 오도 가도 못하는 궁지에 빠졌기 때문에, 그 시점에 종료되었어. 덮은 거지. 탓할 일은 아니야. 테레자 카마랑을 살해한 범인을 끝내 잡지 못했다는 게 안타까울 뿐. 테레자 사건의 마지막 불씨가 꺼진 것은 1952년이었어. 덴마크, 노르웨이, 핀란드 경찰로부터 연락이 와서 스칸디나비아반도에는 그 빌어먹을 차량이 존재하지 않는다는 게 확인됐지. 동시에 세관에서는 외국에서 그 차량이 들어왔을 리가 없다고 확인해줬어. 자네도 기억하겠지만, 그땐 요즘처럼 차가 많지 않았잖아. 더구나 차를 갖고 국경을 넘으려면 번거로운 절차를 엄청나게 많이 거쳐야 했고."

"그래, 나도 기억해. 그런데 목격자들은⋯⋯."

"차를 타고 지나갔던 두 사람은 서로 직장 동료였어. 한 명은 정비소 십장이었고, 다른 한 명은 정비공이었고. 세 번째 목격자도 차를 잘 아는 사람이었어. 직업상 그랬는데, 직업이 뭐였을 것 같나? 맞혀봐."

"르노 공장 감독?"

"아니야. 경찰관이었어. 교통 문제 전문가였지. 이름이 칼베
리인가 그랬는데, 진작 죽었어. 그렇다고 수사관들이 그들을 무
조건 믿고 넘어간 것도 아니었어. 당시에도 무려 목격자 심리
확인이란 걸 했다는 말씀. 세 목격자에게 여러 가지 테스트를
실시했어. 여러 종류의 자동차들을 실루엣만 슬라이드로 보여
주고 맞혀보라고 했지. 세 사람은 당시에 시판되던 모델들을 모
조리 알아맞혔어. 심지어 십장은 이스파노수이사나 페가소 같
은 희귀한 외국 모델들도 알아맞혔지. 존재하지 않는 자동차를
꾸며서 보여줘도 속지 않았어. '전면은 피아트 500이고 후면은
디나 파나르네요.' 이렇게 대답했다지 뭐야."

"수사 책임자들은 개인적으로 어떻게 생각했대?"

"내부의 말은 대강 이랬어. 살인자는 수사 서류에 이미 이름
을 올린 인물이 분명하다. 테레자 카마랑과 동침했던 무수한 남
자들 중 한 명이 성 중독자가 으레 겪는다는 정체 모를 발작에
문득 사로잡혀 그녀를 목 졸라 죽이고 말았다. 수사가 실패한
것은 르노 차량 확인중에 누군가 실수했기 때문이다. 그래서 다
시 한번 살펴봤어. 그래도 안 나오니까 한 번 더 살펴봤어. 그래
도 아무것도 안 나오니까, 시간이 너무 흘러서 단서가 희미해졌

다고 판단했지. 옳은 판단이었어. 아직도 당시 관계자들은 차량 추적에서 어느 대목엔가 실수가 있었고 이제 손을 쓰기에는 너무 늦었다고 생각할걸. 가령 수사에 참여했던 에크는 지금까지 그렇게 생각해. 나도 그 이야기가 전부 맞을 거라 생각해. 다른 설명은 못 찾겠어."

콜베리가 한참 말이 없다가 물었다. "아까 언급했던 1949년 5월에 테레자에게 무슨 일이 있었지?"

마르틴 베크는 서류를 보면서 말했다. "심리적 충격을 받아서 정신적으로, 또한 육체적으로 특이한 상태가 된 모양이야. 비교적 드문 경우이기는 해도 특수한 사례는 아니라는군. 테레자 카마랑은 중산층 가정에서 자랐어. 부모와 마찬가지로 가톨릭 신자였고, 스무 살에 결혼할 때까지 처녀였어. 남편과 사 년간 결혼 생활을 할 때는 둘 다 외국인이기는 해도 전형적인 스웨덴 방식으로 살았어. 안락한 중산층 계급의 전형처럼 살았지. 테레자는 보수적이고, 분별 있고, 조용한 성격이었어. 남편이 느끼기에는 행복한 결혼 생활이었다는군. 의사에 따르면 그녀는 엄격한 가톨릭 중산층 집안과 엄격한 스웨덴 부르주아 계층의 환경이 결합하여 빚어진 인물이었고, 양쪽의 도덕적 금기를 모두 학습한 상태였어. 두 환경이 결합하여 그녀에게 영향을 미쳤다고 할 수 있겠지. 1949년 5월 15일에 남편은 북쪽 어딘가로 출장을 갔어. 테레자는 여자 친구와 함께 무슨 강의를 들으러 갔다가, 친구가 예전부터 알고 지냈다는 남자를 만났어. 남자는 여자들을 따라서 토르스가탄 거리에 있는 카마랑의 집으로 왔어. 친구라는 여자도 마침 자기 남편이 집을 비웠던 터라 카마랑의 집에서 자고 가기로 했지. 세 사람은 차를 마신 다음, 와인을 한 잔씩 하면서 강의에 대해 이야기했어. 남자는 애인하고 다툰 뒤라서 울적했다더군. 여담이지만 그 남자는 얼마 지나지 않아서 결국 애인이랑 결혼했어. 어쨌든 그날 남자는 심란했고, 그러다 보니 테레자에게 매력을 느꼈어. 실제로 매력적인 여자였으니까. 그래서 집적거리기 시작했지. 여자 친구는 테레자가 세상에서 제일 도덕적인 사람이라는 걸 잘 알기에 신경 쓰지 않고 먼저 자버렸어. 복도의 소파에서 잤다니까, 소리가 뻔히 들릴 만한 거리였어. 남자는 테레자에게 같이 자자고 열 번쯤 꼬드겼고, 테레자는 완강히 싫다고 했어. 하지만 결국 남자는 테레자를 의자에서 번쩍 들어올려서 침실로 데려갔고, 옷을 벗기고 성관계를 했어. 테레자는 그때까지 남에게 알몸을 보인 적이 한 번도 없었다는군. 여자들에게조차. 오르가슴을 느낀적도 없었대. 그런데 그날 밤에는 오르가슴을 스무 번쯤 느낀거야. 이튿날 아침에 남자는 '안녕' 하고 가버렸지. 테레자는 이후 일주일 동안 하루에 열 번씩 남자에게 전화를 걸었고, 그

후에는 연락이 뚝 끊겼대. 남자는 결국 애인이랑 화해해서 결혼했고 지금도 사이좋게 잘 살고 있어. 경찰이 남자를 열 번쯤 불러다 취조했지. 여기에 다 적혀 있어. 정말 꼬치꼬치 신문했더군. 하지만 남자는 알리바이가 있었고 차도 없었어. 게다가 착하고 점잖은 사내로 보였지. 결혼 생활도 행복해 보였고, 아내를 두고 바람을 피운 일도 없었고."

"그때부터 테레자가 발정난 암캐처럼 돌아다니기 시작했단 말인가?"

"그래. 말 그대로 그랬어. 가출한 뒤로 남편에게는 일절 연락하지 않았어. 친구들이나 지인들과도 모두 멀어졌고. 이 년 동안 수십 명의 남자들과 짧게 동거했고, 그보다 열 배는 더 많은 수의 남자들과 성관계를 가졌어. 그야말로 색광이라, 무슨 짓이든 다 했다더군. 처음에는 대가 없이 했지만, 끝에 가서는 가끔 돈을 받았어. 물론 자신을 오래 견뎌주는 남자를 만나진 못했지. 여자 친구는 한 명도 없었어. 사회적 계급이 순식간에 곤두박질친 거야. 불과 반년 만에 밑바닥 사람하고만 어울리는 신세가 되었지. 술도 마시기 시작했어. 강력반도 테레자를 알고 있었지만 딱히 면밀히 관찰한 건 아니었던 모양이야. 부랑인으로 잡아들이려는 계획은 있었는데, 미처 손쓰기 전에 그녀가 죽었지."

마르틴 베크는 보고서 더미를 가리키면서 말을 이었다.

"저 속에는 테레자의 먹이가 되었던 남자들을 취조한 내용이 많아. 다들 입을 모아 말하기를, 그녀는 남자를 한시도 내버려 두지 않았대. 그녀를 만족시키기란 불가능했다더군. 남자들 대부분은 첫 만남에서부터 죽도록 질렸지. 잠깐 재미나 볼까 했던 유부남들은 특히 더. 테레자는 수상쩍은 인간들도 많이 알았어. 거진 폭력배나 다름없는 남자들, 도둑들, 사기꾼들, 밀매꾼들. 자네도 당시에 숱하게 만났던 부류일 테니 잘 알겠지."

"남편은 어떻게 됐나?"

"자연히 그 일로 자신의 체면이 깎였다고 생각했지. 그래서 이름을 바꾸고 스웨덴 시민이 됐어. 스톡순드 출신의 집안 좋은 여자를 만나서 재혼했고, 아이를 둘 낳고 리딩에서 행복하게 살고 있어. 남편의 알리바이는 카셀 선장의 뗏목만큼이나 물샐 틈없어."

"누구의 무슨 뗏목이라고?"

"자네가 모르는 유일한 주제는 보트인가 보군. 그 폴더를 열어보지그래? 스텐스트룀이 어디에서 영감을 얻었는지 알 수 있을 거야."

콜베리가 폴더 속을 보았다.

"하느님 맙소사! 내가 평생 본 것 중에서 가장 상스러운 여자네. 누가 이 사진들을 찍었지?"

"사진에 취미가 있고, 완벽한 알리바이가 있고, 르노 자동차와는 전혀 관계없는 어떤 남자가. 스텐스트룀과는 달리 그 남자는 사진을 팔아서 주머니를 두둑이 불렸지. 자네도 기억하겠지만 당시에는 요즘처럼 포르노가 풍부하게 유통되지 않았으니까 말이야."

두 사람은 한참 묵묵히 있었다. 이윽고 콜베리가 말했다. "십육 일 전에 스텐스트룀을 포함한 아홉 명이 버스에서 피격된 것과 이 사건이 무슨 관련일까?"

"전혀 관계없어. 결국 우리의 가설은 세상의 관심을 갈구하는 정신착란적 살인마로 돌아갈 뿐이야."

"스텐스트룀은 왜 아무 말도 안 했을까⋯⋯." 콜베리가 말을 멎었다.

"그래, 그 문제만큼은 이제 설명돼. 스텐스트룀은 미결 사건들을 훑어봤어. 그는 순진한데다가 야심이 있었기 때문에 개중에서 최고로 가망 없어 보이는 사건을 골랐지. 스텐스트룀이 테레자 살인 사건을 해결한다면 그야말로 환상적인 업적이었겠지. 그가 우리에게 아무 말도 안 했던 까닭은 틀림없이 우리가 비웃을 거라고 생각했기 때문이야. 국장에게 너무 오래된 사건은 싫다고 말했지만, 사실은 그때 이미 이 사건을 파헤치기로 작심했던 거야. 테레자 카마랑이 시체 보관소에 누워 있을 때 스텐스트룀은 열두 살이었어. 신문을 읽을 줄도 몰랐을걸. 자신이 편견 없는 시선으로 다시 살펴볼 수 있다고 생각했을 테지. 그래서 수사 기록을 이잡듯 훑었고."

"뭘 발견했을까?"

"아무것도. 왜냐하면 발견할 건더기가 없으니까. 수사에 미진한 대목이 전혀 없으니까."

"자네가 어떻게 알아?"

마르틴 베크는 진지하게 콜베리를 바라보며 대답했다. "왜냐하면 십일 년 전에 내가 정확히 똑같은 짓을 했으니까. 아무것도 못 찾아냈어. 내게는 성 심리학 실험을 수행할 오사 토렐 같은 여자도 없으니까. 자네한테서 그녀 이야기를 듣자마자, 스텐스트룀이 뭘 붙들고 있었는지 알겠더군. 하지만 자네는 나만큼 테레자 카마랑 사건을 잘 알지 못한다는 걸 깜박 잊었던 거야. 말이 나왔으니 말인데, 사실은 스텐스트룀의 서랍에서 사진들을 발견했을 때 당장 알아차려야 했어."

"녀석은 일종의 심리학적 실험을 해본 건가?"

"그래. 남아 있는 접근법이 그것뿐이었으니까. 테레자와 닮은 사람을 찾아서 반응을 살펴보는 것. 나름대로 일리 있는 생각이지. 특히나 마침 그런 사람이 자기집에 있다면. 수사에 그밖의 빈틈은 없어. 혹시……."

"뭐?"

"혹시 초능력자에게 물어보는 거라면 또 모를까 하고 말하려던 참이었는데, 실은 한 똑똑한 수사관이 그것도 벌써 시도해봤어. 여기 어딘가에 그 내용의 보고서도 있어."

"어쨌든 이것만으로는 녀석이 왜 버스에 있었는지 설명이 안 돼."

"그래. 아무것도 알아낸 게 없지, 젠장."

"그래도 내가 한두 가지 확인해볼게." 콜베리가 말했다.

"그렇게 해."

콜베리는 엔히크 카마랑을 찾아갔다. 그의 이름은 헨드리크 캄으로 바뀌어 있었고, 뚱뚱한 중년 남자가 되어 있었다. 남자는 한숨을 쉬었다. 상류층 분위기를 풍기는 금발머리 아내와 비틀스 헤어스타일에 벨벳 재킷을 입은 열세 살짜리 아들을 흘긋 쳐다보고는 불만스럽게 말했다. "날 좀 가만히 내버려둘 순 없습니까? 여름에도 웬 젊은 형사가 찾아와서는……."

콜베리는 캄의 11월 13일 저녁 알리바이를 확인해보았다. 흠이 없다.

콜베리는 십팔 년 전에 테레자의 사진을 찍었던 남자도 수소문했다. 남자는 이빨이 몽땅 빠진 알코올의존증 노인이 되어 중

웃는 경관

앙 교도소의 장기 복역동 감방에 수감되어 있었다. 강도였던 남자는 입꼬리를 실그러뜨리며 말했다. "테레자. 기억나다마다. 젖꼭지가 맥주병 뚜껑만 했지. 이상하네, 몇 달 전에도 웬 짭새가 하나 와설랑은……."

콜베리는 보고서를 한 줄 한 줄 빠짐없이 읽었다. 정확히 일주일이 걸렸다. 그는 화요일 저녁, 그러니까 1967년 12월 18일이 되어서야 마지막 페이지를 다 읽었다. 그는 몇 시간 전부터 자고 있는 아내를 바라보았다. 아내의 머리는 베개 밑을 파고들었고, 검은 머리카락은 마구 헝클어져 있었다. 오른쪽 무릎을 끌어올리고 엎드린 자세였다. 퀼트 이불이 허리까지 내려와 있었다. 거실에서 소파가 삐걱댔다. 오사 토렐이 소파에서 일어나 까치발로 부엌으로 가서 물을 마시는 소리가 들렸다. 그녀는 여전히 잠을 잘 못 잤다.

부족한 부분은 전혀 없어, 콜베리는 이렇게 생각했다. 느슨한 틈새가 전혀 없어. 어쨌든 내일은 테레자 카마랑 사건 당시에 취조를 당했거나 그녀와 알고 지냈던 남자들의 명단을 작성해봐야겠군. 그러면 지금까지 누가 남아 있고, 남아 있는 사람들은 뭘 하며 지내는지 알 수 있겠지.

26.

노라스타숀스가탄 거리의 버스에서 총알이 예순일곱 발 발사된 지 한 달이 지났다. 아홉 명을 살해한 범인은 여전히 잡히지 않았다.

초조해진 것은 경찰 당국, 언론, 보통 시민들만이 아니었다. 경찰이 하루속히 범인을 검거하기를 애타게 바라는 사람들이 또 있었다. 흔히 지하 세계라고 불리는 세상의 사람들이었다.

범죄가 주업인 사람들은 지난 한 달 동안 활동을 삼갈 수밖에 없었다. 경찰이 경계를 조이는 한 납작 엎드려 있는 게 최선이었다. 스톡홀름 전역의 도둑, 중독자, 마약상, 강도, 주류 밀거래꾼, 포주는 살인자가 한시바삐 체포되기를, 그리하여 경찰이 다시 베트남전쟁 반대 시위나 주차 위반자에게 전념하여 자신들이 다시 활동에 나설 수 있기를 바랐다.

그래서 이번만큼은 그들이 경찰과 공동전선을 펼치게 되었다. 그들 대부분은 추적을 기꺼이 돕고 나섰다.

닐스 에리크 예란손이라는 퍼즐 조각을 짜맞추는 뢴의 작업은 그들의 흔쾌한 도움 덕분에 한결 쉬워졌다. 유례없는 선의의 이면에는 이기적인 동기가 도사리고 있다는 것을 뢴도 알았으나, 그럼에도 불구하고 그는 그들에게 고마웠다.

뢴은 며칠 밤을 돌아다니면서 예란손의 지인들과 접촉했다. 무단 점거지, 식당, 술집, 당구장, 하숙집 등에서 만난 사람들은 모두는 아니라도 다수가 기꺼이 정보를 제공했다.

12월 13일 저녁에 뢴은 쇠데르멜라르스트란드에 정박한 거룻배에서 한 아가씨를 만났다. 여자는 다음날 수네 비에르크를 만나게 해주겠다고 약속했다. 예란손을 일이 주 자기집에 재웠던 남자였다.

이튿날은 목요일이었다. 며칠 동안 잠다운 잠을 몇 시간밖에 자지 못했던 뢴은 한나절을 자면서 보냈다. 그리고 오후 1시에 일어나 아내가 짐 싸는 것을 도왔다. 아내더러 크리스마스 연휴에 아리에플로그의 친정에 다녀오라고 한 것은 뢴 자신의 생각이었다. 올해는 크리스마스를 즐길 여유가 없으리라는 판단에서였다.

차로 기차역까지 아내를 배웅한 뢴은 집으로 돌아왔다. 종이
와 펜을 꺼내 식탁에 앉았다. 노르딘의 보고서와 자신의 수첩도
앞에 놓았다. 안경을 쓰고 이렇게 써 내려갔다.

닐스 에리크 예란손.

1929년 10월 4일에 스톡홀름의 핀니스 교구에서 출생.

부모: 부친은 알고트 에리크 예란손, 전기 기사. 모친은 베니타 란
타넨.

부모는 1935년에 이혼했음. 모친은 헬싱키로 이사했고, 부친이
양육권을 가졌음.

예란손은 1945년까지 순드뷔베리에서 아버지와 함께 살았음.

칠 년간 학교를 다닌 뒤, 이 년간 직업학교를 다니며 도장을 배
웠음.

1947년에 예테보리로 옮겨 도장공의 조수로 일했음. 1948년 12
월 1일에 예테보리에서 구드룬 마리아 스벤손과 결혼했고, 1949
년 5월 13일에 이혼했음.

1949년 6월부터 1950년 3월까지 스베아 기선회사에서 갑판원으
로 일했음. 발트해 연안 무역을 전문으로 하는 회사임. 1950년 여

름에 스톡홀름으로 이사했음. 1950년 11월까지 아만두스 구스타브손의 도장 업체에서 일했으나, 근무중 음주로 해고되었음. 그때부터 내리막길을 걸었던 것으로 보임. 야간 포터, 잔심부름꾼, 짐꾼, 창고지기 등 온갖 직업을 전전했음. 그러나 주로 좀도둑질이나 여타 경범죄로 생계를 꾸렸던 것으로 보임. 체포된 적은 없으나, 음주와 풍기 문란으로 여러 차례 고발되었음. 한동안 어머니의 성인 란타넨을 사용했음. 1958년에 부친이 사망한 뒤부터 1964년까지 순드뷔베리에 있는 부친의 아파트에서 살았음. 집세를 석 달 밀려서 1964년에 강제 퇴거됨.

1964년 어느 시점부터 마약을 손에 댔던 것 같음. 그때부터 죽을 때까지 고정된 주거지가 없었음. 1965년 1월에 굴리 뢰프그렌이라는 여성의 셰파르칼스그렌드 거리 3번지 집으로 들어가 1966년 봄까지 함께 살았음. 둘 다 이렇다 할 직업이 없었음. 뢰프그렌은 강력반 관리 명단에 등록된 여성이었지만, 그녀의 나이와 외모를 감안할 때 매춘으로 돈을 많이 벌지는 못했을 것임. 그녀도 마약 중독자였음. 뢰프그렌은 1966년 크리스마스에 47세의 나이로 사망했음. 사인은 암. 예란손은 1967년 3월 초에 마그달레나 로센(금발의 말린)을 만나 1967년 8월 29일까지 아르베타르가탄 거리 3번지에 있는 그녀의 집에서 함께 살았음. 같은 해 9월 초부터 10월 중순까지는 수네 비에르크의 집에 머물렀음.

10월에서 11월에 걸쳐 두 차례 상트예란 병원에서 성병(임질) 치료를 받았음.

어머니는 재혼했음. 아직 헬싱키에 살고 있음. 아들의 죽음은 편지로 통보했음.

로센에 따르면 예란손은 돈이 떨어진 적이 없었음. 어디에서 난 돈인지는 모른다고. 그녀가 아는 한 그는 마약 밀매자는 아니었고, 어떤 형태로든 마약 사업을 하지는 않았다고 함.

뢴은 자신이 쓴 글을 다시 읽어보았다. 뢴의 글씨는 깨알만 했기 때문에 이만큼 써도 규격 용지 한 장을 다 메우지 못했다. 그는 종이를 가방에 넣고 수첩을 주머니에 넣은 뒤, 수네 비에르크를 만나러 갔다.

거룻배에서 만났던 아가씨는 마리아토리에트 광장의 신문 가판대 옆에서 뢴을 기다리고 있었다.

"나는 같이 안 가요. 하지만 당신이 찾아간다고 수네한테 말해뒀어요. 내가 허튼짓을 한 게 아니라면 좋겠네요."

여자는 타바스트가탄 거리 주소를 그에게 건넨 다음 슬루센을 향해 총총 걸어갔다.

수네 비에르크는 뢴의 예상보다 젊었다. 스물다섯 살이 안 넘은 것 같았다. 금발 턱수염을 기른 그 남자는 착해 보였다. 중독자임을 암시하는 흔적은 전혀 없었다. 이런 사람이 어쩌다 자신보다 나이도 많고 누추한 예란손과 어울리게 되었는지 이상했다.

아파트는 방 하나에 부엌이 전부였다. 가구도 변변치 않았다. 창문들은 지저분한 안마당에 면해 있었다. 뢴은 하나뿐인 의자에 앉았고, 비에르크는 침대에 앉았다.

"니세에 대해서 알고 싶어 하신다고요. 솔직히 나도 니세에 대해서 잘은 모르지만 경찰이라면 니세의 물건을 가져가줄 거라고 생각했어요."

비에르크는 몸을 숙여 침대 밑에서 쇼핑백을 꺼냈다. 그것을 뢴에게 건넸다.

"니세가 이 집을 나갈 때 남겨둔 거예요. 갖고 나간 물건도 있었는데 대부분 옷이었죠. 이것들은 쓸데없는 잡동사니예요."

뢴은 쇼핑백을 의자 옆에 놓아두었다.

"예란손을 언제 어디서 만났는지, 왜 그를 여기 묵게 했는지 말씀해주시겠습니까?"

비에르크는 침대에 자리를 잡고 앉아 다리를 꼬았다.

"듣고 싶다면 말씀드리죠. 담배 한 대 얻을 수 있을까요?"

뢴은 프린스 담뱃갑을 흔들어 한 개비를 내밀었다. 비에르크는 필터를 물어뜯은 뒤 불을 붙였다.

"이렇게 된 일이었어요. 내가 숨프란시스카네르에서 맥주를 마시는데 니세가 옆자리에 와서 앉았어요. 모르는 사이였지만 어쩌다 이야기를 나누게 됐고, 니세가 와인을 한 잔 사줬죠. 좋은 사람으로 보이더라고요. 술집이 문을 닫으려는데 그가 잘 곳이 없다고 하기에 데려왔죠. 둘 다 상당히 취했어요. 다음날 그가 해장술을 몇 잔 사줬고, 쇠데르고르드에서 밥도 사줬죠. 정확하게는 모르겠지만 9월 3일인가 4일인가 그랬을 거예요."

"그가 마약을 한다는 걸 눈치 못 챘습니까?"

비에르크는 고개를 흔들었다.

"몰랐어요, 처음에는요. 하지만 이틀쯤 지났을 때 니세가 아침에 일어나자마자 주사를 놓는 걸 보고 알았죠. 사실 나한테도 권했는데 나는 그런 건 안 하거든요."

비에르크는 양쪽 소매를 팔뚝까지 걷어올렸다. 뢴은 숙련된 시선으로 팔꿈치 안쪽을 살펴보았다. 남자의 말은 사실이었다.

"이 집은 공간도 충분치 않은데 왜 그렇게 오래 재워줬습니까? 그가 숙박비를 냈나요?"

"괜찮은 사람이라고 생각했거든요. 니세가 집세를 내진 않았지만 돈이 많았기 때문에 만날 먹을 것이며 술이며 사 들고 왔어요."

"돈은 어디서 났답니까?"

비에르크는 어깨를 으쓱했다.

"모르죠. 내 알 바 아니니까요. 하지만 니세가 직업이 없었던 건 확실해요."

뢴은 비에르크의 손을 보았다. 기름때가 배어 시커먼 손이었다.

"당신은 무슨 일을 합니까?"

"자동차 정비요. 저, 좀 있다가 데이트가 있어서 그러는데, 서두르면 안 될까요. 더 물어보실 게 있나요?"

"그가 무슨 말을 했습니까? 자기 자신에 대해서 뭔가 말한 건 없었습니까?"

비에르크는 집게손가락으로 코 밑을 쓱 문지르면서 대답했다. "배를 탔다고 했어요. 그렇지만 느낌상 옛날 일 같았어요. 여자들에 대해서도 이야기했고요. 특히 예전에 같이 살았는데 얼마 전에 죽어버린 여자 얘기를 자주 했어요. 자기 엄마를 닮은 여자였는데, 엄마보다 나았다고 하더군요."

잠시 침묵.

"물론 엄마하고는 같이 잘 수 없죠." 비에르크가 진지하게 덧붙였다. "그 정도예요. 자기 얘기를 열심히 하는 타입은 아니었어요."

"그가 언제 여기를 나갔습니까?"

"10월 8일이에요. 그날이 일요일이었던데다가 니세의 성명 축일이었기 때문에 기억해요. 저것만 빼고는 자기 물건을 다 챙겨 나갔죠. 그래봐야 얼마 안 됐어요. 평범한 가방 하나에 다 들어갈 양이었죠. 달리 묵을 곳을 구했다고 하더군요. 하루이틀 뒤에 인사하러 오겠다고 말하고는 갔어요."

비에르크는 바닥에 놓여 있는 커피잔에 담배를 비벼 껐다.

"그 뒤에는 다시 못 만났고요. 그런데 시반이 니세가 죽었다고 하더군요. 정말로 니세가 그 버스에서 죽었나요?"

뢴은 고개를 끄덕였다.

"그가 어디로 옮겼는지 압니까?"

"전혀 몰라요. 니세가 나를 찾아오지 않았고, 나도 그가 어디 있는지 몰랐으니까요. 여기에 살 때 니세가 내 친구를 몇 명 만난 적은 있지만, 내가 니세 친구를 만난 적은 없어요. 그러니까 사실 나도 그에 대해서 아무것도 모르는 셈이에요."

비에르크는 자리에서 일어나 벽에 걸린 거울로 걸어갔다. 빗으로 머리를 빗었다.

"버스에서 그 짓을 한 사람이 누군지 알아냈나요?" 비에르크가 물었다.

"아니요. 아직."

비에르크는 스웨터를 벗었다.

"이제 옷을 갈아입어야겠어요. 애인이 기다리고 있어서."

뢴은 일어나서 쇼핑백을 들고 문으로 걸어갔다.

"10월 8일 이후에 그가 뭘 했는지 전혀 모른다는 거죠?" 뢴이 다시 물었다.

"아까 그렇다고 말했잖아요."

비에르크는 서랍장에서 깨끗한 셔츠를 꺼내어 세탁소 종이 띠를 뜯었다.

"내가 아는 건 하나뿐이에요."

"뭡니까?"

"니세가 여기를 나가기 전에 한두 주쯤 신경이 무진장 날카로웠다는 거요. 걱정이 있는 것 같았어요."

"하지만 그게 뭔지는 모르고요?"

"네, 몰라요."

뢴은 텅 빈 집으로 돌아와 곧장 부엌으로 갔다. 쇼핑백의 내용물을 식탁에 비웠다. 물건들을 하나씩 집어 꼼꼼하게 살핀 다음, 도로 쇼핑백에 넣었다.

얼룩덜룩 닳아빠진 모자 하나, 한때는 흰색이었을 팬티 한 장, 구깃구깃한 적녹 줄무늬 넥타이 하나, 누런 놋쇠 버클이 달린 인조 가죽 벨트 하나, 오톨도톨한 나일론으로 된 노란 양말

한 켤레, 더러운 손수건 두 장, 구겨진 연푸른색 포플린 셔츠 한 장.

셔츠를 치켜들었다가 쇼핑백에 담으려는 순간, 가슴 주머니에서 튀어나와 있는 쪽지가 눈에 들어왔다. 뢴은 셔츠를 내려놓고 쪽지를 꺼내 펼쳤다. 78.25 크로나가 청구된 필렌 식당 영수증이었다. 날짜는 10월 7일이었다. 계산원이 찍은 도장에 따르면 식사 1인분, 술 여섯 잔, 물 세 잔의 가격이었다.

영수증을 뒤집어보았다. 뒷면 여백에 볼펜으로 이렇게 적혀 있었다.

10.8 bf 3000

모르핀 500

ga 빚 100

mb 빚 50

P 의사 650

———

1300

나머지 1700

틀림없이 예란손의 필체였다. 금발의 말린 집에서 예란손의 글씨를 본 적이 있어서 알았다. 아마도 예란손이 10월 8일에, 즉 수네 비에르크의 집을 나온 날에 누군가로부터 3000크로나를 받았다는 뜻인 것 같았다. 머리글자가 B.F.인 사람으로부터 받았을 것이다. 그 돈에서 500크로나는 모르핀을 사는 데 썼고, 150크로나는 빚을 갚는 데 썼고, 650크로나를 P 의사에게 줬다는 말일 것이다. 마약이나 뭐 그런 것을 샀으리라. 그리고 1700크로나가 남았다. 예란손은 한 달 뒤에 버스에서 죽었을 때 현금을 1800크로나 넘게 갖고 있었다. 그렇다면 10월 8일 이후에도 돈이 생겼다는 뜻이다. 그 돈도 B.F.라는 사람에게서 받았을까? 물론 B.F.가 꼭 사람 이름이라는 법은 없다. 다른 뭔가의 약자일지도 모른다.

은행 대여금고*의 약자인가? 예란손은 대여금고를 쓸 사람으로는 보이지 않았다. 아무래도 사람 이름 약자가 맞을 것이다. 뢴은 자기 수첩을 열어보았다. 하지만 예란손과 관련해서 직접 만났거나 이름을 들은 사람들 중에서 머리글자가 B.F.인 사람은 아무도 없었다.

뢴은 쇼핑백을 들고 현관으로 갔다. 영수증을 서류 가방에 넣고, 쇼핑백과 서류 가방을 모두 현관 탁자에 올려두었다. 그

---

* 스웨덴어로 bankfack이다.

리고 자러 갔다.

그는 누워서도 예란손이 어디에서 돈을 구했을까 생각했다.

27.

12월 21일 목요일 오전은 경찰로 산다는 게 전혀 즐겁지 않은 날이었다. 전날 저녁, 도시가 집단으로 크리스마스 흥분에 사로잡힌 가운데, 제복 및 사복 경찰 군단은 베트남전쟁 반대 시위를 위해 노동조합 회관에 모인 수많은 노동자, 지식인 들과 혼란스럽고 꼴사나운 일전을 벌였다. 그날 일에 관해서는 여론이 엇갈렸다. 앞으로도 아마 그럴 것이다. 하여간 그 이튿날, 스산하고 쌀쌀한 목요일 아침에 웃음이 나는 경찰관은 아무도 없었다.

경찰들 가운데 그 사건으로 조금이라도 득을 본 사람이 있다면 몬손뿐이었다. 몬손은 어수룩하게도 당장 할 일이 없다고 말하는 바람에 난데없이 질서유지에 동원되었다. 그는 스베아베겐 거리의 아돌프프레드리크 교회 그늘에 서서 소란이 그쪽으로는 번지지 않기만을 바랐다. 하지만 경찰이 무질서하게 사방으로 시위대를 밀어붙였기 때문에 어디로든 도망쳐야 했던 시위대는 스베아베겐 거리 쪽으로도 밀려왔다. 몬손은 재빨리 북쪽으로 물러났다. 그러다가 한 식당에 다다랐다. 그는 몸을 녹이고 수사도 할 겸 해서 안으로 들어갔다가 나오는 길에 탁자에 있던 양념통 함에서 이쑤시개를 하나 뽑아 왔다. 종이로 낱개 포장된 이쑤시개는 놀랍게도 박하 맛이 났다.

비참한 목요일 아침에 행복한 기분이었던 사람은 온 경찰을 통틀어 몬손뿐이었으리라. 그는 벌써 그 식당 재고 관리자에게 전화를 걸어 이쑤시개 공급처의 주소를 확보했다.

에이나르 뢴은 행복하지 않았다. 그는 링베겐 거리에 서서 바람을 맞으면서 구덩이를 덮은 방수천을 바라보고 있었다. 도로 관리국의 가대가 주위에 여기저기 서 있었다. 구덩이 근처에는 사람이 없었다. 오십 미터쯤 떨어진 곳에 서 있는 공무용 트럭에 사람이 있었다. 뢴은 트럭 안에 앉아 보온병을 만지작거리고 있는 네 사내에게 다가가서 대뜸 말했다. "안녕하십니까들."

"안녕하쇼. 문 닫구려. 간밤에 바른후스가탄 거리에서 우리 아들 머리에 곤봉을 날린 경찰이 당신이라면, 나는 한마디도 하지 않겠소."

"나는 아닙니다. 집에서 혼자 TV를 보고 있었습니다. 아내가 친정에 가고 없어서."

"그렇다면 앉으쇼. 커피 좀 드릴까?"

"주신다면 고맙게 마시죠."

잠시 후에 한 남자가 말했다. "뭐 알고 싶은 거라도 있습니까?"

"네……. 슈베린이라는 사람에 대한 일인데요. 미국 출신 남자 말입니다. 그 사람 말투에 혹시 무슨 특징이 있었습니까?"

"혹시가 다 뭐요! 그 사람 억양이 꼭 아니타 에크베리* 같았죠. 게다가 술 취하면 영어가 튀어나왔지."

"취했을 때?"

"그럼요. 화가 났을 때나 정신을 잃었을 때도 그랬고."

뢴은 54번 버스를 타고 쿵스홀멘으로 돌아왔다. 빨간 이층 버스로, 위층은 크림색이고 지붕은 회색으로 래커 칠이 된 릴런드애틀랜티언 모델이었다. 일전에 에크가 이층 버스는 좌석 수대로만 승객을 받는다고 단언했음에도 불구하고, 지금 버스에는 한 손에 포장한 선물이며 쇼핑백 따위를 들고 다른 한 손으로 지지대를 움켜쥐고 선 승객들로 가득했다.

---

* 스웨덴 출신으로 할리우드에 진출했던 배우.

뢴은 내내 골똘히 생각했다. 사무실에 도착해서도 책상에 한참 앉아 있었다. 그러고는 옆방으로 들어가서 물었다.

"저기 말이야, '누군지 모르는 남자였다'를 영어로 뭐라고 하지?"

"'디든트 레커그나이즈 힘Didn't recognize him'이라고 하지." 콜베리가 서류에 고개를 묻은 채 알려주었다.

"내가 그럴 줄 알았지." 뢴이 말하더니 나가버렸다.

"이제 저 친구까지 돌았군." 군발드 라르손이 구시렁댔다.

"잠깐만, 뢴이 뭔가 알아낸 거 같은데."

마르틴 베크가 이렇게 말하고는 자리에서 일어나서 뢴에게 갔다. 뢴의 사무실은 비어 있었다. 모자와 코트도 사라졌다.

삼십 분 뒤, 뢴은 다시 링베겐 거리의 트럭 문을 열었다. 슈베린의 동료였던 사내들은 아까와 같은 자리에 같은 자세로 앉아 있었다. 도로 구덩이에는 사람의 손길이 전혀 닿지 않은 듯했다.

"아이구, 깜짝이야! 올손인 줄 알았잖소." 사내들 중 하나가 외쳤다.

"올손?"

"그래요. 알프는 '알손'에 가깝게 발음했지만."

뢴은 이튿날 오전에 드디어 결과를 공개했다. 크리스마스이 브 이틀 전이었다.

마르틴 베크가 다시 들으려 틀어놓은 녹음기를 끄고 말했다. "그래서 자네 생각은 이렇다는 거지. 자네가 '누가 총을 쐈습니 까?'라고 물으니까 그가 영어로 '디든트 레커그나이즈 힘'이라 고 대답했다?"

"응."

"그리고 자네가 '어떻게 생긴 사람이었습니까?'라고 물으니 까 그가 '솜 올손'이라고 대답했고."*

"응. 그리고 죽었지."

"훌륭한데, 에이나르." 마르틴 베크가 말했다.

"올손이 대체 누구야?" 군발드 라르손이 물었다.

"일종의 조사관 같은 사람이야. 작업 현장을 여기저기 돌아 다니면서 인부들이 빈들거리지 않나 검사하는 사람이지."

"그 사람이 대체 어떻게 생겼는데?"

"지금 내 사무실에 와 있어." 뢴이 겸손하게 대답했다.

마르틴 베크와 군발드 라르손은 옆방으로 가서 뚫어져라 올 손이라는 남자를 보았다. 군발드 라르손은 십 초쯤 보고 나서

---

* 스웨덴어로 '솜 올손Som Olsson'은 '올손처럼'이라는 뜻이다.

말했다. "아하."

그리고 나갔다. 올손이라는 남자는 놀라서 입을 헤벌린 채 군발드 라르손을 보았다.

마르틴 베크는 삼십 초쯤 올손을 보고는 말했다. "에이나르, 인적 사항은 다 받았겠지?"

"물론."

"고맙습니다, 올손 씨."

마르틴 베크도 나갔다. 올손이라는 남자는 한층 어리둥절한 표정이 되었다.

마르틴 베크가 우유 한 잔, 치즈 두 조각, 커피 한 잔을 겨우 목구멍으로 밀어넣어 점심을 때우고 돌아와보니 책상에 뢴이 남긴 메모가 있었다. 제목은 간략했다. '올손'.

나이는 46세, 도로관리국 조사관.

키는 183센티미터, 몸무게는 옷을 벗고 77킬로그램.

옅은 금발 곱슬머리에 회색 눈동자. 호리호리한 체격. 얼굴은 홀쭉하며 이목구비가 뚜렷함. 높은 코, 약간 비뚤어졌으며, 큰 입, 얇은 입술, 고른 치아.

신발 사이즈: 275밀리미터.

피부가 가무잡잡한 편. 본인 말로는 직업상 밖을 자주 돌아다녀야

해서 그렇다고.

옷차림은 단정함: 회색 양복, 흰 셔츠와 넥타이, 검정 구두. 근무 중에 외출할 때는 품이 넉넉하고 헐렁한 무릎 길이의 방수 레인코트를 걸침. 색깔은 회색. 그런 코트가 두 벌 있고, 겨울에는 늘 둘 중 한 벌을 입고 다닌다고. 머리에는 차양이 좁은 검정 가죽 모자를 썼음. 발에는 골이 깊게 파인 고무 밑창의 두꺼운 검정 구두를 신었음. 눈비가 올 때는 보통 야광 테이프가 붙은 검정 고무 부츠를 신는다고. 올손은 11월 13일 저녁에 알리바이가 있음. 문제의 시각, 즉 밤 10시에서 자정까지, 자신이 속한 브리지 클럽에 있었음. 올손은 게임에 참여했음. 기록표는 물론이고, 함께 게임을 했다는 다른 세 사람의 증언으로도 입증된 사실임.

올손에 따르면, 알폰스(알프) 슈베린은 어울리기 편한 상대였지만 게으른데다가 독주毒酒에 사족을 못 쓰는 사내였다고 함.

"뢴이 이 남자의 옷을 벗기고 몸무게를 쟀을까?" 군발드 라르손이 물었다.

마르틴 베크는 대꾸하지 않았다.

"어찌나 논리적인 결론인지. 머리에 모자를 쓰고 발에 신발을 신은 남자라. 한 번에 코트를 한 벌씩만 입는 남자. 그리고, 약간 비뚤어진 게 코라는 말이야, 입이라는 말이야? 대체 이걸 어디에 쓰겠어?"

"모르지. 대강의 인상착의는 되어줄지도."

"그래, 올손에 대한."

"아사르손은 어떻게 됐나?"

"안 그래도 야콥손하고 이야기하던 중이야. 성가신 사내 같으니라고."

"야콥손?"

"그래, 그 친구도. 그 친구는 자기 대신 우리가 마약을 압수한 것 때문에 심통이 난 것 같아."

"우리가 아니지, 자네 혼자지."

"여태 검거한 도매상들 중에서 아사르손이 제일 큰 규모라는 건 야콥손도 인정했어. 아사르손 형제는 돈을 가마니로 거둬들였을 거야."

"수상한 사람이 또 있지 않았나? 외국인?"

"그 새끼는 그냥 중간 전달자야. 그리스 사람인데, 글쎄 무려 외교관 여권을 갖고 있더라고. 본인도 마약을 하고. 아사르손은 그자가 밀고했다고 생각하는 모양이야. 봐라, 중독자한테 비밀을 털어놓으면 이렇게 위험한 법이다, 이런 말을 하는 걸로 봐서. 아사르손은 기분이 엉망이야. 멍청한 중간 전달자를 진작 적당한 방법으로 없애버리지 못해서 분한 모양이지."

군발드 라르손은 입을 다물었다가 덧붙였다.

"버스에서 죽은 예란손이란 남자도 중독자였지. 어쩌면……."

군발드 라르손은 그렇게만 말했는데, 마르틴 베크는 중단된 말에서 생각할 구석을 찾아냈다.

한편, 콜베리는 꾸준히 명단을 작성하고 있었다. 그러나 아직은 아무에게도 보여주지 않기로 했다. 스텐스트룀이 오래된 사건을 파헤치면서 어떤 기분을 느꼈을지 갈수록 이해되었다. 마르틴 베크가 제대로 지적했듯이, 테레자 사건 수사는 바늘 하나 들어갈 틈 없이 꼼꼼했다. 형식을 우선으로 따지는 어느 수사관은 '기술적인 면에서는 해결된 것이나 다름없는 사건이며, 이 사건의 수사는 모범으로 삼아도 될 만큼 완벽했다'고까지 평했다.

그 결과는 이른바 완전범죄였다.

테레자 카마랑과 관계한 남자들의 명단을 작성하는 일은 결코 쉽지 않았다. 십육 년 사이에 얼마나 많은 사람들이 죽고, 다른 나라로 떠나고, 이름을 바꿨는지 놀라울 지경이었다. 회복 불능의 정신병에 걸려 이런저런 시설에서 죽을 날만 기다리는 사람도 있었고, 감옥이나 알코올의존증 치료소에 갇힌 사람도 있었다. 바다로 나가거나, 다른 방식으로 자취를 감춰버린 사람도 있었다. 자신과 가족을 위해 먼 곳으로 떠나서 새 삶을 시작한 사람도 많았다. 그런 경우에는 형식적인 확인만으로도 대부분 간단히 제외되었다. 그리하여 지금 콜베리의 명단에는 스물아홉 명이 남았다. 자유로운 몸이자 여태 스톡홀름이나 근교에 거주하는 사람들이었다. 이들에 대해서는 아직 대략적인 정보만 수집한 단계였다. 현재 나이, 직업, 주소, 혼인 상태만 알았다. 알파벳 순으로 나열하여 1에서 29까지 번호를 매긴 명단은 아래와 같았다.

1. 스벤 알그렌, 41, 점원, 스톡홀름 NO, 기혼

2. 칼 안데르손, 63, ?, 스톡홀름 SV (회갈리드 보호소), 미혼

3. 잉바르 벵트손, 43, 기자, 스톡홀름 Va, 이혼

4. 루네 벵트손, 56, 사업가, 스톡순드, 기혼

5. 얀 칼손, 46, 중고품 판매상, 우플란드 베스뷔, 미혼

6. 루네 칼손, 32, 기술자, 나카 5, 기혼

7. 스티그 에크베리, 83, 전직 일용직 노동자, 스톡홀름 SV (로센룬드 양로원), 사별

8. 오베 에릭손, 47, 자동차 정비공, 반드하겐, 기혼

9. 발터 에릭손, 69, 전직 항만 노동자, 스톡홀름 SV (회갈리드 보호소), 사별

10. 스티그 페름, 31, 도장공, 솔렌투나, 기혼

11. 비에른 포르스베리, 48, 사업가, 스톡순드, 기혼

12. 벵트 프레드릭손, 56, 예술가, 스톡홀름 C, 이혼

13. 보 프로스텐손, 66, 배우, 스톡홀름 O, 이혼

14. 요한 그란, 52, 전직 웨이터, 솔나, 미혼

15. 얀오케 칼손, 38, 사무원, 엔셰핑, 기혼

16. 켄네트 칼손, 33, 화물차 운전사, 셸뷔, 미혼

17. 렌나르트 린드그렌, 81, 전직 은행 관리자, 리딩에 1, 기혼

18. 스벤 룬스트룀, 37, 창고지기, 스톡홀름 K, 이혼

19. 타게 닐손, 61, 변호사, 스톡홀름 SO, 미혼

20. 칼구스타프 닐손, 51, 전직 기계공, 요한네스호브, 이혼

21. 헤인스 올렌도르프, 46, 예술가, 스톡홀름 K, 미혼

22. 쿠르트 올손, 59, 공무원, 살트셰바덴, 기혼

23. 베른하르드 페테르스, 39, 상업 예술가, 브롬마, 기혼 (흑인)

24. 빌헬름 로스베리, 71, ?, 스톡홀름 SV, 사별

25. 베른트 투레손, 42, 기계공, 구스타브스베리, 이혼

26. 랑나르 비클룬드, 60, 소령, 박스홀름, 기혼

27. 벵트 발베리, 38, 구매자(?), 스톡홀름 K, 미혼

28. 한스 벤스트룀, 76, 전직 생선장수, 솔나, 미혼

29. 렌나르트 외베리, 35, 토목기사, 엔스케데, 기혼

콜베리는 명단을 보며 한숨을 쉬었다. 테레자 카마랑은 사회적 계층을 가리지 않고 온갖 남성들과 교제했으며, 모든 연령대를 아울렀다. 최연소자는 테레자가 죽은 해에 열다섯 살이었고, 최연장자는 예순일곱 살이었다. 명단만 보아도 스톡순드의 은행원부터 회갈리드 보호소의 늙은 알코올의존증 도둑까지 처지가 천차만별이었다.

"그걸로 뭘 하려고?" 마르틴 베크가 물었다.

"모르겠어." 콜베리는 의기소침했으나, 솔직하게 대답했다.

그는 옆방으로 들어가 멜란데르의 책상에 명단을 내려놓았다.

"자네는 뭐든 기억하지. 부탁인데, 짬이 나면 이 남자들 중에서 뭔가 특이 사항이 떠오르는 사람이 있는지 봐주겠어?"

멜란데르는 명단을 보면서 무심히 고개를 끄덕였다.

12월 23일에 몬손과 노르딘은 비행기를 타고 집으로 돌아갔다. 아무도 아쉬워하지 않았다. 두 사람은 크리스마스 직후에 돌아오기로 했다.

날씨는 지독히 춥고 나빴다.

소비사회는 삐그덕삐그덕 굴러가고 있었다. 이날 하루만큼은 무엇이 되었든, 가격이 얼마든 팔려나갈 것이었다. 신용카드나 위조수표로 계산되는 것도 많으리라.

저녁에 귀가하면서 마르틴 베크는 스웨덴도 이제 최초의 대량 살인뿐만 아니라 최초의 미결 경찰 살인 사건도 보유하게 되었다고 생각했다.

수사는 진흙탕에 빠졌다. 테레자 사건 때의 기술적으로 완벽한 수사법과는 달리, 이번 수사는 기술적으로 한갓 쓰레기에 지나지 않아 보였다.

28.

크리스마스이브가 되었다.

마르틴 베크는 크리스마스 선물을 받았다. 가족들의 예상과
는 달리, 선물은 그를 웃게 만들지 못했다.

렌나르트 콜베리도 크리스마스 선물을 받았다. 그리고 선물
때문에 그의 아내가 울어버렸다…….

두 사람은 오케 스텐스트룀이나 테레자 카마랑에 대해서는
생각도 하지 않기로 다짐했건만, 결국 둘 다 실패했다.

마르틴 베크는 일찍 깼다. 하지만 계속 침대에 누워 그라프
슈페호에 관한 책을 읽으면서 가족들이 기척을 보일 때까지 기
다렸다. 가족들이 일어나자 그도 일어나서 전날 입었던 양복 대
신에 청바지와 스웨터를 입었다. 아내는 크리스마스이브에는

모두들 차려입어야 한다고 믿는 사람인지라 그의 옷차림에 눈살을 찌푸렸지만, 왠지 이번에는 군소리 없이 넘어갔다.

매년 그랬듯이 아내가 자기 부모의 묘소에 다녀오는 동안, 마르틴 베크는 롤프와 잉리드와 함께 트리를 장식했다. 아이들은 흥분해서 시끄럽게 굴었고, 그는 아이들의 기분을 망치지 않으려고 최선을 다했다. 아내가 연례행사인 묘소 방문을 마치고 돌아왔다. 그는 개인적으로 전혀 좋아하지 않는 크리스마스이브 전통에 용감하게 참여했다. 냄비에 햄을 익히면서 그 국물에 빵을 찍어 먹는 전통 말이다.

곧 배가 살살 아파왔다. 마르틴 베크는 이런 복통에 너무나 익숙했기 때문에 요즘은 신경도 안 쓰는 편이었지만, 최근 들어 복통이 더 잦아졌고 심해졌다는 사실은 인식하고 있었다. 그는 배가 아파도 아내에게 절대 말하지 않았다. 언젠가 한번 말했다가 아내가 허브 물약이니 뭐니 하도 수선을 피워대는 통에 죽을 뻔했다. 아내에게 질병이란 삶과 동일한 무게를 지니는 중대 사건이었다.

크리스마스 만찬은 성대했다. 네 식구가 먹기에는 양이 지나치게 많았다. 더군다나 한 명은 보통의 1인분도 제대로 넘기지 못하는 사람이었고, 또 한 명은 다이어트중이었고, 또 다른 한 명은 요리하느라 너무 지쳐서 먹을 기력이 없었다. 그러나 남은 한 명이 그것을 상쇄할 만큼 먹었다. 마르틴 베크는 열두 살짜리 호리호리한 아들이 무지막지하게 먹어치우는 것을 볼 때마다 경이로웠다. 그가 일주일 동안 먹을 양을 아들은 하루에 먹어치우곤 했다.

설거지는 온 가족이 함께 했다. 이 또한 크리스마스이브에만 있는 일이었다.

마르틴 베크는 아사르손 형제가 마약 운송을 위장하기 위해 수입했던 플라스틱 크리스마스트리를 떠올리면서 트리에 촛불을 밝혔다. 딸이 글뢰그와 클레네트*를 들고 오면서 말했다. "이제 말을 끌고 들어오실 시간이에요."

여느 해처럼 그들은 각자에게 선물을 딱 하나씩만 준비하기로 약속했으나, 여느 해처럼 다들 훨씬 더 많이 준비했다.

마르틴 베크는 잉리드에게 말을 사주진 못했지만, 대신에 승마 바지 몇 벌과 승마 강습료 반년치를 선물했다.

그가 받은 선물은 쾌속 범선 커티사크 호의 모형 조립 키트와 잉리드가 직접 뜬 이 미터짜리 목도리 등이었다.

딸은 포장지로 싼 납작한 물건을 하나 더 내밀었다. 그러고

---

* 글뢰그는 항신료를 넣은 따뜻한 와인 음료이고 클레네트는 크리스마스에 흔히 먹는 튀긴 페이스트리 쿠키이다.

는 그가 포장지를 벗기는 모습을 기대에 찬 눈길로 지켜보았다. 속에 든 것은 45회전 EP판이었다. 재킷에는 눈에 익은 런던 경찰 제복을 입고 헬멧을 쓴 뚱뚱한 남자 사진이 실려 있었다. 기다란 콧수염은 동그랗게 말렸고, 털실 장갑을 낀 두 손은 좍 펼쳐져 배에 얹혀 있었다. 남자는 구식 마이크 앞에 서 있었는데, 표정을 보아 하니 너털웃음을 터뜨리는 중인 것 같았다. 남자의 이름은 찰스 펜로즈, 음반 이름은 '웃는 경관의 모험'이었다.

잉리드가 전축을 가져와서 마르틴 베크가 앉은 의자 옆 바닥에 놓았다.

"들어보시면 알아요. 웃겨죽을걸요." 아이가 말했다.

아이는 재킷에서 레코드판을 꺼내고 레이블을 읽었다.

"첫 곡은 〈웃는 경관〉이에요. 적절하죠? 네?"

마르틴 베크는 음악에 대해서는 아는 바가 거의 없었으나 노래를 듣자마자 그것이 1920년대나 그 이전에 녹음된 것임을 알 수 있었다. 노래 한 절이 끝날 때마다 길게 웃음소리가 터져나왔다. 그 웃음은 전염성이 있는 게 분명했다. 잉아와 롤프와 잉리드가 배를 잡고 킬킬댔기 때문이다.

마르틴 베크만이 싸늘했다. 그는 거짓 미소조차 지을 수 없었다. 식구들을 실망시키지 않으려고 자리에서 일어나 등을 돌리고 짐짓 트리의 촛불들을 살펴보는 척했다.

그는 노래가 끝난 뒤에 의자로 돌아갔다. 딸이 눈물을 훔치면서 그를 나무랐다.

"왜요, 아빠, 왜 안 웃어요?"

"굉장히 우습구나." 그는 최대한 사실처럼 들리게 대답했다.

"그럼 이 노래를 들어보세요." 잉리드가 음반을 뒤집었다. "〈명랑한 순경들의 퍼레이드〉."

잉리드는 음반을 여러 번 들어본 게 분명했다. 웃는 경관과 오랫동안 듀엣을 갈고닦은 사람처럼 자연스럽게 따라 불렀다.

쿵쾅, 쿵쾅, 쿵쾅.
저멀리 땅이 진동하네.
명랑한 순경들이 퍼레이드에 나섰지.
그들의 제복은 푸른색,
그들의 악기는 반짝거린다네.
이보다 근사한 남자들은 세상에 또 없을 거야……

촛불은 착실하게 타올랐고, 전나무는 따스한 방에 좋은 향기를 풍겼으며, 아이들은 노래를 불렀다. 새 가운을 입은 아내는 웅크리고 앉아서 돼지 모양 마지팬 과자를 머리부터 물어뜯고 있었다. 마르틴 베크는 몸을 숙여 팔꿈치를 무릎에 대고 손으로 턱을 괸 채, 재킷에 그려진 웃는 경관을 응시했다.

그는 스텐스트룀을 생각했다.

그때 전화가 울렸다.

콜베리는 왠지 마음이 찜찜했다. 하물며 쉬는 날이라는 느낌도 들지 않았다. 그러나 자신이 무엇을 간과하고 있는지를 짚어내기 어려웠기 때문에, 쓸데없는 고민으로 크리스마스이브를 망칠 필요는 없다고 판단했다.

그래서 그는 마음에 들 때까지 몇 번이나 맛을 보면서 정성스레 글뢰그를 만들었다. 그리고 식탁에 앉았다. 속은 어떨지 몰라도 겉으로는 참으로 한가로운 집안을 둘러보았다. 보딜은 크리스마스트리 옆에 엎드려서 가르륵거리고 있었다. 오사 토렐은 그 옆에 양반 다리를 하고 앉아서 재미난 듯 아기를 쿡쿡 찔러댔다. 군은 잠옷과 운동복의 잡종으로 보이는 정체 모를 옷을 걸친 채 맨발로 유유자적 거실을 어슬렁거렸다.

콜베리는 룻피스크*를 접시에 덜었다. 그리고 만족스러운 한숨을 쉬었다. 자신이 이 멋진 음식을 즐길 자격이 있다고 생각

---

* 크리스마스에 흔히 먹는 말린 생선 요리.

했다. 그는 셔츠 앞섶에 냅킨을 쑤셔넣고, 가슴 위로 늘어뜨렸다. 술을 한 잔 가뜩 따랐다. 잔을 들었다. 투명한 액체를 바라보았다. 그때 전화가 울렸다.

콜베리는 잠시 망설였다. 그러나 단숨에 잔을 비우고 침실로 가서 수화기를 들었다.

"여보세요, 프뢰이드라고 합니다."

"거참, 반갑기도 합니다."

콜베리는 자신이 비상 대기자 명단에 없다는 사실, 설령 또 대량 살인이 일어났다고 해도 자신은 절대로 이 눈 속에 차를 몰고 나가지 않겠다는 생각을 확고히 머리에 담은 채 대답했다. 그런 일에는 더 유능한 사람을 파견해야 한다. 가령 실제로 대기중인 군발드 라르손이나, 직급이 높은 만큼 더 큰 책임을 져야 하는 마르틴 베크나.

"저는 롱홀멘 교도소 정신과에서 일합니다. 그런데 여기 환자 중 하나가 당신과 이야기해야 한다고 하도 우겨서요. 비르게르손이라는 남자입니다. 급한 일이 있으면 당장 전화하기로 약속했다면서……."

콜베리는 인상을 썼다.

"전화를 바꿔주시면 안 됩니까?"

"죄송하지만 안 됩니다. 규정에 어긋납니다. 환자는 지금……."

콜베리는 서글픈 표정으로 생각했다. 그럼 그렇지, 정예 요원이 크리스마스이브에 일하게 될 리가 없지.

"좋아요, 가죠." 콜베리는 전화를 내려놓았다.

마지막 말에 군이 눈을 동그랗게 뜨고 쳐다보았다.

"롱홀멘에 가봐야 해. 이브인데다가 시간도 이런데 어떻게 택시를 잡는담?" 그가 힘없이 말했다.

"내가 운전할게요. 나는 술을 입에도 안 댔어요." 오사가 말했다.

두 사람은 가는 길에 말이 없었다. 교도소 정문의 경비가 의심스러운 눈길로 오사 토렐을 살폈다.

"내 비서입니다." 콜베리가 말했다.

"뭐라고요? 잠깐만요, 신분증을 다시 봐야겠습니다."

비르게르손은 전혀 달라지지 않았다. 두 주 전에도 지극히 점잖고 정중한 사내였지만, 지금은 더 그런 것 같았다.

"무슨 얘기를 하려고 불렀습니까?" 콜베리가 퉁명스럽게 물었다.

비르게르손이 미소를 지었다.

"어쩌면 시시한 일인지도 모르겠지만, 오늘 저녁에 문득 생각났지 뭡니까. 저번에 내 차 모리스에 대해서 물으셨죠. 그런데……."

"그런데?"

"스텐스트뢰름 형사와 내가 뭘 좀 먹으면서 잠시 쉴 때, 그분에게 이야기를 하나 해드렸습니다. 내 기억에 돼지고기랑 으깬 순무를 먹었던 것 같군요. 좋아하는 음식이에요. 그에 비해서 오늘 이곳의 크리스마스 만찬은……."

콜베리가 몹시 못마땅한 눈길로 남자를 응시했다.

"이야기를 해줬다고요?"

"내 이야기를 해줬습니다. 우리가 로슬락스가탄 거리에 살 때였는데요, 그러니까 내가 아내와……."

남자가 말을 끊고 못 미더운 눈길로 오사 토렐을 보았다. 문 밖의 간수가 하품을 했다.

"계속하세요." 콜베리가 으르렁거렸다.

"아내와 함께 살 때 말입니다. 방이 하나밖에 없었습니다. 나는 집에 돌아가면 늘 신경이 곤두서고 과묵해지고 초조해졌습니다. 잠도 제대로 못 잤고요."

"으흥." 콜베리가 투덜거렸다.

콜베리는 몸에 열이 올랐고, 어지러웠다. 몹시 목이 말랐고, 무엇보다도 배가 고팠다. 이곳은 분위기마저 우울했다. 간절히 집에 가고 싶었다. 비르게르손은 차분히, 그러나 구구절절 이야기를 펼쳤다.

"……그래서 나는 저녁에 산책을 나가곤 했습니다. 그저 집을 벗어나고 싶었던 겁니다. 벌써 이십 년 전이네요. 나는 몇 시간씩, 때로는 밤새도록 걷고 또 걸었습니다. 아무하고도 말하지 않고 그냥 쏘다녔습니다. 평온하게 있고 싶었으니까요. 그러다가 보통 한 시간쯤 지나면 마음이 가라앉았답니다. 하지만 그동안 뭔가 생각할 게 필요했어요. 그래야 다른 걱정을 잊을 수 있거든요. 집 생각이나 아내 생각이나 그런 걸 말이죠. 그래서 뭘 하면 좋을까 찾아봤답니다. 마음을 딴 데로 돌리려고요. 말하자면, 쉴 새 없이 머리를 굴려서 근심을 떨쳐버리려고 말입니다."

콜베리는 시계를 보았다.

"네, 네. 그래서 뭘 했습니까?" 조바심 내는 말투였다.

"자동차를 보기 시작했습니다."

"자동차요?"

"네. 거리나 주차장을 걸으면서 주차된 차들을 구경했습니다. 원래 차에는 전혀 관심이 없었지만, 그러다 보니 어느새 온갖 회사의 온갖 모델을 알게 됐죠. 얼마 후에는 상당한 전문가가 되었답니다. 제법 만족스러운 기분도 듭디다. 뭔가 할 줄 알게 된 거니까요. 삼사십 미터 떨어진 곳에서도 어떤 차인지 알아봤어요. 어떤 각도로 보든지. 그 왜, 〈일만 크로나 질문〉인가 뭔가 하는 텔레비전 퀴즈 프로그램 같은 데 나갔다면 틀림없이 맞혔을 겁니다. 앞에서 보든, 뒤에서 보든, 옆에서 보든, 전혀 문제없었어요."

"위에서 보면요?" 오사 토렐이 물었다.

콜베리가 깜짝 놀라 그녀를 보았다. 비르게르손의 얼굴이 약간 어두워졌다.

"글쎄요, 그 연습은 많이 못 했으니까, 그건 잘 못 하겠네요."

남자는 한동안 생각에 잠겼다. 콜베리는 체념한 듯 어깨를 으쓱했다. 남자가 말을 이었다.

"그렇게 단순한 일도 무척 즐거울 수 있답니다. 흥분도 되고요. 가끔 라곤다 짐이나 EMW처럼 굉장히 희귀한 차를 보게 되면 기분이 좋았죠."

"스텐스트룀 형사에게 이 이야기를 했다는 겁니까?"

"네. 남한테 그런 이야기를 한 건 처음이었죠."

"그랬더니 그가 뭐랍디까?"

"흥미로운 이야기라고 했습니다."

"그렇군요. 그 말을 하려고 나를 불렀습니까? 밤 9시 반에? 크리스마스이브에?"

비르게르손은 상처 입은 표정이었다.

"네. 기억나는 게 있으면 뭐든지 이야기하라고 해서……."

"물론 그랬죠. 고맙습니다." 콜베리는 지쳐서 중얼거렸다.

그리고 자리에서 일어났다.

"하지만 제일 중요한 부분은 아직 말하지 않았습니다." 남자가 웅얼거렸다. "스텐스트룀 형사가 그 대목에 대단히 흥미를 보였죠. 모리스 이야기 덕분에 문득 기억이 떠올랐지 뭡니까."

콜베리는 다시 앉았다.

"그래요? 뭡니까?"

"그게, 이 취미에는, 이게 취미인지는 모르겠지만, 몇 가지 어려움이 있습니다. 어떤 모델들은 캄캄한 데서나 먼 거리에서는 구분하기가 어려워요. 가령 모스크비치와 오펠 카데트, DKW와 IFA가 어렵죠."

남자는 잠시 뜸을 들이다가 단호히 말했다. "아주, 아주 어렵습니다. 사소하고 세부적인 차이밖에 없어서 말이죠."

"그게 스텐스트룀과 당신의 모리스 8 자동차와 무슨 관계입니까?"

"아니요, 내 모리스하고는 관계없습니다. 형사님이 흥미를 보인 건 다른 대목이었어요. 개중에서도 가장 분간하기 어려운 건 모리스 마이너랑 르노 CV-4를 앞에서 봤을 때라고 말했죠. 옆이나 뒤에서 봤을 때는 쉽습니다. 하지만 앞이나 앞에서 살짝 비껴 봤을 때는 무척 어려워요. 나는 차차 요령을 익혀서 실수를 거의 저지르지 않게 되었지만, 그래도 가끔은 헷갈렸습니다."

"잠깐. 모리스 마이너하고 르노 CV-4라고 했습니까?"

"네. 똑똑히 기억하는데, 스텐스트룀 형사도 이 얘기에 깜짝 놀랐답니다. 그때까지는 밀뚱히 고개만 끄덕거리고 있었거든요. 내 말을 듣는 것 같지도 않았어요. 그런데 이 얘기가 나오니까 엄청 관심을 보이는 겁니다. 몇 번이나 다시 묻더라고요."

"앞에서 봤을 때라고요?"

"네. 그분도 바로 그 질문을 몇 번이나 했습니다. 앞에서 봤을 때나, 앞에서 살짝 비껴 봤을 때랍니다. 까다롭죠."

콜베리와 오사 토렐은 차로 돌아와 앉았다. 여자가 물었다. "대체 무슨 소리죠?"

"나도 아직 몰라요. 하지만 상당히 중요한 일일지도 모릅니다."

"오케를 죽인 남자에 대한 건가요?"

"모르죠. 적어도 왜 오케가 수첩에 그 차 이름을 적어뒀는지는 알겠군요."

"나도 한 가지 더 생각났어요. 오케가 죽기 두 주 전에 했던 말인데요, 휴가를 이틀 낼 수 있게 되면 당장 스몰란드로 내려가서 뭘 조사할 거라고 했어요. 엑셰로 가겠다고 했던 것 같아요. 뭔가 떠오르는 게 있나요?"

"전혀."

도시는 한산했다. 살아 움직이는 것이라고는 구급차 두 대,

경찰차 한 대, 비틀비틀 걸어가는 산타클로스 몇 명뿐이었다. 산타클로스들은 안 그래도 임무 수행에 늦은데다가, 여러 집에서 환영의 술을 많이 받아 마셔서 활동에 심각한 차질이 있어 보였다. 한참 뒤에 콜베리가 말했다. "군이 그러던데, 새해가 되면 우리집에서 나갈 거라고요?"

"네. 쿵스홀름 해변의 더 작은 아파트로 옮기기로 했어요. 가구든 뭐든 몽땅 팔아치우고 죄다 새로 사려고요. 직장도 새로 구할 거예요."

"뭘 하려고요?"

"아직 확실하게는 못 정했어요. 하지만 생각하는 건 있어요."

그녀가 잠시 가만히 있다가 물었다. "경찰은 어때요? 빈자리가 있나요?"

"아마도 있을 겁니다." 콜베리는 무심히 대답했다.

그러고는 깜짝 놀라 다시 물었다. "뭐라고요? 진심입니까?"

"네. 진심이에요."

오사 토렐은 운전에 집중했다. 인상을 찡그리며 휘날리는 눈발을 바라보았다.

두 사람이 팔란데르가탄 거리로 돌아와보니, 보딜은 벌써 잠이 들었고 군은 안락의자에 웅크리고 앉아 책을 읽고 있었다. 군의 눈에 눈물이 어려 있었다.

"무슨 일이야?" 콜베리가 물었다.

"빌어먹을 저녁 식사, 다 망쳤잖아."

"전혀 그렇지 않아. 아름다운 당신과 내 왕성한 식욕만 있으면, 죽은 고양이를 식탁에 올려놓아도 행복할 거야. 이제 먹자고."

"그리고 구제불능 마르틴이 전화했었어. 삼십 분 전에."

"오케이. 당신이 음식을 차리는 동안 나는 얼른 통화를 마칠 게." 콜베리는 명랑하게 말했다.

그는 재킷과 넥타이를 벗고 전화기로 갔다.

"여보세요, 베크입니다."

"누가 저렇게 악을 쓰고 있나?" 콜베리가 의심스레 물었다.

"웃는 경관."

"뭐?"

"음반이야."

"아, 그러고 보니 알겠군. 옛날에 뮤직홀에서 나오던 노래. 찰스 펜로즈였던가? 1차세계대전 이전으로 돌아가셨군."

멀리 배경에서 우렁찬 웃음소리가 들려왔다.

"그러거나 말거나." 마르틴 베크는 전혀 즐겁지 않은 듯했다. "멜란데르가 나한테 전화했더라고."

"왜?"

"닐스 에리크 예란손이라는 이름을 어디서 봤었는지 드디어 기억해냈대."

"어디서 봤다는데?"

"테레자 카마랑 수사에 등장했던 이름이래."

콜베리는 구두끈을 풀면서 잠시 생각한 뒤에 말했다. "멜란 데르에게 전화해서 이번만은 그 친구가 틀렸다고 말해줘. 나는 수사보고서를 한 글자도 안 빼고 모조리 읽었어. 설마 그런 걸 놓칠 만큼 내가 바보는 아니거든."

"서류가 집에 있나?"

"아니. 베스트베리아에. 하지만 확실해. 목숨을 걸어도 좋아."

"좋아. 자네를 믿어. 롱홀멘에는 왜 갔나?"

"정보 수집차. 막연하고 복잡한 이야기라 지금 설명할 수는 없지만, 만약에 그 정보가 옳다면……."

"옳다면?"

"테레자 수사 파일은 몽땅 휴지로 써버려도 좋을 거야. 메리 크리스마스."

콜베리는 전화기를 내려놓았다.

"다시 나가야 해?" 아내가 못 미더운 듯 물었다.

"나가긴 나가야지. 수요일이 되면. 브랜디는 어디 있지?"

29.

멜란데르는 여간해서는 우울해하지 않는 사람이었으나 12월 27일 오전에는 어찌나 비참하고 혼란스러운 표정이었던지 군발드 라르손마저 물었다. "무슨 일이야?"

"그냥, 내 사전에 실수란 없었는데 말이야."

"뭐든지 처음이 있는 법이지." 뢴이 위로했다.

"그래. 그래도 이해가 안 돼."

마르틴 베크가 똑똑 노크한 뒤, 누가 대꾸하기도 전에 방에 들어와 엄숙한 얼굴로 얕게 기침하면서 섰다.

"뭐가 이해가 안 돼?" 마르틴 베크가 물었다.

"내가 예란손에 대해서 실수했다는 것."

"내가 방금 베스트베리아에 다녀왔는데, 자네 기분을 낮게

할 만한 사실을 알아왔어."

"뭔가?"

"테레자 수사 파일에서 한 쪽이 사라졌어. 정확히 말하면 1244쪽이 없어."

오후 3시, 콜베리는 쇠데르텔리에의 어느 자동차 전시장 앞에 서 있었다. 그는 그날 이미 많은 일을 처리했다. 우선 십육 년 반 전에 스타스하겐 경기장에서 자동차를 목격했던 세 증인들이 차량을 앞에서, 혹은 앞으로부터 약간 비껴서 봤다는 사실을 확인했다. 다음으로 사진사에게 모리스 마이너 1950년형의 광고 사진을 약간 어둡게 손질해달라고 했다. 그 결과물이 지금 그의 안주머니에 꽂혀 있다. 세 목격자 중에서 경찰과 정비공은 죽었다. 하지만 진정한 전문가인 정비소 십장은 정정하게 살아서 여기 쇠데르텔리에에서 일하고 있었다. 지금은 십장이 아니었고, 뭔가 더 대단한 지위에 오른 듯했다. 남자는 유리로 둘러싸인 사무실에 앉아 전화를 하고 있었다. 통화가 끝나자 콜베리는 불쑥 안으로 들어갔다. 노크도 없었고, 신원을 밝히지도 않았다. 콜베리는 그저 사진을 남자 앞에 내려놓고 물었다. "이게 무슨 찹니까?"

"르노 CV-4. 오래된 모델요."

"확실합니까?"

"틀리면 내 손에 장을 지지겠소. 나는 절대 안 틀립니다."

"확실합니까?"

남자는 다시 사진을 힐끔 보았다.

"네. CV-4, 오래된 모델입니다."

"고맙습니다." 콜베리는 사진으로 손을 뻗었다.

남자가 영문을 모르겠다는 듯한 눈길을 콜베리에게 던졌다. "잠깐만. 지금 나를 골탕 먹이려는 겁니까?"

남자는 다시 사진을 철저하게 조사했다. 그리고 족히 십오 초쯤 지난 뒤에 천천히 말했다. "아니요. 이건 르노가 아니군요. 모리스라오. 모리스 마이너 50년형 아니면 51년형. 그런데 사진이 뭔가 이상하군요."

"맞습니다. 컴컴한 데서 본 것처럼 보이도록 약간 손질했습니다. 가령 비 오는 여름밤에 본 것처럼."

남자가 콜베리를 응시했다.

"이봐요, 당신 누굽니까?"

"경찰입니다."

"세상에, 내가 왜 그걸 몰랐을까. 초가을에도 웬 경찰이 찾아와서는……."

같은 날 5시 30분 직전에 마르틴 베크는 가까운 동료들만 소집하여 수사본부에서 브리핑을 열었다. 크리스마스 휴가에서 돌아온 노르딘과 몬손까지 포함하여 전원이 자리에 있었다. 빠진 사람은 크리스마스와 새해 사이에 휴가를 낸 함마르뿐이었다. 함마르는 지난 사십사 일간의 집중적인 수사에서의 빈약한 수확을 감안할 때 이 시기에 진전이 있을 리 없다고 판단했다. 쫓는 사람이든 쫓기는 사람이든 집에 앉아서 트림을 하며 일월까지 구멍난 지갑을 메울 방안을 궁리할 시기이니까.

"오, 한 페이지가 사라졌단 말이지. 그걸 누가 가져갔지?" 멜란데르가 만족스럽게 물었다.

마르틴 베크와 콜베리는 얼른 둘만의 시선을 주고받았다.

"누구, 가택수색에 전문가라고 자처하는 사람 없나?" 마르틴 베크가 물었다.

"수색이라면 내가 잘합니다. 찾는 물건이 존재하는 한 틀림없이 찾아낼 수 있습니다." 창가에 앉은 몬손이 나른하게 말했다.

"좋아요, 당신이 셰르호브스가탄 거리에 있는 오케 스텐스트룀의 집을 이잡듯 샅샅이 뒤져줬으면 합니다." 마르틴 베크가 말했다.

"뭘 찾으면 됩니까?"

"경찰 보고서의 한 페이지예요. 1244쪽이라고 번호가 매겨져 있을 테고, 본문에 아마 닐스 에리크 예란손이라는 이름이 들어 있을 겁니다." 콜베리가 대신 말했다.

"내일 하죠. 환한 대낮에 하는 게 더 쉬우니까요."

"그러죠, 좋습니다." 마르틴 베크가 말했다.

"내일 아침에 열쇠를 가져다드리죠." 콜베리가 몬손에게 말했다.

콜베리는 열쇠를 벌써 주머니에 갖고 있었다. 그러나 몬손이 수색에 착수하기 전에 예의 사진들에 관련된 흔적 몇 가지를 미리 치워두고 싶었다.

이튿날 오후 2시에 마르틴 베크의 책상 전화가 울렸다.

"새해 복 많이 받으십시오. 페르입니다."

"페르?"

"몬손입니다."

"아, 당신입니까. 왜요?"

"지금 스텐스트룀의 집에 와 있습니다. 여기엔 그 종이가 없습니다."

"확실합니까?"

"확실하냐고요?"

몬손은 엄청나게 맘이 상한 듯했다.

"물론 절대 확실합니다. 그가 그 종이를 갖고 있었던 건 확실합니까?"

"우리가 보기엔 그래요."

"뭐, 그렇다면 내가 다른 데를 찾아보죠."

마르틴 베크는 두피를 마사지했다.

"다른 데라니 어디 말입니까?"

마르틴 베크가 물었지만, 몬손은 이미 전화를 끊었다.

"아마도 중앙서류보관소에 복사본이 있을 거야." 군발드 라르손이 낮게 말했다.

"맞아." 마르틴 베크는 전화기의 버튼을 눌러 일단 전화를 끊은 뒤, 내선 번호를 돌렸다.

옆방에서는 콜베리와 멜란데르가 토의하고 있었다.

"자네가 준 명단을 살펴봤는데."

"뭐 좀 찾아냈나?"

"아주 많이. 하지만 쓸모가 있는지는 모르겠어."

"그건 내가 말해주지."

"이자들 중에는 상습범이 여럿 있어. 가령 칼 안데르손, 빌헬름 로스베리, 벵트 발베리, 이 세 명은 도둑이야. 전과가 수십 건이지. 지금은 도둑질을 하기에는 다들 너무 늙었지만."

"계속해."

"요한 그란은 장물아비였어. 보나마나 지금도 그럴걸. 웨이터인가 뭔가 하는 건 순전히 허울이야. 가장 최근에 복역한 게 고작 일 년 전인걸. 그리고 발터 에릭손, 이자가 왜 홀아비가 됐는지 아나?"

"몰라."

"술 취해서 말다툼하다가 부엌 의자로 아내를 죽였거든. 고살로 인정되어서 오 년을 살았지."

"젠장, 넌더리나는군."

"이 어중이떠중이 명단에는 그 밖에도 골칫덩어리들이 많아. 오베 에릭손하고 벵트 프레드릭손은 폭행으로 전과가 있어. 프레드릭손은 최소한 여섯 번. 혹시 나한테 의견을 묻는다면, 개중 두 번은 살인미수가 되었어야 마땅하다고 말하겠어. 중고품 판매상이라고 되어 있는 얀 칼손도 수상쩍은 인물이야. 붙잡힌 적은 없지만, 두어 번 아슬아슬한 지경까지 갔었지. 비에른 포르스베리도 기억나. 한때 이런저런 밀거래에 발을 담갔어. 1940년대 후반에는 지하 세계에서 꽤 알려진 이름이었지. 그러다가 마음을 고쳐먹고 새 출발을 했어. 돈 많은 여자랑 결혼해서 어엿한 사업가가 되었다지. 전과는 오래전에 한 번, 1947년에 사기죄로 형을 살았지. 한스 벤스트룀도 둘째가라면 서러울 전과를 갖고 있고. 좀도둑에서 금고털이까지 없는 게 없지. 나름대로 대단한 이력이야."

"생선장수라더니." 콜베리가 명단을 보면서 말했다.

"이십오 년 전에 순드뷔베리 시장에 가판을 갖고 있었던 걸로 기억해. 어쨌든 그자도 베테랑 중의 베테랑이지. 잉바르 벵트손은 요즘 기자를 자처하는 모양이지만, 한때는 수표 위조의 개척자였어. 그리고 뚜쟁이 짓도 했어. 보 프로스텐손은 삼류배우이고, 이름난 중독자야."

"이 아가씨는 점잖은 남자들하고 잘 생각은 전혀 없었던 모양이지?" 콜베리가 푸념했다.

"없긴 왜 없어. 그런 사람도 수두룩하지. 루네 벵트손, 렌나르트 린드르겐, 쿠르트 올손, 랑나르 비클룬드. 굉장한 상류층들이지. 수상쩍은 점이라고는 털끝만큼도 없는."

수사 내용을 속속들이 파악하고 있는 콜베리가 반박했다.

"아니야. 넷 다 결혼한 사람이잖아. 아내에게 이 일을 설명하느라 죽을 맛이었을 거야."

"그 점에서는 경찰이 상당히 신중했어. 당시 스무 살 언저리였거나 그보다 더 어렸던 조무래기들은 별달리 의심스러운 데가 없더군. 명단에서 그 나이대의 사람은 여섯 명인데, 한 명만 빼놓고는 다들 이후에 반듯하게 살았던데. 켄네트 칼손만 몇 번 붙잡혔지. 소년원에도 가고 어쩌고저쩌고. 꽤 지난데다가 심각한 일도 아니었지만 말이야. 이자들의 과거를 더 깊게 파헤쳐볼까?"

"부탁해. 다만 늙다리들은 제외해도 좋아. 현재 예순이 넘은 사람들. 서른여덟 살 아래의 어린 사람들도 제외해도 되겠고."

"그게 여덟 명하고 일곱 명. 합해서 열다섯 명. 그러면 열네 명이 남네. 판이 줄어드는군."

"무슨 판?"

"흠." 멜란데르는 아랑곳 않고 말을 이었다. "이 사람들은 당연히 테레자 사건 때 알리바이가 있었겠지."

"두말하면 잔소리지. 최소한 시체가 스타스하겐에 버려진 시점에는 다들 알리바이가 있었어." 콜베리가 대답했다.

그들은 12월 28일부터 테레자 사건 보고서의 복사본을 찾기 시작했으나 섣달그믐이 지나고 1968년으로 해가 바뀌고서야 결과가 나왔다.

먼지투성이 서류 더미가 마르틴 베크의 책상에 놓인 것은 1월 5일이었다. 그것이 보관소에서 맨 안쪽에 처박혀 있었으며 사람의 손을 타지 않은 지 오래되었다는 사실은 형사가 아니라도 누구나 알아볼 수 있었다.

마르틴 베크는 종이를 휙휙 넘겨 1244쪽을 찾았다. 본문은 간략했다. 콜베리도 마르틴 베크의 어깨 너머로 함께 읽었다.

영업 사원 닐스 에리크 예란손에 대한 취조, 1951년 8월 7일.

본인의 진술에 따르면, 예란손은 1929년 10월 4일에 스톡홀름의 핀니스 교구에서 태어났음. 부모는 전기 기사였던 알고트 에리크 예란손과 베니타 예란손. 모친의 옛 성은 란타넨. 예란손은 현재 스톡홀름 홀렌다레가탄 거리 10번지의 '올임포트'라는 회사에서 영업 사원으로 일함.

예란손은 테레자 카마랑을 알았던 사실을 시인했음. 그녀가 한때 자기 친구들 무리와 어울렸다고 함. 그러나 그녀가 죽기 전 몇 달간은 만나지 않았다고 주장함. 예란손은 카마랑 부인과 두 차례 친밀한 성적 관계(성교)를 맺었다고 시인했음. 처음은 스바르트만스가탄 거리의 한 아파트에서였고, 당시에 다른 사람들도 여러 명 함께 있었음. 그중에서 기억나는 사람은 칼 오케 비르게르 스벤손라스크뿐이라고 함. 두 번째는 홀렌다레가탄 거리의 어느 지하실이었음. 스벤손라스크는 그때도 함께 있었고, 그도 카마랑 부인과 친밀한 성적 관계(성교)를 맺었음. 정확한 날짜는 기억나지 않지만, 아마도 사건 전해인 1950년의 11월 말 며칠이었거나 12월 초 며칠, 혹은 11월과 12월에 걸친 며칠이었을 것이라고 함. 카마랑 부인의 다른 인간관계에 대해서는 모른다고 함.

예란손은 6월 2일에서 13일까지 엑셰에 있었음. 의류 판매 업무
차 A 6310 번호판의 자동차를 몰고 갔다고. 예란손이 소유한
차량은 모리스 마이너 1949년형, 번호판 A 6310임. 이 진술은 낭
독 후 승인을 받았음.

(서명)

덧붙임. 위에서 언급된 칼 오케 비르게르 스벤손라스크는 예란손
이 카마랑 부인과 친밀한 성적 관계(성교)를 맺었다고 경찰에 진
술했던 장본인임. 예란손이 엑셰를 방문했다는 주장은 엑셰 경찰
을 통해 그곳 시티 호텔에서 확인했음. 6월 10일 저녁에 예란손의
거취가 어땠는지를 호텔 웨이터 스베르케르 욘손에게 자세히 물
었더니, 예란손은 내내 호텔 식당에 앉아 있다가 식당이 문을 닫
는 11시 30분에 일어났고, 그때 만취한 상태였다고 함. 스베르케
르 욘손의 진술은 믿을 만함. 예란손의 호텔 영수증 세목으로도
그의 진술이 사실임이 입증됨.

"이 정도로군. 지금까지는." 콜베리가 말했다.

"이제 어떻게 할 거야?"

"스텐스트룀이 여유가 없어서 못 했던 일을 마저 해야지. 엑
셰로 가봐야겠어."

"퍼즐 조각들이 맞춰지기 시작하는군."

"그래. 참, 몬손은 어디 갔나?"

"사라진 보고서 종이를 찾으러 할스타함마르에 갔을걸. 스텐스트룀의 모친 댁에 갔을 거야."

"쉽게 포기하지 않는 사람이네. 가련하게시리. 그의 차를 빌리려고 했는데. 내 차는 점화장치에 문제가 있어."

콜베리는 1월 8일 아침에 엑셰에 도착했다. 밤새 눈보라를 뚫고서 얼어붙은 도로를 335킬로미터나 달렸으나 별로 피곤하지 않았다. 시티 호텔은 시내 중앙 광장에 있었다. 스웨덴 소도시의 전원적인 분위기에 완벽하게 녹아든 근사한 옛 건물이었다. 스베르케르 욘손이라는 웨이터는 십 년 전에 죽었지만, 닐스 에리크 예란손의 영수증은 아직 보관되어 있었다. 직원들이 다락의 먼지투성이 종이상자에서 영수증을 찾아내는 데 몇 시간이 걸렸다.

영수증에 따르면 예란손이 열흘 동안 이 호텔에 머물렀던 것은 확실했다. 예란손은 식사도 술도 모두 호텔 식당에서 했고, 각각의 영수증을 서명한 뒤에 나중에 숙박료에 합산하여 지불했다. 다른 경비도 많이 기록되어 있었다. 가령 전화료가 있었다. 하지만 예란손이 어느 번호로 전화를 걸었는지는 기록되어 있지 않았다. 콜베리의 눈길이 또 다른 항목에 가닿았다.

1951년 6월 6일, 호텔은 손님을 대신하여 오십이 크로나 이십오 외레를 자동차 정비소에 지불했다. '견인 및 수리' 항목이라고 적혀 있었다.

"이 정비소가 아직 있습니까?" 콜베리가 호텔 주인에게 물었다.

"네, 아직 있습니다. 심지어 이십오 년 동안 한 사람이 운영하고 있답니다. 밖으로 나가서 롱아네스 쪽으로 곧장 가시면……"

사실은 이십칠 년 동안 한 사람이 운영하고 있는 정비소였다.

정비소 주인은 어처구니없다는 듯이 말했다. "십육 년 반 전이라고? 대체 그걸 어떻게 기억합니까?"

"장부 없습니까?"

"있다마다. 여기는 적법한 사업체란 말입니다." 남자가 분연히 말했다.

주인은 한 시간 반 걸려서 오래된 장부를 찾아냈다. 그것을 콜베리에게 넘겨주지 않고, 자신이 직접 한 장 한 장 천천히 넘겨서 문제의 그날을 찾아냈다.

"6월 6일이라. 여기 있군요. 호텔에서 견인해 왔음, 맞아요. 스로틀이 고장났구먼. 52.25크로나가 들었군요. 견인이니 뭐니 전부 다 해서."

콜베리는 잠자코 기다렸다.

"견인이라니, 멍청한 작자로군. 스로틀 전선을 다른 걸로라도 연결해서 직접 여기까지 몰고 오면 되잖아?"

"차량에 대한 상세한 기록이 있습니까?" 콜베리가 물었다.

"그래요. 번호판이 A…… 뭐냐, 못 읽겠소. 누가 기름 묻은 손가락으로 숫자 부분을 문질렀군요. 어쨌든 스톡홀름 번호판인 건 분명해요."

"차종이 뭐였는지는 모르십니까?"

"알고말고. 포드 베데트였습니다."

"모리스 마이너가 아니고요?"

"여기에 포드 베데트라고 적혀 있으면 하늘이 두 쪽 나도 포드 베데트요. 모리스 마이너? 그건 누가 봐도 다른 차 아니오?" 주인은 화를 냈다.

콜베리는 삼십 분쯤 주인을 협박하고 설득한 끝에 직접 장부를 살펴보았다. 이윽고 콜베리가 떠나려는 찰나에 주인이 말했다. "어쨌든 그 사람이 왜 견인에 돈을 낭비했는지는 설명이 되는군요."

"정말입니까? 왜죠?"

"스톡홀름 사람이니까."

콜베리가 시티 호텔에 돌아오니 이미 밤이었다. 그는 허기지고 춥고 피곤했다. 북쪽으로 먼길을 운전하여 돌아가는 대신 호텔에 방을 잡았다. 목욕을 하고 식사를 주문했다. 음식이 준비되는 동안에 전화를 두 통 걸었다. 우선 멜란데르.

"명단의 남자들 중에서 누가 1951년 6월에 차를 갖고 있었는지 알아봐주겠나? 갖고 있었다면 차종도."

"그러지. 내일 오전에."

"예란손의 모리스가 무슨 색이었는지도 알아봐줘."

"알았어."

다음은 마르틴 베크.

"예란손은 이곳에 자기 모리스로 오지 않았어. 다른 차를 몰고 왔어."

"스텐스트룀이 옳았군."

"사람을 시켜서 예란손이 다녔다는 홀렌다레가탄 거리의 회사가 누구 소유인지 알아봐주겠나? 뭐하는 회사였는지도."

"알았어."

"나는 내일 정오쯤 돌아갈 거야."

콜베리는 식당으로 내려가서 저녁을 먹었다. 식당에 앉아 있으니, 정확히 십육 년 전에 자신이 이 호텔에 묵었던 적이 있다는 기억이 불현듯 떠올랐다. 당시에 그는 택시 살인 사건을 조사하고 있었다. 그 사건은 사나흘 만에 해결되었다. 만약에 그

옷는 경관

가 지금 아는 정보를 그때 알았더라면, 십 분 만에 테레자 사건을 해결할 수 있었으리라.

뢴은 올손이라는 이름에 대해서, 그리고 예란손의 쇼핑백 잡동사니 속에서 발견한 식당 영수증에 대해서 계속 생각했다. 화요일 아침에 좋은 발상이 하나 떠올랐다. 그는 뭔가 생각이 떠오르면 으레 그렇듯이 군발드 라르손을 찾아갔다. 뢴과 군발드 라르손은 직장에서 서로 전혀 살갑게 굴지 않았으나, 사실은 개인적으로 친구였다. 이 사실을 아는 사람은 거의 없었다. 두 사람이 크리스마스도 섣달그믐도 함께 보냈다는 사실을 알면 다들 놀라 자빠질 것이다.

"쪽지에 적혀 있던 B.F.라는 머리글자에 대해서 생각해봤는데, 멜란데르하고 콜베리가 집적거리는 명단에서 머리글자가 들어맞는 사람은 세 명뿐이야. 보 프로스텐손, 벵트 프레드릭손, 비에른 포르스베리." 뢴이 말했다.

"그래서?"

"그 사람들을 찾아가서 누가 올손을 닮았는지 조심스레 살펴보면 어떨까."

"그자들이 지금 어디 있는지 알 수 있나?"

"멜란데르는 가능할걸."

멜란데르는 가능했다. 멜란데르는 이십 분 만에 모두 알아냈다. 포르스베리는 현재 집에 있고 오후에는 시내의 사무실에 있으리라는 것. 12시에는 앰버서더 호텔에서 고객과 점심 식사 약속이 있다는 것. 프로스텐손은 아르네 맛손의 영화에서 단역을 맡아 연기하고 있기 때문에 솔나의 영화 스튜디오에 있다는 것.

"그리고 프레드릭손은 카페 티안에서 맥주를 마시고 있을 거래. 이 시각에는 보통 거기에 있다는군."

"나도 함께 가지. 몬손의 차를 끌고 가자고. 몬손에게는 우리 차를 한 대 내줬어." 놀랍게도 마르틴 베크가 따라 나섰다.

벵트 프레드릭손, 예술가이자 주정뱅이인 그 인물은 과연 감라스탄에서 열심히 맥주를 마시고 있었다. 그는 뚱뚱했고, 엉망진창 텁수룩한 붉은 턱수염에 나긋나긋한 백발을 기르고 있었다. 벌써 취해 있었다.

세 사람이 다음으로 간 곳은 솔나였다. 제작 담당자가 길고 구불구불한 복도를 지나 거대한 스튜디오의 한 구석으로 그들을 안내했다.

"프로스텐손은 오 분 뒤에 촬영이 있습니다. 그가 영화에서 유일하게 대사를 하는 장면이에요." 제작 담당자가 말했다.

그들은 상당히 먼 거리에 서 있었지만, 사정없이 환하게 내리쬐는 조명 덕분에 뒤엉킨 전선과 무대장치 너머의 세트가 똑

웃는 경관

똑히 보였다. 틀림없이 작은 식료품 가게의 내부를 만들어둔 것 같았다.

"스탠바이! 조용! 카메라! 스톱!" 감독이 외쳤다.

흰 모자와 외투 차림의 남자가 조명으로 만든 빛 속으로 들어서며 말했다. "좋은 아침입니다, 부인. 뭘 찾으세요?"

프로스텐손은 그 대사를 다섯 번 말해야 했다. 그는 대머리에 호리호리했다. 말을 좀 더듬었고, 입가와 눈가를 신경질적으로 씰룩였다.

삼십 분 뒤, 군발드 라르손은 스톡순드에 있는 비에른 포르스베리의 집에서 이십오 미터 떨어진 곳에 차를 세웠다. 마르틴 베크와 뢴은 뒷좌석에서 몸을 숨겼다. 열린 차고 문 안에 검은색 대형 메르세데스가 보였다.

"저 사람은 지금 나가야 할 거야. 점심 약속에 안 늦으려면." 군발드 라르손이 말했다.

십오 분을 더 기다리자 현관문이 열리면서 남자가 계단으로 나왔다. 금발의 여자, 개 한 마리, 일곱 살쯤 된 소녀가 함께 나왔다. 남자는 여자의 뺨에 입을 맞추고, 아이를 들어올려 아이에게도 입을 맞췄다. 그러고는 성큼성큼 차고로 걸어가 차를 몰고 나왔다. 아이가 남자에게 키스를 날린 뒤에 웃으면서 뭐라고 외쳤다.

비에른 포르스베리는 키가 크고 늘씬했다. 반듯한 이목구비와 진솔한 표정 덕택에 놀랄 만큼 잘생겨 보였다. 여성지의 단편소설에 곁들여지는 그림에서 튀어나온 사람 같았다. 살갗은 까무잡잡하게 그을었다. 행동거지는 여유롭고 허식이 없었다. 머리에는 아무것도 안 썼고, 헐렁한 회색 외투를 입었다. 곱슬곱슬한 머리카락은 뒤로 빗어 넘겼다. 마흔여덟이라는 나이보다 어려 보였다.

"올손을 닮았군. 특히 체격하고 옷이. 외투 말이야." 뢴이 말했다.

"흠. 차이가 있어. 올손의 외투는 아마도 삼 년 전 세일하는 걸 삼백 크로나쯤 주고 샀을걸. 이 사람의 외투는 오천 크로나쯤 할 거야. 하지만 슈베린 같은 사람은 차이를 몰랐겠지." 군발드 라르손이 말했다.

"솔직히 나도 모르겠는데." 뢴이 말했다.

"나는 알아. 다행스럽게도 세상에는 좋은 품질을 알아보는 사람이 있어. 그렇지 않다면 새빌 로*에 갈보집이나 줄줄이 세우는 게 낫겠지." 군발드 라르손이 말했다.

"어디?" 뢴이 놀라서 물었다.

---

* 고급 맞춤 양복점들로 유명한 런던의 거리.

웃는 경관

콜베리의 일정은 완전히 망가졌다. 늦잠을 잔 것도 모자라, 날씨가 어제보다 더 나빴다. 오후 1시 30분이 되어서야 겨우 린셰핑 북쪽의 어느 모텔에 차를 세웠다. 그는 커피를 마시고 마자랭 케이크를 먹었다. 그리고 스톡홀름에 전화를 걸었다.

"어때?"

"1951년 여름에 차를 갖고 있었던 사람은 아홉 명이야. 잉바르 벵트손은 신형 폴크스바겐, 루네 벵트손은 49년형 패커드, 켄네트 칼손은 38년형 DKW, 오베 에릭손은 오래된 오펠 카피텐, 전쟁 전의 모델이었고, 비에른 포르스베리는 49년형 포드 베데트, 또⋯⋯." 멜란데르가 말했다.

"스톱. 그걸 갖고 있는 사람이 또 있나?"

"베데트? 아니."

"그럼 됐어."

"예란손의 모리스는 원래 연녹색이었어. 물론 그가 갖고 있는 동안에 다시 칠했을지도 모르지만."

"좋아. 마르틴을 바꿔주겠어?"

"하나만 더. 예란손은 1951년 여름 모리스를 폐차했어. 8월 15일에 차량 등록이 말소되었더군. 경찰에 취조를 당하고서 일주일이 지난 시점이지."

콜베리는 공중전화에 동전을 하나 더 집어넣고 앞으로 204킬로미터를 더 달려야 한다는 생각에 초조함을 느꼈다. 이 날씨에는 몇 시간이 더 걸릴 것이다. 그는 엊저녁에 기차로 미리 장부를 올려보내지 않은 것을 후회했다.

"여보세요, 베크 경감입니다."

"여어. 그 회사는 뭐하는 회사던가?"

"장물을 팔지 않았나 싶어. 하지만 증거는 없어. 영업 사원을 두 명 고용해서 지방을 다니면서 의류 따위를 팔게 했어."

"소유주는?"

"비에른 포르스베리."

콜베리는 잠시 생각한 뒤에 말했다. "멜란데르에게 포르스베리에게만 집중하라고 말해줘. 옐름한테는 내가 스톡홀름에 돌아갈 때까지 옐름이든 다른 누구든 연구소에 남아 있어 달라고 전해줘. 분석할 물건이 있어."

5시에도 콜베리는 도착하지 않았다. 멜란데르가 마르틴 베크의 방문을 두드리고 들어왔다. 한 손에는 파이프를, 다른 손에는 종이 뭉치를 들었다. 멜란데르가 곧바로 말을 꺼냈다.

"비에른 포르스베리는 1951년 6월 17일에 결혼했어. 부인의 이름은 엘사 베아트리세 호칸손. 망누스 호칸손이라는 사업가

의 외동딸이야. 사업은 건축자재를 취급하는 일이었고, 호칸손
이 유일한 소유주였다는군. 아주 부유했던 모양이야. 포르스베
리는 여자를 만난 뒤에 홀렌다레가탄 거리의 회사 같은 과거의
일거리들을 당장 걷어치웠어. 열심히 일하고 경제학을 공부해
서 정력적인 사업가로 변신했지. 구 년 전에 호칸손이 죽자 딸
이 유산과 회사를 모두 물려받았어. 포르스베리는 1950년대 중
반에 이미 사장이 되어 있었어. 스톡순드에 있는 집은 1959년
에 샀고. 당시에도 오십만 크로나 이상 나갔을걸."

마르틴 베크는 코를 풀었다.

"결혼 전에 그 여자랑 얼마나 사귀었다나?"

"둘은 1951년 3월에 오레에서 만난 것 같아. 포르스베리는
겨울 스포츠광이었다고 해. 여담이지만 지금도 그래. 그의 아내
도 그렇지. 이른바 첫눈에 반한 사랑이었던 모양이야. 만나다
헤어지는 일 없이 죽 사귀다가 결혼했어. 포르스베리는 그때부
터 여자의 부모 집에 자주 드나들었고. 당시에 포르스베리는 서
른두 살이었고, 엘사 호칸손은 스물다섯 살이었어."

멜란데르가 종이를 넘겼다.

"결혼 생활은 행복해 보여. 아이는 셋. 열세 살짜리, 열두 살
짜리 아들 둘하고 일곱 살짜리 딸 하나. 갖고 있던 포드 베데트
는 결혼 직후에 팔고 링컨을 샀어. 이후에도 수도 없이 바꿨고."

멜란데르가 말을 멎고 파이프에 불을 댕겼다.

"자네가 알아낸 내용은 그것까지야?"

"하나 더. 내 생각에 중요한 내용이야. 비에른 포르스베리는 1940년에 핀란드 겨울 전쟁에 자원했어.* 당시 스물한 살이었지. 복무를 마치고는 곧장 출전한 거야. 그의 아버지는 크리스티안스타드의 벤데스포병연대에서 중위였어. 요컨대, 점잖은 중산층 가정 출신으로 전도유망한 청년이었는데 전쟁 후에 좀 틀어졌다는 거지."

"좋아. 그 사람인 것 같아."

"그래 보이는군." 멜란데르가 동의했다.

"안에 누가 있나?"

"군발드, 뢴, 노르딘, 에크. 남자의 알리바이를 조사할까?"

"바로 그거야."

콜베리는 7시가 되어서야 스톡홀름에 도착했다. 그는 곧장 연구소로 달려가서 정비소 장부를 건네주었다.

"우리한테도 근무시간이라는 게 있어요. 5시에 마칩니다."

---

* 2차세계대전 중 소련이 핀란드를 침공하여 발발한 전쟁. 당시 스웨덴은 정규군을 지원하지 않았으나 팔천여 명의 시민들이 자원하여 핀란드를 위해 싸웠다.

옐름이 심술궂게 말했다.

"그래도 이걸 봐주면 너무 고맙겠는데……."

"알았어요, 알았어. 금방 전화하죠. 알고 싶은 건 번호판 숫자뿐인가요?"

"그래요. 나는 쿵스홀름스가탄 사무실에 있겠습니다."

콜베리가 마르틴 베크를 만나 대화를 시작하기도 전에 전화가 울렸다.

"A 6708." 옐름이 간결하게 말했다.

"대단한데요."

"쉬웠어요. 어쩌면 그쪽도 직접 읽을 수 있었을지도 몰라요."

콜베리가 전화를 내려놓았다. 마르틴 베크가 눈빛으로 물었다.

"맞아. 예란손이 엑셰에 몰고 간 건 포르스베리의 차였어. 확실해. 포르스베리의 알리바이는 어땠지?"

"약해. 포르스베리는 1951년 6월에 홀렌다레가탄 거리의 독신자 아파트에 살았어. 그 수상한 회사의 사무실과 같은 건물이었지. 경찰 취조에서는 10일 저녁에 노르텔리에에 있었다고 진술했어. 그건 사실인 것 같아. 저녁 7시에 노르텔리에에서 누군가를 만났거든. 역시 본인의 진술에 따르면, 기차 막차로 스톡홀름에 돌아왔다는군. 도착 시각은 밤 11시 30분. 자기 자동차를 영업 사원한테 빌려줘서 그랬다고 했어. 물론 그 영업 사원은 그의 말을 확인해줬지."

"예란손과 서로 차를 바꿨다는 말은 일부러 안 했군."

"그래. 사실 포르스베리는 예란손의 모리스를 갖고 있었지. 그게 일을 복잡하게 꼬았던 거야. 직접 차를 몰았다면 한 시간 반이면 쉽게 스톡홀름에 왔겠지. 차들은 보통 홀렌다레가탄 거리의 뒷마당에 주차했기 때문에 길에서는 보이지 않아. 그 뒷마당에는 냉동실도 있었어. 여름에 모피 코트를 보관해두는 창고였는데, 보나마나 장물이었을 테지. 두 사람이 왜 차를 바꿨을까?"

"단순한 이유가 아니었을까. 예란손은 영업 사원이라 옷이며 마약이며 잔뜩 갖고 다녔겠지. 자기 모리스보다 포르스베리의 베데트를 쓰면 짐을 세 배는 더 실을 수 있었을 거야."

콜베리는 잠시 말을 멎었다가 이어 말했다. "예란손은 나중에야 사태를 알아차렸을 거야. 출장에서 돌아온 뒤에 상황을 파악했고, 차를 그대로 갖고 있으면 위험할지도 모른다고 생각했겠지. 그래서 취조 직후에 서둘러 폐차한 거야."

"포르스베리는 테레자와의 관계에 대해서 뭐라고 진술했나?"

"1950년 가을에 댄스홀에서 만났고, 정확하게 횟수는 몰라도 몇 번 같이 잤다고 했어. 그러다가 겨울에 아내 될 사람을 만나서 그 밝히는 여자에게는 흥미를 잃었다고."

"그가 그런 표현을 썼어?"

"뭐, 비슷한 표현이었어. 포르스베리가 왜 여자를 죽였을까? 스텐스트룀이 벤델의 책 여백에 적어둔 것처럼, 피해자를 떨쳐 버리기 위해서?"

"아마도. 사람들이 다들 테레자를 떨치기 어려운 여자라고 말했던 걸 보면. 그 경우에는 치정 살인은 아닌 셈이지."

"그래. 하지만 포르스베리는 그렇게 보이기를 원했어. 그리고 그에게 믿기 힘든 행운이 찾아온 거야. 목격자들이 모두 차를 헷갈린 거지. 포르스베리는 희색이 만면했겠지. 자신은 상당히 안전하다고 믿었을 거야. 유일한 걱정은 예란손이었겠지."

"예란손과 포르스베리는 친구였어."

"실제로도 꽤나 안전했지. 스텐스트룀이 테레자 사건을 들쑤시다가 비르게르손에게서 묘한 단서를 얻을 때까지는. 스텐스트룀은 관련자 중 유일하게 예란손이 모리스 마이너를 갖고 있었다는 걸 안 거야. 색깔도 같았지. 스텐스트룀은 여러 관련자들을 직접 만나본 뒤에, 예란손을 미행하기 시작했어. 예란손이 누군가로부터 돈을 받는다는 사실을 쉽게 눈치챘겠지. 그 돈이 테레자 카마랑을 살해한 사람에게서 나온다고 가정했겠고. 예란손은 점점 초조해졌을 테고……. 참, 예란손이 10월 8일에서 11월 13일 사이에 어디 있었는지는 알아냈나?"

"응. 클라라 호수의 어느 보트에서 기거했다더군. 노르딘이 오늘 아침에 알아냈어."

콜베리는 고개를 끄덕였다.

"스텐스트룀은 머지않아 예란손이 자신을 살인범에게 인도할 거라고 생각했지. 그래서 매일 뒤를 밟았어. 아마 드러내놓고 그랬을 거야. 따지고 보면 스텐스트룀의 판단이 옳았어. 본인에게 결과가 좋지 못했다는 게 문제였을 뿐. 스텐스트룀이 그러는 대신 후딱 스몰란드를 다녀왔다면……."

콜베리는 입을 닫았다. 마르틴 베크는 오른손 엄지와 집게손가락으로 신중하게 콧잔등을 문질렀다.

"모두 들어맞는 것 같군. 심리적으로도. 테레자 사건의 공소시효가 소멸되기까지는 구 년이 남았어. 평범한 사람이 무슨 짓을 해서라도 발각을 피하려고 할 만큼 중대한 범죄는 살인밖에 없겠지. 게다가 포르스베리는 잃을 게 너무 많았어."

"포르스베리가 11월 13일 저녁에 뭘 했는지는 아나?"

"알다마다. 버스에서 사람들을 쏴 죽이고 있었잖아. 자신에게 몹시 위험한 인물인 스텐스트룀과 예란손을 포함해서. 솔직히 말하자면, 지금으로서는 그에게 살인을 저지를 시간적 여유가 있었다는 사실만 알아."

"그건 어떻게 알아냈는데?"

"군발드가 포르스베리의 독일인 가정부를 납치해서 알아낸 사실이야. 그 아가씨는 월요일 저녁마다 쉰다더군. 아가씨가 갖고 있던 일지에 따르면, 13일에서 14일로 넘어가는 밤에 그 아가씨는 남자친구와 함께 있었어. 역시 같은 정보통에 따르면, 포르스베리 부인은 그날 저녁에 여자들의 모임에 나갔어. 원칙적으로 그 집은 아이들끼리만 내버려두는 일이 절대로 없기 때문에, 포르스베리는 집에 있어야만 했다는 거지."

"그 가정부는 지금 어딨나?"

"여기에. 밤새 잡아둘 거야."

"포르스베리는 정신 상태가 어떨까?"

"최악이겠지. 무너지기 일보 직전일 거야."

"문제는 그를 잡아들이기에 충분한 증거가 있느냐, 이건가?"

"버스 사건으로는 안 돼. 그러면 패착이 될 거야. 하지만 테레자 카마랑 사건의 용의자로 체포할 수는 있어. 핵심 증인이 증언을 바꿨고 그 밖에도 새로운 사실이 많이 밝혀졌으니까."

"언제?"

"내일 아침."

"어디서?"

"그자의 사무실에서. 남자가 출근하자마자. 부인이나 아이들까지 끌어들일 필요는 없어. 남자가 절박한 처지일수록 그러면 안 돼."

"어떻게?"

"가급적 조용히. 총을 쏘거나 문을 부수고 들어가는 일 없이."

콜베리는 잠깐 생각하다가 마지막 질문을 던졌다.

"누가?"

"나하고 멜란데르."

30.

대리석 카운터에 앉은 금발의 전화교환원은 마르틴 베크와 멜란데르가 응접실에 들어서자 손톱 다듬는 줄을 내려놓았다.

비에른 포르스베리의 사무실은 쿵스가탄 거리에서 스투레플란 광장에 가까운 쪽의 건물 6층에 있었다. 4층과 5층도 같은 회사가 썼다.

9시 5분밖에 안 된 이른 시각이었다. 포르스베리가 보통 9시 30분은 되어야 출근한다는 것을 두 사람은 알고 있었다.

"하지만 비서는 곧 올 겁니다. 앉아서 기다리시겠다면요." 교환원이 말했다.

교환원의 눈길이 닿지 않는 저 건너편에 안락의자 여러 개가 낮은 유리 탁자를 둘러싸고 옹기종기 놓여 있었다. 두 사람은 코트를 벗어 걸어두고 그곳에 앉았다.

응접실로 통하는 문은 여섯 개였다. 명판은 붙어 있지 않았다. 문 하나가 약간 열려 있었다.

마르틴 베크가 자리에서 일어났다. 열린 문을 빼꼼히 들여다보더니, 안으로 사라졌다. 멜란데르는 파이프와 담배쌈지를 꺼내 파이프를 재우고 성냥을 켰다. 마르틴 베크가 돌아와 앉았다.

두 사람은 묵묵히 기다렸다. 간간이 교환원의 목소리가 들렸고, 여자가 전화를 연결할 때 교환기가 윙윙거렸다. 그 밖에는 거리에서 희미하게 들려오는 자동차 소리뿐이었다. 마르틴 베크는 일 년 묵은 《인두스트리아》의 책장을 넘겼고, 멜란데르는 파이프를 물고 눈을 지그시 감은 채 뒤로 늘어져 있었다.

9시 20분에 바깥 출입문이 열리며 한 여자가 들어왔다. 모피 코트를 입고, 높이 올라오는 가죽 부츠를 신고, 커다란 핸드백을 팔에 걸친 여자였다.

여자는 교환대의 아가씨에게 고개를 까딱하고는 반쯤 열린 문을 향해 총총 걸어갔다. 걸음을 조금도 늦추지 않고 지나치면서 무표정한 얼굴로 힐끔 안락의자에 앉은 남자들을 보았다. 그리고 문을 닫고 들어갔다.

이십 분쯤 더 흐른 뒤에 포르스베리가 왔다.

포르스베리는 전날과 비슷한 옷차림이었다. 발걸음이 씩씩하고 활기찼다. 남자는 코트를 벗어 걸려다가 마르틴 베크와 멜란데르의 존재를 알아차렸다. 남자는 일순 동작을 멈췄지만 일초도 지나지 않아 정신을 차렸다. 그는 옷걸이에 외투를 걸고 그들을 향해 다가왔다.

마르틴 베크와 멜란데르는 동시에 일어섰다. 포르스베리는 무슨 일이느냐는 듯 눈썹을 치켜 올렸다. 그가 뭔가 말하려고 입을 벌렸을 때 마르틴 베크가 손을 내밀었다. "베크 경감입니다. 이쪽은 멜란데르 경위입니다. 드릴 말씀이 있어 찾아왔습니다."

비에른 포르스베리는 두 사람과 악수를 나눴다.

"뭐, 그러시죠. 들어오십시오."

그들을 위해 문을 잡아주는 남자의 태도는 상당히 차분했다. 즐거워 보이기까지 했다. 남자는 비서에게 고개를 끄덕였다. "좋은 아침, 셸드 양. 자네는 나중에 보지. 이분들과 잠시 할 말이 있으니까."

그가 앞장서서 사무실로 들어갔다. 사무실은 널찍하고 환했으며, 세련되게 꾸며졌다. 바닥은 털이 긴 청회색 카펫으로 빈틈없이 덮여 있었고, 크고 번들거리는 책상 위에는 아무것도 없었다. 대신 검은 가죽 회전의자 옆의 작은 탁자에 전화 두 대, 구술 녹음기, 내선 전화용 인터폰이 놓여 있었다. 폭넓은 창턱에는 백랍 액자 네 개가 세워져 있었다. 남자의 부인과 세 자녀의 사진이었다. 두 창문 사이의 벽에는 유화 초상화가 걸려 있었다. 아마도 남자의 장인 같았다. 그 밖에도 술병들이 든 찬장, 회의용 탁자, 그 위에 놓인 쟁반의 물병과 잔들, 소파 하나, 안락의자 두 개, 책 몇 권과 도자기 인형들이 든 유리 미닫이문 책장, 눈에 잘 안 띄도록 벽에 부착된 금고가 있었다.

마르틴 베크는 방문을 닫는 동안 세세한 부분들까지 고스란히 눈에 담았다. 포르스베리는 느긋하게 책상으로 걸어갔다.

남자는 왼손을 책상에 얹고, 몸을 앞으로 숙여 오른손으로 서랍을 열어 서랍 속에 손을 집어넣었다. 다시 나온 남자의 손가락은 권총 자루를 감싸고 있었다.

여전히 왼손으로는 책상을 짚은 채, 남자가 총신을 들어올렸다. 입을 벌렸다. 총을 가급적 깊숙이 입에 쑤셔넣은 뒤, 입술을 오므려 검푸르게 번들거리는 원통형 금속을 잘 감쌌다. 그리고 방아쇠를 당겼다. 눈은 내내 마르틴 베크를 똑바로 바라보았다. 그 눈은 명랑해 보이기까지 했다.

순식간에 벌어진 일이었다. 마르틴 베크와 멜란데르가 방을 절반도 가로지르지 못했는데 비에른 포르스베리가 책상 위로 털썩 엎어졌다.

권총은 공이치기가 당겨져 있었다. 공이가 약실에 부딪히는 소리가 딸각 날카롭게 울려퍼졌다. 그러나 총신을 빙글빙글 회전하며 통과하여 비에른 포르스베리의 입천장을 박살내고 뇌의 대부분을 뒤통수의 구멍을 통해 날려보냈어야 할 총알은 총을 벗어나지 못했다. 총알은 금속 외피에 얌전히 감싸인 상태로 마르틴 베크의 오른쪽 바지 주머니에 들어 있었다. 함께 약실에 들어 있었던 다른 총알 다섯 개와 함께.

마르틴 베크는 총알을 하나 꺼냈다. 손가락으로 그것을 빙글 돌려서, 뇌관의 구리 껍데기에 새겨진 글자를 읽었다. 메탈베르켄 38 SPL. 총알은 스웨덴제였지만 권총은 미국제였다. 매사추세츠 주 스프링필드에서 만들어진 스미스 앤드 웨슨 38 스페셜이었다.

비에른 포르스베리는 매끄러운 책상에 얼굴을 붙인 채 가만히 엎드려 있었다. 몸이 부들부들 떨렸다. 몇 초 뒤에 그는 바닥으로 미끄러져 내리면서 비명을 지르기 시작했다.

"구급차를 불러야겠군." 멜란데르가 말했다.

뢴은 다시 한번 녹음기를 갖고서 카롤린스카 병원의 독실에 앉아 있었다. 다만 이번에는 외과가 아니라 정신과 병동이었고, 곁에는 끔찍한 울홀름 대신 군발드 라르손이 있었다.

비에른 포르스베리는 안정제 주사를 비롯해 갖가지 처방을 잔뜩 받았다. 그의 정신적 회복을 담당하는 의사는 몇 시간 전부터 병실에 와 있었다. 환자의 입에서 나오는 말은 한 가지뿐이었다. "왜 나를 그냥 죽게 내버려두지 않았습니까?"

"그러게, 왜 안 그랬나 몰라." 군발드 라르손이 웅얼거렸다. 의사가 엄하게 쏘아보았다.

포르스베리가 정말로 죽을지도 모른다는 의사의 말이 없었던들 두 사람은 병실에 찾아오지 않았을 것이다. 의사들은 남자가 어마어마한 충격을 받았고, 심장이 약해졌고, 신경이 나간 상태라고 했다. 하지만 전반적인 상태는 그다지 나쁘지 않다는 게 최종 소견이었다. 언제든 심장 발작이 일어나 목숨을 앗아갈지 모른다는 게 문제지만.

뢴은 남자의 전반적인 상태에 관한 의사들의 설명을 곰곰이 반추했다.

"왜 나를 그냥 죽게 내버려두지 않았습니까?" 포르스베리가 또 말했다.

"왜 테레자 카마랑을 그냥 살게 내버려두지 않나?" 군발드 라르손이 응수했다.

"그럴 수 없었습니다. 없애야 했습니다."

"왜 그래야 했지요?" 뢴이 진드근히 물었다.

"선택의 여지가 없었어요. 그냥 두면 그 여자가 내 인생을 망쳤을 겁니다."

"어차피 망친 것 같은데." 군발드 라르손이 말했다.

의사가 다시 엄하게 쏘아보았다.

"당신은 모릅니다. 여자한테 다시는 찾아오지 말라고 했어요. 나도 궁한 처지에 돈까지 쥐여줬습니다. 그런데도 여자가……."

"하던 말 계속하세요." 뢴이 친근하게 거들었다.

"그런데도 여자가 나를 계속 쫓아다녔어요. 그날 저녁에 집에 갔더니 침대에 누워 있더군요. 발가벗고. 내가 여벌 열쇠를 어디에 감춰두는지 알기에 그걸로 들어왔던 겁니다. 십오 분 뒤에 아내가…… 약혼녀가 올 예정이었어요. 다른 방법이 없었단 말입니다."

"그래서?"

"여자를 들쳐업고 내려가서 모피 코트 보관용 냉동실에 넣었습니다."

"누가 발견할지도 모른다는 걱정은 안 들었습니까?"

"냉동실 열쇠는 두 개뿐인데, 하나는 내가 갖고 있었고 다른 하나는 니세 예란손이 갖고 있었습니다. 니세는 출장중이었고요."

"얼마나 오래 거기에 놔뒀습니까?"

"닷새 동안. 비가 올 때까지 기다렸습니다."

"그래, 댁은 비를 좋아하지." 군발드 라르손이 끼어들었다.

"이래도 이해가 안 됩니까? 그 여자는 미쳤었다고요. 단숨에 내 인생을 망칠 수 있었다고요. 모든 계획을."

뢴은 저 혼자 고개를 끄덕였다. 이야기가 잘 풀리고 있었다.

"기관단총은 어디서 났나?" 군발드 라르손이 뜬금없이 물었다.

"전쟁터에서 갖고 온 겁니다."

포르스베리는 한동안 입을 닫았다가 자랑스럽게 덧붙였다. "나는 그걸로 볼셰비키를 세 놈이나 쏴 죽였지요."

"스웨덴제?" 또 군발드 라르손이 물었다.

"아니요. 핀란드젭니다. 수오미 모델 37."

"어디다 뒀나?"

"누구도 절대 못 찾을 곳에."

"물속에?"

남자가 고개를 끄덕이더니 곧 골똘히 생각에 빠진 듯했다.

"닐스 에리크 예란손을 좋아했습니까?" 한참 뒤에 뢴이 물었다.

"니세는 좋은 녀석이었지요. 좋은 친구였어요. 나한테는 아들 같았습니다."

"그런데도 죽였나요?"

"내게 위협이 되었으니까요. 가족에게. 삶의 의미에. 살아온 이유인 모든 것들에. 니세도 일부러 그런 건 아니었지만, 적어도 나는 니세가 고통 없이 순식간에 죽게 해줬습니다. 당신들이 나한테 하는 것처럼 이렇게 괴롭히진 않았습니다."

"당신이 테레자를 죽인 걸 니세도 알았습니까?" 뢴이 물었다. 줄곧 조용하고 친절한 말투였다.

"내가 말해주진 않았지만 니세도 알았지요. 바보가 아니었으니까. 좋은 친구였어요. 나는 결혼 후에 니세에게 일만 크로나와 새 차를 줬습니다. 그리고 영영 헤어졌습니다."

"영영?"

"네. 이후에는 전혀 연락이 없었습니다. 그러다가 갑자기 가을에 니세에게서 전화가 왔습니다. 누가 밤낮으로 자기를 미행한다고 하더군요. 니세는 잔뜩 겁을 먹었고, 돈이 필요하다고 했어요. 그래서 돈을 줬죠. 그리고 니세를 외국으로 내보내려고 했습니다."

"그런데 그가 안 갔나요?"

"네. 니세는 너무 의기소침했어요. 겁에 질렸죠. 외국으로 가면 더 의심스러워 보일 거라고 생각하더군요."

"그래서 죽였습니까?"

"어쩔 수 없었어요. 그 상황에서는 다른 선택이 없었습니다. 아니면 니세가 나를 끝장낼 테니까요. 우리 아이들의 미래도,

내 사업도, 모든 것을. 그도 일부러 그런 건 아니었지만 워낙 나약하고 믿기 힘든 사람인데다가 겁을 먹었으니까요. 조만간 나를 찾아와서 보호해달라고 할 게 뻔했습니다. 그러면 나까지 끝장나겠죠. 아니면 경찰이 그를 잡아서 입을 열게 만들었겠죠. 니세는 마약중독자였어요. 나약하고 못 믿을 사람이었죠. 경찰이 고문을 했다 하면 아는 내용을 모조리 털어놨겠죠."

"경찰은 고문 같은 건 안 합니다." 뢴이 부드럽게 말했다.

포르스베리가 처음으로 고개를 돌렸다. 그의 손목과 발목은 끈으로 매여 있었다. 그가 뢴에게 말했다. "그러면 이건 뭐라고 부릅니까?"

뢴이 고개를 떨궜다.

"어디서 버스에 탔나?" 군발드 라르손이 물었다.

"클라라베리스가탄 거리. 올렌스 백화점 앞에서."

"거기까지는 어떻게 갔나?"

"차로 갔습니다. 차는 사무실에 세웠습니다. 전용 주차 공간이 있습니다."

"예란손이 탄 버스를 어떻게 알았지?"

"니세에게 전화로 지시해뒀으니까요."

"그러니까, 죽고 싶으면 이렇게 하라고 알려줬다는 말이로군."

"니세가 내게 선택의 여지를 안 줬다는 걸 모르겠습니까? 최소한 나는 인간적으로 처리했단 말입니다. 니세가 아무것도 모르게."

"인간적으로? 어떻게 그딴 소리를 지껄이나?"

"이제 나를 가만히 좀 놔두면 안 됩니까?"

"아직은 안 돼. 먼저 버스에 대해서 설명해."

"좋아요. 그러면 갈 겁니까? 약속합니까?"

뢴이 군발드 라르손을 힐긋 보며 말했다. "네, 그러죠."

"월요일 오전에 니세가 사무실로 전화했습니다. 미행하는 남자가 어디든 따라다닌다고 절박하게 하소연하더군요. 니세가 더이상 버티지 못할 거라는 느낌이 들었습니다. 그날 저녁은 아내와 가정부가 외출하는 날이었죠. 날씨도 적당했고요. 아이들은 늘 일찍 잠들고요. 그래서……."

"그래서?"

"니세에게 미행하는 남자를 내가 직접 보고 싶다고 했습니다. 그 사람을 유르고르덴으로 유인한 다음, 10시쯤 거기에서 이층 버스를 타고 노선 끝까지 가라고 했습니다. 니세가 출발하기 십오 분 전에 내 사무실 직통 번호로 전화해주기로 했습니다. 나는 9시 직후에 집을 나와 차를 대고 사무실로 올라가서 기다렸습니다. 불은 안 켰습니다. 약속대로 니세가 전화를 걸어왔더군요. 그때 내려가서 버스를 기다렸습니다."

"장소는 사전에 정했습니까?"

"낮에 그 버스를 기점에서 종점까지 타고 가면서 정해뒀습니다. 그 장소가 좋더군요. 근처에 아무도 없을 것 같았습니다. 특히나 비가 계속 내린다면. 종점까지 남아 있는 승객은 몇 되지 않을 거라고도 생각했습니다. 니세, 니세를 미행하던 사람, 운전사, 그리고 또 다른 한 명만 타고 있다면 최선일 거라고 생각했죠."

"또 다른 한 명? 그게 누구지?" 군발드 라르손이 물었다.

"아무나. 위장용이죠."

뢴이 군발드 라르손을 보면서 절레절레 고개를 흔들었다. 그러고는 다시 침대에 누운 남자를 보며 물었다. "기분이 어땠습니까?"

"어려운 결단을 내리는 건 늘 가혹한 일입니다. 하지만 일단 행동에 나서기로 마음먹었으니……."

남자가 말을 끊었다.

"그만 가겠다고 약속하지 않았습니까?"

"약속이랑 실제랑은 별개지." 군발드 라르손이 대꾸했다.

포르스베리가 씁쓸하게 말했다. "당신들은 나를 괴롭히고 거짓말하는 것밖에 모르는군요."

"이 방에서 거짓말하는 사람이 나뿐만은 아니잖나. 댁은 몇 주 전부터 예란손과 스텐스트룀을 죽이기로 결심했어, 아닌가?"

"맞습니다."

"스텐스트룀이 경찰이란 건 어떻게 알았지?"

"사전에 관찰하다가 알았습니다. 니세는 눈치채지 못하도록 살펴봤습니다."

"스텐스트룀이 혼자 일한다는 건?"

"교대가 없었으니까요. 그래서 독자적으로 움직이는 게 틀림없다고 판단했습니다. 경력을 쌓으려고 저러는구나, 하고."

군발드 라르손은 삼십 초쯤 말이 없다가 이윽고 물었다. "예란손에게 신분증을 지니지 말라고 미리 말해뒀나?"

"그래요. 니세가 처음 전화했을 때부터 지시해뒀습니다."

"버스 출입문 조작법은 어떻게 알았나?"

"운전사들의 동작을 유심히 관찰했습니다. 그랬는데도 하마터면 지장이 있을 뻔했지요. 버스 종류가 다르더군요."

"버스에서는 어디 앉았나? 위층? 아래층?"

"위층입니다. 얼마 안 가서 곧 위층에는 나 혼자 남았죠."

"거기에 있다가 기관단총을 준비해서 아래층으로 내려왔다?"

"네. 총은 등뒤에 숨기고 내려왔습니다. 니세나 뒤쪽에 앉은 승객들이 못 보도록. 그런데도 한 명이 얼른 알아보고 자리에서 일어났죠. 그런 불시의 경우까지 다 대비해야 합니다."

"총이 막혔으면 어쩌려고 했나? 오래된 총들은 곧잘 불발하곤 하는데."

"제대로 작동한다는 걸 알고 있었습니다. 나는 내 총에 익숙하니까요. 사무실로 가져가기 전에도 세심하게 확인해봤습니다."

"언제 총을 사무실로 가져갔지?"

"일주일 전쯤."

"사무실에서 누가 그걸 발견할까 봐 걱정되지 않았나?"

"누가 감히 내 서랍을 열어봅니까. 게다가 늘 잠가둡니다." 포르스베리가 도도하게 말했다.

"그전에는 어디에 보관했지?"

"다락방의 자물쇠 달린 여행 가방에 내 트로피들하고 같이 뒀습니다."

"사람들을 죽인 뒤에는 어느 길로 도망쳤나?"

"노라스타숀스가탄 거리를 동쪽으로 걷다가, 하가 공항 여객 터미널에서 택시를 탔습니다. 사무실로 와서 도로 내 차를 타고 스톡순드로 돌아갔습니다."

"도중에 어디선가 기관단총을 던져버렸겠군. 우리가 찾아낼 테니 걱정 마시지." 군발드 라르손이 말했다.

포르스베리는 대꾸하지 않았다.

"기분이 어땠습니까? 총을 쐈을 때?" 뢴이 부드럽게 질문을 반복했다.

"나는 내 자신, 가족, 가정, 회사를 보호하려는 거였습니다. 앞으로 십오 초 뒤에 적진으로 돌격해야 하는 처지로 총을 들고 서 있어봤습니까?"

"아니요. 없어요." 뢴이 대답했다.

"그러면 당신은 아무것도 몰라! 이러쿵저러쿵 말할 자격도 없어! 당신 같은 멍청이가 어떻게 나를 이해한다고!" 포르스베리가 소리쳤다.

"안 되겠군요. 지금 처치해야겠습니다." 의사가 말했다.

의사가 벨을 눌렀다. 간호조무사 두 명이 들어왔다. 포르스베리는 미친듯이 날뛰면서 침대에 실려 방을 나갔다.

뢴이 녹음기를 챙기기 시작했다.

"혐오스러운 새끼." 군발드 라르손이 별안간 내뱉었다.

"뭐?"

"아무한테도 말하지 않았지만 사실 나는 일하면서 만나는 거의 모든 사람들에게 연민을 느껴. 대개는 자기 자신도 차라리 세상에 안 태어났으면 좋았을 거라고 생각하는 부스러기 인생들이지. 그 사람들은 왜 이렇게 세상사가 뜻대로 돌아가지 않을까 고민하겠지만, 사실은 그들 잘못이 아니야. 그 사람들의 인생을 망가뜨리는 건 바로 포르스베리 같은 작자들이야. 자기 돈, 자기집, 자기 가족, 그 잘난 사회적지위 외에 다른 건 염두에도 없는 천박하고 비열한 놈들. 어쩌다 보니 떵떵거리고 살게 되었다고 해서 남들을 마구 부려도 된다고 생각하지. 그런 놈들이 수없이 많지만, 대개는 포르투갈 창녀를 목 졸라 죽일 만큼 멍청하진 않아. 그래서 우리는 그런 놈들을 절대로 잡아들이지 못하는 거야. 그런 놈들의 희생양을 만날 뿐이지. 이 새끼는 예외지만."

"흠, 어쩌면 그 말이 맞을지도."

두 사람은 병실을 나섰다. 복도 끝 출입문 밖에 제복 경찰 두 명이 팔짱을 낀 채 다리를 떡 벌리고 서 있었다.

"허, 이게 누구신가. 그래, 여기는 솔나지." 군발드 라르손이 찌무룩하게 말했다.

"결국엔 범인을 잡으셨군요." 크반트가 말했다.

"그러게요." 크리스티안손이 장단을 맞췄다.

"우리가 잡은 게 아니야. 스텐스트룀이 다 한 거나 마찬가지야." 군발드 라르손이 말했다.

한 시간쯤 뒤, 마르틴 베크와 콜베리는 쿵스홀름스가탄 거리의 사무실에서 커피를 마시고 있었다.

"스텐스트룀이 테레자 사건을 다 해결한 것이나 마찬가지군." 마르틴 베크가 말했다.

"맞아. 그래도 녀석이 얼빠진 짓을 했다는 사실에는 변함이 없어. 그런 식으로 혼자 행동하다니. 메모 한 장 안 남기고. 나 참, 그 친구는 전혀 자라지 않은 것 같단 말이야."

전화가 울렸다. 마르틴 베크가 받았다.

"여보세요, 몬손입니다."

"어딥니까?"

"베스트베리아에 나와 있습니다. 종이 찾았습니다."

"어디서요?"

"스텐스트룀의 책상에서. 압지 밑에 깔려 있더군요."

마르틴 베크는 대답하지 않았다.

"당신들이 여기는 다 찾아봤다고 하지 않았습니까?" 몬손이 은근히 나무랐다. "그리고……."

"그리고?"

"그 친구가 연필로 메모를 해뒀군요. 오른쪽 상단 귀퉁이에 이렇게 적혀 있습니다. '테레자 파일에 되돌려놓을 것.' 그리고 밑에는 사람 이름이 하나 적혀 있습니다. 비에른 포르스베리. 물음표. 뭐 떠오르는 거 있습니까?"

마르틴 베크는 이번에도 대답하지 않았다. 그저 수화기를 든
채 가만히 앉아 있었다. 그러다가 그는 웃음을 터뜨렸다.

김명남
KAIST 화학과를 졸업하고 서울대 환경대학원에서 환경 정책을 공부했다. 인터넷 서점 알라딘 편집팀장을 지냈고, 지금은 전문 번역가로 활동하고 있다. 옮긴 책으로는 『문학은 어떻게 내 삶을 구했는가』, 『우리 본성의 선한 천사』, 『세상에서 가장 재미있는 진화』, 『블러디 머더―추리 소설에서 범죄 소설로의 역사』, 『우리는 언젠가 죽는다』, 『소름』, '마르틴 베크' 시리즈 등이 있다.

웃는 경관 ― 마르틴 베크 시리즈 4

1판 1쇄 2017년 11월 15일
1판 5쇄 2024년 6월 19일

지은이 마이 셰발 · 페르 발뢰
옮긴이 김명남

책임편집 이현 ∣ **편집** 임지호 이송 ∣ **독자모니터** 엄정현
표지디자인 이경란 ∣ **본문조판** 이원경
저작권 박지영 형소진 최은진 서연주 오서영
마케팅 정민호 서지화 한민아 이민경 안남영 왕지경 정경주 김수인 김혜원 김하연 김예진
브랜딩 함유지 함근아 고보미 박민재 김희숙 박다솔 조다현 정승민 배진성
제작 강신은 김동욱 이순호 ∣ **제작처** 상지사

펴낸곳 (주)문학동네 ∣ **펴낸이** 김소영
출판등록 1993년 10월 22일 제2003-000045호

주소 10881 경기도 파주시 회동길 210
문의 031-955-2637(편집) 031-955-2696(마케팅) 031-955-8855(팩스)
전자우편 elixir@munhak.com ∣ **홈페이지** www.elmys.co.kr
인스타그램 @elixir_mystery ∣ **X(트위터)** @elixir_mystery

ISBN 978-89-546-4838-7 04850
　　　978-89-546-4440-2 (세트)

엘릭시르는 출판그룹 문학동네의 장르문학 브랜드입니다.